# 聞心集

何定昌 著

*WENXINJI*

散文 / 随笔 / 游记 / 诗歌 / 报告文学

敦煌文艺出版社

**图书在版编目（C I P）数据**

闻心集 / 何定昌著. -- 兰州 : 敦煌文艺出版社，2017.12（2021.8重印）
ISBN 978-7-5468-1404-9

Ⅰ. ①闻… Ⅱ. ①何… Ⅲ. ①中国文学－当代文学－作品综合集 Ⅳ. ①I217.2

中国版本图书馆CIP数据核字（2017）第295706号

**闻心集**
何定昌 著

责任编辑：靳 莉
封面设计：石 璞
封面题字：张生宗

敦煌文艺出版社出版、发行
地址：(730030)兰州市城关区读者大道 568 号
邮箱：dunhuangwenyi1958@163.com
博客（新浪）：http：//blog.sina.com.cn/lujiangsenlin
微博（新浪）：http：//weibo.com/1614982974
0931-8773084(编辑部）　0931-8773235(发行部）

北京一鑫印务有限责任公司印刷
开本 710 毫米×1000 毫米　1/16　印张 23.5　插页 2　字数 316 千
2017 年 12 月第 1 版　2021 年 8 月第 2 次印刷
印数：2 001~4 000

ISBN 978-7-5468-1404-9
定价：68.00 元

# 朴素中见灵性

张存学

集中读何定昌的诗文感叹于他的融通能力，他既能诗又能文，且还写评论。按他的说法，他还搞书法、摄影等。如此涉猎广泛且都能入在行中是不容易的，这也能说明他有着很好的艺术天分，同时得益于在文联工作的氛围。

认识何定昌是在二十多年前了，那时的他任《白银文学》的编辑。二十年前我是《飞天》的编辑，与他是同行，同行与同行就有相同的话语，也有相同的责任感。对于白银的文学发展，做编辑的都希望能撬动本地区文学创作的活力，希望能有超拔的人才冒出来。我的祖籍是靖远，属于白银市管辖，因此对白银的文学创作也多了一份关注。因了这份关注就与何定昌的交流多了起来，在与他的言谈中，能感受到他作为一个编辑的胸怀，也感受到他对基层作者倾注的热情，同时，还感受到他眼界的宽广。做编辑可以有对艺术的某种主张，但也得有容纳一切的胸怀，得有通融其他的能力，何定昌做到了这一点。可以说，一份文学刊物是一个地区文学创作者的园地，没有这个园地就没有了作者展示作品的天地，也没有了进一步向上走的阶梯。何定昌从一个普通编辑到主编为白银文学的发展付出了几十年的心血，这一点也许只有做编辑的才能体会到。

说到何定昌的诗文可以用朴素这个词来概括。他的诗基于朴实的情感，也基于常见的物象，在此朴实与常见中他能化出深沉与厚重的感觉来。他的文章也大都清新而少累赘，意境到了就收笔，不故作偏巧与奇峻。读他的诗文时还有一个感觉，这个感觉是他在做编辑的同

时也不断地拓展着自己文学创作的疆域。事实上，当编辑与搞创作还是有区别的，当编辑只要有眼界，有宽容度就可以做好，但创作却是另一回事，创作是艺术生发的一种过程，艺术生发的能力决定着创作的走向，没有这个能力是无法驾驭创作的。何定昌能在编辑的同时搞创作说明他有着独立于编辑之外的创作能力，而且还能不受职业影响将创作独立地进行下去，对于编辑来说，这种能力难能可贵。

在为他人做嫁衣裳的同时留下厚实的创作文本也算是一种巨大的收获。诗文见性，从何定昌的这些诗文中能看到他多年徜徉于文学天地中的身影，也能看到他坚持不懈的努力和他豁达朴实的心性。

# 淡泊出诗，宁静成文

牛庆国

我经常看到有人在办公室或者家里的墙上挂着这样的书法作品："淡泊明志，宁静致远"。这句话是诸葛亮的《诫子书》中的名言"非淡泊无以明志，非宁静无以致远"的缩写。挂这样的字，是提醒自己要"淡泊"，要"宁静"。淡泊其实就是看淡名利，宁静就是使自己心里平静下来做事做人。但真要做到，可不是一件容易的事，尤其是在浮躁成为一种风气的时候，谁要是真的做到了，必是一个让人尊敬的人，而且大多也是有出息的人。但挂这样的字的人，又有几个做到了呢？

我不知道何定昌先生的墙上是否挂着这样一幅字，但在我的熟人和朋友中间，定昌的确是一个当下不多见的淡泊宁静之人，在我的印象中，他老是一副与世无争、与人无争的样子，只热衷于读书、写作、练书法，也喜欢摄影，总之沉溺于文化之中，不显山不露水，自得其乐，乐此不疲。于是，读过他的这部文学作品集之后，我忽然从脑海里跳出这样的句子来：淡泊出诗，宁静成文。虽然在他的诗文中有热血澎湃，有历史的沉吟，有现实的思考，也有哲思的火花，但这一切都在他淡泊的心境和宁静的内心宇宙之中，正如他在《时光的流痕》一诗中所写的："时光的流痕 / 在叶脉间走动 / 虫 / 不经意间洞穿了宇宙"。内心越是风云激荡，他越显得平静如水。这是需要一定的文化修养和人生历练才能达到的境界。读完他的作品，我感觉他一直在追求一种文人情怀，因此，在他的作品中就有了古代名士之风。我之所以极赏这一点，是因为当下的作家诗人中有文人情怀者已不多。

在定昌的诗中，他和伟人交谈，和时光对话，与自然沟通，与灵

魂交流，向生命致敬。但这所有的表达都是他自己的，既没有模仿外国大师级诗人的影子，也没有当下流行诗歌中当红诗人的痕迹，不模仿、不跟风、不左顾右盼，他这是一种不“图”什么的写作，是一种“自言自语”的写作，这种方式最是难能可贵，这也就是定昌诗歌的价值所在。定昌的语言，是朴实而真诚的，读他的诗有一种娓娓道来的感觉，亲切而动人。他在一首诗中对诗歌作了这样的解释：“天空，喂养诗歌的精气/大地，喂养诗歌的骨血”，“形于文字/寓于意象/节于音乐/魂在精神/以象取义/合为无形/无形是道的至境”，因此，他按照他心目中的诗歌标准一路写来，他写亲情时说：“不说辛苦总说幸福”；他写历史时说：“龟虽寿/眼里却噙满沧桑的泪花”；他写家乡时说：“这片土地便总是山花烂漫”……这些闪光的句子，让人眼睛一亮，心里一动。

定昌不仅写诗，也写散文，写随笔，写评论，有时还写些报告文学，我把他的这些作品看成是诗歌的另一种方式。一个优秀的诗人一定是能够写出优秀的散文的。我一直认为，诗歌是文学这座金字塔的塔顶，一个不懂得诗歌的人是写不好散文和小说的。我们熟知的一些优秀小说家，比如陈忠实、阿来、贾平凹等都曾有过诗歌的写作训练，世界级的一些文学大师们中间，不少人既是诗人也是小说家，同时也是优秀的散文家。就诗歌的形式来说，我认为分行的文字不一定是诗，不分行的文字不一定就不是诗。分行只是表面形式，关键是形式下装着什么内容，比如同样是一个瓶子，可以装酒，也可以装醋，还可以装水。诗人张枣就把中国新诗的开端看成是鲁迅先生的《野草》，我很同意这个看法。定昌的不少散文里就充满着诗意，不管是写亲情、写故乡，还是写历史遗迹、写山川风光，都有诗性的光芒在闪烁，这样的光芒足可以照亮一篇文章，照亮一本书，照亮读者的心灵。

现在，定昌的文学作品集《闻心集》就要出版了，是一件值得高兴的事，遵嘱写下以上文字，作为我真诚的祝贺！

2017年6月于兰州

# 目　录

## 诗　歌

### 一、触摸思想的光芒

## 二、流淌在心河的亲情



## 三、家乡，高居黄河之上

## 四、岁月的歌吟



## 五、爱走过四季

## 六、城市，褪去你生硬的壳

## 七、古韵新唱

## 散 文

## 评论报告文学



## 后 记

# 诗　歌

# 一、触摸思想的光芒

## 孙中山小型张

这是一个真实的故事，遗失了的孙中山小型张，二十多年来，时时在叩问着我的心灵。

——题记

一枚小型张
像报春的红梅
绽放在二十世纪一九八五年的早春
怀着一种纪念
随着又一次春潮的来临
缅怀六十年前逝去的伟大灵魂
就在祖国西北的一座红色小城
一座如凯旋门般荣耀的小城
一个满怀炽热的青年
鬼使神差地走进了邮政局
被一枚黑底金字的小型张
抓住了
孙中山——
从此真正走进了他的人生

一枚小型张
像飘逸的神仙
一直游走在我的梦境
说是遗失了

遗失在二十世纪八十年代末的
某一个日子
却又好像融进了我的身体
与我朝夕同行
但我一直在寻找着它
寻找打破桎梏的那一声春雷
但我一直在思念着它
思念鸿篇巨制的那一部《建国方略》
留得肝胆两昆仑
天下为公

一枚小型张
像我灵魂的灯塔
照亮我追梦的方向
从此我插上了飞翔的翅膀
有了敢为天下先的承担
香山　香港　檀香山
日本海岸
一路走来
披荆斩棘
芳香四溢
指引中华辛亥革命的航程
用“三民主义”的旗帜
终结了几千年封建帝制的
最后苟延残喘

一枚小型张
像一朵五彩祥云

呵护在华夏的天空上
闪耀着经天纬地的思想光芒
世界潮流浩浩荡荡
顺之者昌
逆之者亡
革命尚未成功
同志仍须努力
浅浅的海峡
割不断骨肉亲情
民族的复兴要靠两岸人民
回眸间辛亥革命一百年
紫金山情牵台湾

一枚小型张
孙中山的小型张
从此
将永远镌刻在我心灵的扉页上

# 读诗人昌耀

（一）

买了一本诗集　《昌耀》
人民文学出版社2006年元月出版
说是中国当代名诗人选集
封面上也是这么印的
连基本的环衬都没有
像披着破衣没有衬衫可穿的穷人
处境很窘迫　可不管怎样
穷人的心是真诚的
以至真诚到足以让那些富人掉泪

青海的昌耀
西部的昌耀
或者说中国的昌耀
这块圣洁高地的朝圣者
他用五体投地的热吻
全身心地体悟着大地母亲的温暖
磕着长头　一生都不曾说后悔
没有回到那个生命原初的桃花源

一朵最后盛开在巴颜喀拉的雪莲
把热血注入了流淌着中国人骨髓的三江源头

## (二)

我不相信　有些人
把人格退缩进自己的裤裆里
能成就真正的诗人
我只相信　一些人
跨越了人格海拔的青藏高原
才能走进诗歌的圣殿
坦荡胸怀
和先哲对话
和自然对话
和生命对话
和灵魂对话
畅游在粒子组合的时空长河里
真诚咀嚼心灵的交汇
找寻和提炼天人合一的契合点
然后——
让时间去大浪淘沙
让空间去解构消化
让历史去演绎评说
让未来去发扬光大

诗歌不是魔术师的手杖
诗歌是哲学家探路的萤火虫
诗歌是思想者长途跋涉的前哨站
诗歌是诗人救应精神的炼狱

走过青海高车的昌耀

和《周易》合拍
和《六十四卦》和韵
和《山海经》和律
思接星系
把对人性的反刍和灵魂的审问拷贝

# 悼念加夫列尔·加西亚·马尔克斯

哥伦比亚
墨西哥城
几百公里的距离
跨越了两个世纪的孤独
仰望宇宙
四月的星空
狮子座最亮
人类最伟大的英雄
赫拉克勒斯
正义　力量　太阳的化身

《百年孤独》
百年敲打人类的灵魂
你守护在人性出入的路口
让人类的良知时时醒悟
让人性的光辉扼守住兽性的侵入
让民主自由自由地出入

加西亚·马尔克斯
百年的孤独
百年高山仰止
高处不胜寒
无远弗届

拉丁美洲永驻的阿空加瓜峰

注：

加夫列尔·加西亚·马尔克斯（1927.3.6—2014.4.17），哥伦比亚作家，记者和社会活动家，拉丁美洲魔幻现实主义文学的代表，1982年诺贝尔文学奖得主。代表作有《百年孤独》《霍乱时期的爱情》等。

2014-4-18下午16时追思

# 时光的流痕

时光的流痕，
在叶脉间走动。
虫，
不经意间洞穿了宇宙！

# 活着·曼德拉

曼德拉，
种族平等的旗手；
曼德拉，
人类自由和平的守护神。
曼德拉，
马丁·路德金一样的，
民权运动的领袖。

古铜色的堂奥上，
闪烁着睿智的目光。
黑皮肤，热心肠。
五十年的奋斗，
他铁骨柔情，
把所谓文明者的卑鄙坐穿，
非洲大地的自由之神。
他说：
压迫者与被压迫者一样需要解放。
而他最简单的理想，
就是世界上所有的人，
和谐地生活在一起。

2013-12-6

# 阿拉法特

1994年获诺贝尔和平奖，曾十四次访问中国，没有阿拉法特就没有巴勒斯坦事业。2004年11月11日凌晨4时30分（北京时间上午10时30分）阿拉法特在法国贝尔西军医院去世，享年75岁。

巴勒斯坦的传奇人物
中东政坛的“不死鸟”
“我是带着自由战士的枪和橄榄枝来的
请不要让橄榄枝从我的手上滑落”

你是太渴望和平的甘甜了
你比任何人更懂得和平的内涵

你不是诗人
却比世界上任何伟大的诗人都本质
“请不要让橄榄枝从我的手上滑落”
阿拉法特
一语震破了世界

# 深邃的海

——读《海子的诗》有感

海子
透明的海子
五彩的海子啊
你睿智的翅膀
穿越了一切

海子
短暂闪过俗世的海子
蜻蜓点水的海子啊
却丰收了麦子和大地的曙光
质量很大的灵魂
漫过河流
注定　要
收获五个春秋的辉煌

燃烧了二十五年的海子啊
你把神的悲悯和光明
传达给了人间

# 为了另一座高峰

2013年8月7日去通渭参加“通渭国际书画艺术节”，走老路，过靖远，经会宁县城出南川，穿新添堡，上沙家湾，悠闲行进在华家岭上，遇落日晚霞，云蒸霞蔚，情不能已，是有此诗。

为了另一座高峰，
把岁月的年轮磨平，
把思想的山脉雄起。
在文明的河流上，
架起通往彼岸的虹桥，
盛开大道佛国的莲花。

2013-8-28

# 当惊世界殊

我不知道，美利坚
为何选择了一个疯子。
我不知道，美国人民
为何选择了一个噬血的刽子手。

两个号称文明的国度，
两个标榜尊重人权的政府，
居然用导弹血腥——
在别国的领土上展示所谓“文明”；
践踏所谓的“人权”；
杀戮妇女儿童的生命。
还叫嚣“你们不要还手”，
“我们是在自卫”。

打着“解放”的旗帜，
喊着推行所谓“民主”的口号，
却干着和希特勒一样的强盗行径，
还美其名曰——这是为了世界的安宁。

滴血的幼发拉底河哟！
抽泣的底格里斯河！
两河流域的奇妙，

世界文明的摇篮，
正在被霸权蹂躏摧残。

一个民族英雄——
以耶稣受难的形式，
也无法唤醒——一个民族麻木的灵魂。
当世界惊醒时，才知道
这是人类最大的恐怖，
这是人类社会不安定的最大乱源。
强盗总是为打劫，
会寻找出冠冕堂皇的“箴言”。
然而，
强弩之末——力不能入鲁缟。

2003年初稿
2006-12修订

# 一个人的真诚
## ——史铁生逝世感言

一个人的真诚
影响了一个时代
一个人的良心
唤醒了一辈人的良心

一位坦荡真诚的人走了
或许你我少了一个推心置腹的朋友
一位用思想走路的人走了
或许官僚缺失了一份和善悲悯的良知
而这世界又平添了几分阴险邪恶

写于史铁生逝世后的第九天

2011-1-8

# 与加措活佛对话

我是尘世的一颗微粒，
借驻佛的慈慧发光。
爱，
流淌在心海。
水一样滋润苍生！

# 证得无上果

佛说：

放下

即是一切

痛

你必须学会忍着

2008-08-28

# 无题

父母给了我美丽的生命
山岳给了我智者的沉思
河流给了我仁者的博爱
海洋给了我接纳和包容
大地给了我感恩的心灵
蓝天给了我博大的胸怀
宇宙给了我无限的遐思
先哲给了我孝慈和德操
如来给了我悲悯苍生
我用这灵光宝气的珍珠
用心去喂养
原本就生长在凡间的
精神与智慧的花朵

2009-02-24

# 人生如登山

看山是山
看山近山
看山不是山
山不入我怀

上山无山
上山拥山
上山小群山
山在我脚下

2009-05-12

# 闲话谣言

钢筋水泥的森林里
有捉不完的迷藏
原子组合的智慧中
总有那么些蝇营狗苟的目光
如黑洞一样
随时准备着吸食别的能量

暗藏的枪口
黑洞洞的
如魔鬼的醉眼
泛着幽幽的蓝光
窥伺着目标
贪婪的长蛇吐着信子
咝咝作响
一不小心就会中伤

因为权利或虚荣
因为物欲或争宠
无聊时编造一种虔诚
满足失衡的灵魂

有人说
谣言走得越远力量越大

有人说
谎言重复一千遍就会成为真理
真的吗
——沉默
吹大了的气球
不攻自破
最后羞死的　是
丑态百出的吹球者

# 心与脑过招

电脑中“招”了
(也不能排除人为因素)
无意间的一个插入
比鹤顶红还毒的毒
瘫痪了现代科技的中枢神经
失忆症使一切记忆丧失
这种攻脑的招数
比《孙子兵法》
高明不到那里
只是古人用心
现代人用“脑”

2009-04-29

# 雪莲花

行走在2010年的元旦，行走在牛年隆冬二九天的第五个早晨，我突然想起雪莲：

雪莲
昆仑山的雪莲
恶劣的环境逾显你的贞洁
顽强的生命力
以柔克刚的向上力
把地质年代的岩层刺穿
茁壮　瓷实　动人

雪莲
冰雪般晶莹的雪莲
昆仑山是你生命的箴言

2010-01-04

# 梦里

白昼太阳给心灵一眼光明
伪善与邪恶只能躲在暗角里偷窃
黑夜是人类的一块遮羞布
美丽、丑陋和罪恶在幕后同时登台

1998-8-1凌晨

# 盆景

在扼杀生命的活力中
造型
在塑造畸形的神态中
取势
从扭曲的灵魂中
求美
在毁灭价值中
索奇

1999-4-12上班路上

# 2014年元旦寄语

岁月的脚步不会因为
幸福与不幸有须臾的停顿，
时光注定要白驹过隙，
人的步伐始终是时间的感叹号。

2014-1-3

# 万缘有因

心中无碍，
稚趣依然。
抬手间，
心生怜念，
来把恩惠递传。

不怕问因，
不求问果，
尽一份大爱无言。
心中明月相映照，
一片清凉朗然。

常相伴，
说什么佛，
说什么道，
善恶一念之间。
万缘皆有因，
现世就能看见。
不信，
邀有缘人仔细分辨。

2008-09-01

# 无题

是提线木偶
注定表演双簧
唱自己并不懂的歌
跳自己不愿跳的舞
可人们总说
这
就是艺术

# 无题

牛在奋进中见脚力，
马由扬蹄时显风采。

# 光影

光是侠客手中的剑
寒光起处阴阳判
剑锋闪过善恶分
黑夜无恶
一切按自然的程序
按部就班
只有白天才分割成善恶
黑白分明

1998-6-2

# 无题

麻木是平庸者的专利
只有磨难
才能惊醒房中的主人

麻木是富有者的专利
只有沦为乞丐时
才能良知发现

麻木是某些官僚们的专利
只有下台后
才说他是人民中的一员

如果说
物质是肉体的生长素
磨难往往是灵魂升华的一剂良药
精神的麻木
有时真需要一剂猛药的激活

# 我佛

佛缘有根，
智者无妄。
愚者无为，
觉者不思。
四方八界，
心境都在。

2009-03-05

## 二、流淌在心河的亲情

### 难圆中秋月

慈母溘逝，悲痛欲绝。
中秋月暗，岁月伊寒。
殷殷教诲，孜孜顾眷。
含辛茹苦，一生淑贤。
维汝唯艰，从不言宣。
哺育儿女，毕生辛酸。
德喻邻里，恩泽重玄。
哀思吾母，以诗慰安。

又到中秋节了
妈
我没留住您
我没有诚心地留您呀
妈妈
这一次
您连儿子的家门都没进
就成了隔世的足音
以至您坐在台阶上
守望儿子的神情
昼夜在我的眼中浮动
叫我怎能相信娘儿们
瞬间就成了两界的子民
您说大姐要来老家看您

还说大姐最爱吃羊肉
您说我的侄儿您的孙子
远在格尔木孩子会孤单
可您心里的牵挂
却没能走过将圆的秋月
把希望等到眼前
难道
今年的中秋月就那么清冷吗
清冷得留不住您的一丝微笑
再也看不见您了　妈妈
不管儿女们怎么在您的膝下哭喊
再也走不进您的眼里了
老天用这种残酷的方式
将我们兄弟姐妹团圆在您的身边
却不让任何一个听到您最后的絮叨
哪怕是近在咫尺
哪怕是一字半句
儿子连中秋团圆的大事都能忘了
平时哪还能细心照顾您的起居
我悔啊　妈妈
今生注定是一个逆子
来世是否能做个孝子
可您总是宽恕
用最深沉的母爱宽恕
把一生的苦肠窝在心里
把心缝补在一针一线中
虽然您拙于言辞
不会把爱经常挂在嘴上

可心里的疼爱
温暖了儿女们的每一个严冬
就连最后的离别都不愿连累儿女

妈妈
一抔黄土就把我们娘儿推远了
近在眼前
远隔千山
想再搀扶您一把
也只能在梦里相见
撕心裂肺
也唤不回您的容颜

又是一个中秋节了
妈妈
您再也不喝儿子为您泡的苦茶了
纷飞的纸钱
如哀怨低沉的音符
让儿子留下了终生的遗憾
审判自己
一生也难安然

有人说
树往上长
人往下疼
我不知道这是一种本能
还是良心的背叛

# 遥祭，在中秋

把我的哀号交给长风吧
让它穿透黄土
去抚慰妈妈常疼的双腿

把我的思念托付给十五的圆月吧
让它超越阴阳
去滋润妈妈孤寂的心

中秋的月啊　从此
再也无法圆
严冬酷暑　从此
再没有人贴心地问寒问暖
牵挂心间

把我的追悔交给坟旁的杏林吧
让它为妈妈遮风挡雨
纳凉御寒

把我的遗憾托付给坟头的小草吧
让它对妈妈绵绵细语
排遣心中的苦闷

中秋的月啊

流动的光
冷冷的光　从此
那就是母子遥望的视线
牵连一生
也走不出您关爱的心田

妈妈
点燃一炷香
让香音和中秋的月信带给您
儿子的问候吧
儿女们都老练了
会相互关照的
您辛苦一生为儿女操碎的心
再不要频添尘世的烦恼
走过月光
也不要回头
让道德的法庭去审判不孝的儿子吧

# 给母亲的告慰

农历8月12
2008年的农历8月12日
母亲离开我们七周年的纪念日
这个日子是我的母亲永恒的日子
这一天我给母亲建了所“房子”
一座很有点现代意味的小二楼
母亲一定还不适应
但我想会好起来的

老院破败的平房
陈旧得掉泥渣的平房
总是在我的梦里出现
母亲在世时就住在那里
直到去世也没有看到新意
这或许是母亲的一点遗憾
也注定是我一辈子的隐痛
如今大哥把它翻新成了楼房

母亲吃了一辈子的苦
不会计较太多
儿女的幸福是她最大的心愿
她想吃尽世间的一切苦头
把快乐留给儿女

因为她知道
她的手上没有宽余的遗产
最大的财富就是让儿女平安

其实，我也知道
给往者的告白
只是对生者的安慰
母亲平和的心态
总能拂去我心头的疑云
然而，我又怎么能心安理得呢
我只能用这段流出心田的文字
来告慰去我七载的母亲

2008-9-19农历8月20日早晨

# 想您的时候

农历四月初二为中华母亲节，这首诗为母亲节而作。为我过世十二载的母亲而作，为天底下所有无私、慈爱、坚韧、勇敢的伟大母亲而作！

想您的时候
我抬头望月
想您的时候
深邃的星空
是您宽厚的心胸
是您无私无垠的爱
而满天的星星是您操碎的心瓣
月缺的时候
牵挂还挂在心头
时时让我心痛
月圆的时候
祝福堆满您的脸庞
每每让我心花怒放
四千三百八十天的月缺月圆啊
思念从没有走出过慈母的针线
想您的时候
我抬头望月
想您的时候
我就想起了和娘的约定

温柔的月光啊
那是娘暖暖的眼神

2013-5-12

# 父亲节

三十七年后，
我对父亲说：
耕耘岁月的肩膀，
从没有卸下过犁铧。
踏碎了满天星斗，
花儿开在儿女的心头，
却让泪水回流自己的源头。
不说辛苦总说幸福、幸福。

扛起大山的肩头，
从来不说一声负重。
为了搬开儿女前行路上的石头，
最后，让石头把您抬进了山中。

2013－6－16

# 无题

1994年1月3日凌晨2时许，还不到两岁的女儿突然哭醒。把完尿，低头间地上似有一团柔纱。顺手要拾，才知是月光。抬头窗外，一轮圆月暗暗中洒着银波，夜很静。

拾起月光
一缕理不清的柔
融入子夜的空旷
孩子一声啼哭
打碎了一个世界

1994-1-3凌晨3点草就

# 断藕

流的是一体血
掰开的藕
扯不断丝
只为一桌疯长的晚宴
自然界又消失了一个景点
刚结出的莲子
漂浮在水面
急需的营养
不再来自根端
或许只留存了一半
滴血的一半
嫁接在晚宴的泥滩
只是藕有断
丝尚连

# 童年

童年
是一个饼
圆
像十五的月
肚子咕咕的时候
父亲累弯了腰

童年
是一件开裆裤
迷人
是雨后的虹
光屁股撒尿的时候
母亲把烛光织成了线

# 三、家乡，高居黄河之上

## 会宁，会宁（组诗）

毛主席高兴地说：“好，三军会师，就放在会宁。”

“会宁，好地名，好地名啊！会宁、会宁，红军会师，中国安宁……”

### 站在东山之巅

就站在东山之巅
会宁
满眼壮丽的风景
是从1934年10月红军开始播撒的
种子从瑞金开始生根
开始发芽　茁壮　成长
一路的枪林弹雨
一路的风雨雷电
一路的围追堵截
一路的大河奔流
一路的雪山草地
一路的悬崖绝壁
一路果敢刚毅的革命意志
一路坚定不移的红色信仰
都浪漫成三军过后尽开颜的豪迈

就站在东山之巅
会宁
沿着地球的红飘带
从瑞金一路走来
向往真理的脚步
向往人民民主自由幸福的脚步
向往一个完整统一独立富强
人民真正站起来的新国度
向往一个自立于世界民族之林的新中国
哪怕吃尽人间所有的苦难
也要像锥子一样刺破
像长剑一样挺进挺进
不管怎样的岩浆烈火
剑锋　将一次次
淬火　淬火　淬火

就站在东山之巅
会宁
会师楼头红旗烈
那是千千万万红军将士的鲜血凝结
旗帜上鲜活着红军的英勇身影
旗帜上映照着红军的悲壮惨烈
旗帜上书写着红军的百折不挠
旗帜上镌刻着红军的最高理想
旗帜
旗帜
旗帜就是
中国共产党建党的初心

就站在东山之巅
会宁
凤城
凤凰之城
凤凰涅槃
浴火重生的凤凰
展翅翱翔九万里
高举红军的旗帜
沿着红军长征的道路
继续新的长征

## 会宁，下在牦牛川的一场牛毛细雨

雨，是从大墩梁上漫过来的
扯着如幔的轻纱
雨脚越来越低沉
越来越细密
低沉到你一抬头就会伸出云外
细密到你一落脚就会漂在水上
我分明听见
云水之间就行走着红五军将士的身影
这是2016年7月13日的下午3时

雨，就是从大墩梁上漫过来的
嘹亮的冲锋号
弥漫了百里华家岭

在这个一般不下牛毛细雨的季节
牦牛川
下了一场让后来人心灵震荡的
牛毛细雨
罗南辉你英姿勃发
还站在大墩梁的山巅
887位红军将士血染江山
泪飞顿作倾盆雨
就在2016年夏秋将交的季节
如期来临

雨，的确就是从大墩梁上漫过来的
牦牛川如泣如诉
一场思念的牛毛细雨
一场和母亲的针脚一样细密的牛毛细雨
就从大墩梁上飘过
铁流后卫
铜墙铁壁
大墩梁，下了一场滋润大地
滋养人们心灵的牛毛细雨

就采些雨中山野的小花吧
就对接红军将士的眼神吧
大墩梁
我把昂起的头
慢慢低下
就为了亲吻大地
拥抱大地

用大地母亲的微笑
敬礼！我亲爱的战友们

牦牛川
牦牛川
牦牛川里没有牦牛白云一样悠闲
牦牛川里只有这一场牛毛细雨
浸透我的心灵

## 青江驿

多少回梦里萦怀着青江驿
多少回梦里萦怀着古寒陵关的马蹄声声
从汉朝的月光中一路驼铃悠悠
似曾青石关隘
似曾清泉溪流
这个通往西域的巩郡首驿
锁住了胡马的阴山
也锁住了中原西望的冷月
那一条狭长的旱河峡谷
至今还流淌着大汉的细流

1936年10月的青江驿
红火于以往历史的任何朝朝代代
东方的启明星就从这里升起
朱毛红军就从这里走过
中国革命就从这里走过

青江驿
毛婆忙碌的身影
是会宁这一方皇天后土的清香和淳朴
以至有了后来将军的追问
毛婆还健在吗?
她有后人吗?

**张城堡**

张城堡
跨北山而面祖河
从建城的那天起
命运就赋予它历史的狙击战
北宋的刺羌城　甘泉堡
金人的西宁城
元朝的会州城
从东到西三城相连
三城守望
三连城
最美的风景只能是连城夕照
因为
历史的晨曦总是战马嘶鸣杀伐昏暗

张城堡
登上北山
登上高高山的烽火台
1936年10月完成狙击任务的红军

还在此守望
烈士的墓园荒草萋萋
坟头的野花迎风含笑
这时，山顶的烽火台上
忽然闪过一声惊雷
白云悠闲瓦蓝的天空
顿时有了几朵从北方压过来的阵云
就擦着烽火台的草尖迫过来了
麻钱大的雨点落在了身上
洒在了这萋萋的荒草上
野花这时更加娇艳了

这一阵激动的雷雨
就下在了高高山上
下在了烽火台上
下在了红军烈士的墓园
山外，依然是晴空万里
山外，依然是白云悠悠

2016-8-31——9-2

# 黄河远上白云间（组诗）

## 黄河水川大峡

山重水复的大峡
不苟言笑的大峡
陡峭的黄河
随时都准备着把侵入者
颠覆于地球之外
吞并在鱼腹之中
太古　亘古
没有时间的延续
斗转星移
只有黄河不变的誓言
逝者如斯夫
不舍昼夜

天书遗珠　绝壁之上
翼龙翱翔　水波之间
千岩之上
谁在击筑吟唱
大风起兮云飞扬
万壑之中
将军从未卸下盔甲

安得猛士兮守四方
通天的路
就在脚下
彼岸的桥
架在头顶
我不会回头　决计溯流而上
哪怕和无聊握手
看重门开处　大峡口
只有三十米　是天下黄河的咽喉
暗流比风暴绝对汹涌

将军印　挂在天窗之上
太阿剑　驻在青峰之中
云的脚步从峰巅上踩过
大峡的风骨
大峡的柔波
大峡嶙峋的峰峦
气节干云
侠义冲天

**靖远钟鼓楼**

其实　旧时叫谯楼
或叫滴漏台　瞭望楼
钟和鼓
只是东门西门的晨钟暮鼓
太阳的路径从不会改变

朝阳　夕阳
朝朝暮暮
敲碎了大河银波
唤醒过几多过客
从朱明王朝瞭望到今天
阅无数人间沧桑　听一腔
黄河涛声里的陇调秦韵
马蹄踏过　却不见蹄痕生长
空留战鼓回响在古城荒漠
看月上楼角
有几人能同赏

## 靖远法泉寺

因为混元凝聚的真气
开凿了一个崖洞
打坐过一个僧人
顿悟了一个念想　于是
佛的道场　开始
流转了一千五百多年

一念的距离
一千五百多年
一念到底能走多远
人还是没有走出佛的法相
我的某一次心动
就是北魏那个打坐的僧吗

当我造访法泉的时候
法泉寺　其实还没有揭开佛的真面
而我　必将继续打坐在心的禅堂
求索道法的源泉
法泉无象
生灵无疆

## 平川北武当

与湖北的武当山无关
它坐落在北方的黄河岸边
漠口的香风
遗落在黄湾古村
回旋一千多年不肯北去
当年在迭烈逊驻足间的回眸
从此　香魂就没有从黄河上摆渡
高台上有真武大帝瞩目
唐朝宁国公主　小宁国公主的命运
就抵押在西去和亲的路上
北武当是你千年的陪嫁吗
你却真是北武当传说中的主角

## 景泰，黄河上的索桥古渡

风的刀
闪电一样

划过断墙残影
听　有战马嘶鸣
古铜色的石砌关城
站立成
一个个棱角分明
铁骨柔肠的勇士
我是关隘上烈烈的帅旗
升腾起烽火台的狼烟
号令三军
追寻心中的壮美辽阔
只有天空
能盛下大地的情怀

车木峡
铁锁关
大河光影
索桥古渡
夕阳下
一队逶迤的明长城
彳亍远行
直达天地的尽头
我拾起文明的碎片
让历史与天空对话

**我是铁锁关的一朵闲云**

云是我的名字

我是关城上的一朵闲云
一朵小小的
洁白的祥云
与生俱来
是你剑锋上的图腾
所以　注定
随清风起舞
出岩岫呈祥

## 永泰龟城

龟息了四百多年
沉淀的泥沙比文明更多
生活还是照样在戈壁上爬坡
这就是龟的步伐
龟虽寿
眼里却噙满沧桑的泪花

一位大娘　一位八十多岁的大娘
从龟城破旧坚硬的黄土巷走出
大娘迎着我　脸上堆满了笑容
我不知道
大娘脸上的沟壑和城墙上的皱纹
哪个更厚重
还有那只修炼了岁月的灵气
落满了生活的尘灰
浸透着胡麻油香的

明朝的小坛罐
和龟城一起颓废的小坛罐
我真想把它解放
继续解放在灶台的中央
可是我无法打开
无法打开这尘封的
永泰龟城

# 黄河以北的北方（组诗）

## 北方，农历三月难得的碧空

早晨，农历
2007年3月1日的早晨
我走在上班的路上
碧空如洗
往来穿梭的人流
像游在蔚蓝的大海里的鱼
透明洁净
心灵，突然就明亮了起来

晴朗的天空
没有一丝儿的披挂
视力所极
能穿透地球的肌肤
远山的褶皱被明显细化
甚至连山的肌理都能辨清脉络
近处的树，泛着青春的活力
翠绿欲滴
似春天的手，抚慰着躁动的大地

这就是北方
黄河以北的北方

——难得的碧空
阳光都是柔软的
人，感觉格外清明
步态轻盈

**北方，夏日六月的天气**

夏日六月的天气，
还刮沙尘，
这就是北方，
黄河以北的北方。

干热的空气，
狼喉的风，
总是乘虚而入。

雨，只有雨，
是天空的清洁剂。

人生一世的气候，
有时也会变幻无常，
那只源于另一种沙尘。

在心田之上，
在心海之下，
魔随时引诱着你，
随时都在拷问灵魂。

神，只有神，
是灵魂的指路灯。

下几场滋润精神的雨吧，
把蒙尘的心洗净，
让灵魂接通神明，
传达神的旨意。

肉体只是灵魂的房子，
万物是神明的注脚，
神——无处不在。

## 北方，冬天里的黄河情韵

清清的黄河水哟!
冬，给了你源初的俊秀。
日子，
穿心而过的岁月，
透明见底!

穿越高原的黄河水哟!
夹岸慵懒的白鹅绒，
蓬松地笼着一河滚过的翠玉。
北方，冬日的雪野，
就被这黄河轻柔的绿风串起。
洁白中泛着一眼的幽蓝，

朦朦胧胧的。
这，就是北方，
冬日里朴素的家园。

**黄河就这样走过北方**

金子般的黄河水哟!
春，给了你奔放的激越；
夏，赋予你火热的性格；
秋，寄给你深藏的真情；
冬，高洁你一世清白的衷肠。
岁月，
走过树梢的日子，
黄河，红遍原野。

# 心源祖厉

祥瑞的桃花山下有两条小溪
一条叫祖一条叫厉
汉风吹过的时候
祖帅气而强壮
厉温柔而秀美
人们都说是天合地造的一对
于是桃花做媒
西岩作证
东山的红绸带
就把他们系在了一起

大唐的风吹过的时候
他们的儿子已经成人
取名叫会宁
据说是神仙的约定
会于桃峰
子子孙孙顺康安宁
再后来
一位圣人在此驻足
他说
此地承载厚重
是生长智慧的地方
说着解下随身的锦囊

把种子撒遍了这一片山川
往后的日子里
这片土地便总是山花烂漫

2008-10-10

# 黄河天车

走进你永动的精神
就穿越了时空交替的隧道
如促膝与先哲交谈
和煦的春风迎面拂来
当构想铸造成化育万物的太极的时候
轮回的季节中有了欢歌笑语
生命的血管里丰满了母亲河的乳汁
哺育着五谷杂粮的儿女
农耕文明的骄傲
由此 上升到天车的高度
使你西进的身姿
飘逸着普度众生的神采
实实在在的
体现在一代又一代人的衣食住行中
恩泽于黄河古道的炊烟上
吕恒 一位明朝万历间靖虏卫通判
让人们感念了几百年
甚至永远感念下去

走进你永动的精神
对你历史的检阅
绝不仅仅是一道风景

供人们瞻仰
我们应以天车的方式
净化　提炼灵魂的纯度
今天
当辉煌矗立成伟岸的雕塑的时候
你就是一部浓缩凝固的历史书
骨子里满含着悲壮
血液里涌动着感召后人的力量
天车　立于天地间的象形文字
简洁晓畅　胜过任何华章
站在你的肩上
超越　是一种境界的升华
精神　永恒不变
当我们真正掌握了天车的高度的时候
也就把握住了生命脉络延续的根

注：天车——当地人把黄河水车叫天车。

# 国庆，我想起家乡（歌词）

这原本是去年国庆时，我写给家乡的一首诗，前些时候我又把它改写为一首歌词，以庆祝中华人民共和国成立60周年，并祝愿家乡越来越好！

喝一碗会师酒，
唱一阕《六盘山》；
沿着地球的红飘带，
叩响老家的门环。
把盏围炉话乡情，
啊！谁说思念穿不过针眼。
六十年的风雨坚守，
三十载的改革波澜；
一股暖流春潮涌动，
滋养会宁儿女心田。

吃一口小杂粮，
啃一颗洋芋蛋；
嘴角便溢满了乡音，
心里倍感觉香甜。
小康社会展宏图，
啊！春风吹绿祖厉河两岸。
红军走过的长征路，

朱德讲话的孔庙前；
一路卓绝共赴大道，
长征精神代代相传。

拉一拉家常话，
叙一叙亲情缘；
品着亲人的扁豆面，
祝福大庆的牛年。
和谐社会新农村，
啊！邀请您农家乐园尽欢。
会师楼前的延安路，
纪念塔下的会师园；
意气奋发再铸辉煌，
绽放老区人的笑脸。

# 千年会宁

沧海横流，
物是人非两千年，
更迭平凡。
走马间，
阅尽人间冷暖。

红旗会聚，
铁流滚滚过六盘，
高歌凯旋。
一挥手，
神州地换了人间。

陇中新奇，
状元故里佳话传，
续写新篇。
遥望处，
谁敢说会宁贫寒。

2008-09-16

# 想起家乡

访问家乡
叩响老家的门楣
就从那缕银线上走来
围炉夜话
谁说思念穿不过针眼
惠春　嘉秋
酷夏　严冬
总有一股随风而来的暖流
潜入飘萍的月夜
滋养拥挤的心田

吃一口小杂粮
啃一颗洋芋蛋
嘴角便溢满了乡音
眼睛就追赶着四季
心里还惦记着
小麦玉米豌豆扁豆
胡麻洋芋莜麦荞麦的收成

金鼠纳藏
都说鼠年是个丰收年
可我总是不放心

勾一弯东山顶的上弦月
圪蹴在浪场子的黄土坡头
邀您　给我说句心里的
悄悄话　好让游子的心
少一份牵挂

2008-10-06

# 原野

走过山花烂漫的原野
会师楼的梦想
在东山头眺望
猛回首
山河已揽入怀中

2008-09-18

# 大庙，我踩风而来

靖远县兴隆乡大庙堡一带，乃古丝绸之路要隘。素称香水梨之乡，历史悠久，香远北国；黄河古渡，今焕异彩。邑人承传，载誉梨花节；金秋红叶，满园香雪海。

——题记

风，逆流而上
踩着黄河的浪尖
穿越了黑山峡
穿越了红山峡
梨花雪一样浓艳
怒放在古丝绸之路上
怒放在古大庙堡的蓝天白云之上
梨花神
敞开了宽博而娇媚的
连衣裙
把洁白和温柔播撒
家园大庙
香水如怡

风，逆流而上
踩着黄河的浪尖

飘逸北方的雄奇
飘逸大河的悲壮
十里马尾沟
十里黑水泉
梨花神
裙摆遗珠
都锁在了驿马留迹的古渡口

风，逆流而上
踩着黄河的浪尖
重重把四山合围

2017-4-17晴　中午转沙尘暴

# 有一天当我老了

有一天当我老了
那就回到家乡
到山坡上再放一放羊
去村头再爬上几趟山
和一团泥巴
垒几个鸟窝
套几只麻雀
把村学的小路亲上一亲
把摇晃的板凳再坐上一坐
坐在学妹的笑容里

迁徙的候鸟儿啊
倦了
你就还飞回老巢
那里虽然到现在还有些贫瘠
却有哺育你成长
坚毅你翅膀的第一口食
无需寻找
路就在心中
回观内心
梦就在前方
烟波十里旧时梦
云霞万丈新年春

2015-12-21

# 重阳三游水川镇（自度曲）

重阳节，走水川，
黄河酒楼聚群贤。
鲤鱼跃池塘，野鸭鸣秋蝉。
黄河湿地，莲叶荷田田。
引君观，几多欢。
又有蔬菜科技种植示范园，
景观葫芦长廊间，
惹得文人骚客来休闲。
耀眼坪上建。

大川渡，乌金峡，
黄河对岸青城关。
一川两岸宽阔，种水稻，植枣园，
苹果红透秋天的脸。
农家乐，笑声酣，古柳人家桦皮川。
昨日来水川，
今天还水川，
水川秀色赛江南。
叫人总眼馋。

2012-10-20晚21时

农历九月初六为重阳节而作

# 甜蜜的事业（自度曲）

## ——甘肃甘富果业集团记事

车家川，董家川，
中间横卧李家塬。
关河谋大篇，
关川宏图展。
山原川地，
甘富苹果甜。
引君观，几多欢。
甘富果业科技种植园，
生态养殖生物链，
惹得游客千里来休闲。
耀眼陇上见。

清凉山，张玉珊，
祖厉河畔君能干。
一川两坪宽阔，
精准扶，种甘富，
苹果红透高塬的脸。
农家乐，笑声酣。
丝路人家话关川，
昔日过关川，
今天访关川，
有机苹果挂满川。
甜蜜世界观。

2015-12-3星期四

# 四、岁月的歌吟

## 大地，你是孕育诗歌的母亲

天空，喂养诗歌的精气
大地，喂养诗歌的骨血
天地媾和
清浊阴阳
诗歌就行走在两界的中央

形于文字
寓于意象
节于音乐
魂在精神
以象取义
合为无形
无形是道的至境

大地，孕育诗歌的母体啊！
那山脉的经络　骨骼
雄浑　大气　磅礴　苍茫
那河流的精血　气韵
旺盛　绵延　澎湃　逶迤

飘逸悠闲在天与地之间的白云啊！
你是大地母亲孕育
而升腾起的，万物

羽化的诗歌精灵吗？

大地，在天空之上
诗歌，在大地之上

2016-6-23

# 春

沿着季节的路径
春天——
我们追寻大地纯粹的灵魂

2014-4-17

# 春天的祝福

2009年2月17日，早晨上班路上，看到穿裙子的女孩儿，有感于春天。

寒意还没有完全退却
爱美的女孩儿
就已经换上了石榴裙
生动着薄雾轻柔的早晨
摇曳着激情暗涌的春潮

于是
春天从婀娜的曲线上流淌
青春从轻盈的脚步中生风
鼓动阳春的气息
引领多情的季节

# 立夏

一粒风干的榆钱，落在了我十一楼的办公室里，落在了和它同姓的地板上。5月5日16时18分立夏，今天已是夏日熏风微动，时不我待，有感于立夏！

一粒风干的榆钱
随着季春的晚霞
游荡在熏风的波涛里
像一叶轻盈的扁舟
寻找停泊的彼岸
风摇曳着它的行程
云幻化着它的梦境

一粒风干的榆钱
让梦牵进了夏天
牵过了季节的驿站
错过了着床的最佳时间

2013-5-6

# 给一棵秋天的树留言

时间的风口没有转弯
打起行囊
从秋天穿越心灵的雪原
春天会装点你的梦想
母亲说
你的风景就在前面
不要总是回头看
这样
只有这样
母亲才得以心安

2008-10-10

# 冬·鲜活而又崇高（组诗）

## 立　冬

藏真　藏晖
收起前世的繁华
积蓄来年春天蓬勃的能量

## 小　雪

为了感恩
我把洁白的诗行
展开在根脉流动的山原之上

## 大　雪

用鹅毛般的温暖
拥抱你的真诚
抚慰大地疲惫的身心

## 冬　至

涌动的血液
苏醒的河流　大地
又开始了新一个轮回的生产

## 小　寒

那是舒理筋骨的语言
尽管有些难懂
但　苦后有甜

## 大　寒

幽蓝清冷的火焰　新生命
就从这阵痛中开始胚芽
鲜活而又崇高

2015-12-13

# 春天的光芒

就从大地的腹部出发
涌动在万物的血液中
流淌在树木的骨子里
枝条看上去是那样的灵动
饱满而有活力
丰富不乏弹性
新生命的旋律挺进高潮
弹奏起春天的多重乐章
绿浪　轻纱一样的绿浪
晕染在垂柳的枝头
带着清新嫩滑的滋味
像一团充盈在天地之间的
光芒的清流

# 春天的旋律

清纯的柔风
和着谷雨的惊喜
打湿了我关于春天的记忆
飞升飘零的蒲公英
扎根在生命的旺地
为新一轮春风的展开
播撒新绿
增添温馨

谷雨的音符
在大地的琴键上
弹奏了一夜的渴望曲
哺育着
从惊蛰乱驾牛就努芽的稼穑
破土而出
律动小满的盈实
立秋的好收成

一株迎春花说
就让这粉红色的梦
踏着春的浪波
千层万层地开始灿烂吧

# 春思

我把一粒红豆
种在了山乡养人的土壤中
伴随着布谷鸟的叫声
种子发芽了

山乡肥美的土壤
红豆的根深深扎下
山乡自然的风韵
孕育出火红的五月
一个相思的季节

# 春日

丽质一笑千百媚，
意也悠悠，
情也悠悠，
秋水相思脸上流。

紫烟三春氤氲照，
雾也蒙蒙，
雨也蒙蒙，
春日秀色手中游。

2008-09-08

# 和向日葵

走过那一片阳光，
和阳光一样灿烂。
那一朵娇艳的向日葵，
是我的最爱。

2013-7-29

# 枫叶中的情韵

一抹饱满撩人的霜红
跳动着四季的精灵
把激情演绎得火热
溜走的岁月
从你的眉宇间溢出
怎么看都让人心动
漫舞过季节的渴望
始终都没有改变追求的颜色
把气节书写在脸上

是谁偷走了那把心锁
让爱怜的人寻找一生
也难以琢磨枫叶的心事
徘徊在香山之外
游走在梦境之中
当我走过迷茫
打开秋天的后记
硕果已挂满树的枝头

2008-11-07

# 夏之情

浓浓的一片情
交织在心灵的颤栗中
叫你　透明的月亮
抚你　朦胧的月光
通过花蕊进入深邃
把迟来的春拥抱在夏的怀中
消溶在宇宙同体
阴阳的两极

# 赏秋（自度曲）

读博友“水方朔之风情”的《江城子·金菊秋吟》，情不能已。故借得其两三句，随吟自度曲一首，以共同把玩赏秋：

尚幽香，
友谊长相望；
是金秋，
菊韵大家赏。

谁说东风不嫁，
金菊寂寞，
断是妒群芳？
和着金簪花、八瓣梅、小株月季，
还有金丝莲、大丽花等等。
咱们缓步高风徜徉。

2009-9-11

# 蒙松雨·说晨练（自度曲）

今早起来，浓雾弥漫广场，无法晨练。转回家中的路上，是赋自度曲一首，聊发感慨而已。

秋深连阴雨，
晨起锁浓雾。
气场有害，
太极少练，
周天运行真元。

草尖顶露珠，
水汽接云天。
远山遮面，
近树生烟，
布谷飞过眼前。

2009-09-13

# 晨练感怀

晨练，在太极中悟道。
晨练，在静虚中听涛。
晨练，我把所谓的聪敏抛到脑后，捡拾愚鲁。
晨练，我忽然想起了千岩万壑上那风生涛起的松柏。

我想是松柏就一定挺拔。
如果不在巉岩峭壁间挺拔，就会在险恶困境中枯萎。
松柏是山到绝顶我为峰的世外高人。
松柏不会屈服于任何恶境。
因为松柏就是恶境中的君子。
没有恶境中的苦修，松柏怎能成就伟岸和高洁。
恶境是松柏成其为参天大木的道场。
恶境才凸显松竹梅岁寒三友的高风亮节。

临危而不惧！
遇寒而不栗！
淫威而不屈！
处变而不惊！
松柏犹恶境中的禅者，高处胜寒，参透天机！

2010-12-29晨练后

# 守望中秋

——和绿洲沙龙的文友们一起欢度中秋

中秋的守望
守望一种文化
守望一种文明
我们在守望祖先
祖先活在心灵的庙堂
我们更守望丰收和粮食
我们和天地神灵一起
和柔美淑德的嫦娥一起
和祖先一起
欢庆又一个丰收的年景

中秋是生者的团圆
也是与逝者的心灵对话
更是与自然的阴阳和谐
在生命的长河中
每一个生灵都是盛开的一朵莲花
都精彩了生命之河的长虹

文学沙龙
性灵文学的巢
喂养灵魂的巢
滋养心灵的巢
我们在文学的巢窝中成长

成长良知
成长精神
成长为一个真正的人
一个大写的人
成长为一棵茂密的
为许多人休憩纳凉的大树
成长为心灵的驿站

绿洲沙龙
匍匐在大地之上
让每个被文学温暖的心灵
在自由的天空
成为展翅翱翔的云雀
隆起大地海拔的雄鹰

2013-9-13

# 土地·家

拥有一方土地
一方丰满的土地
感觉就很幸福很踏实
就有了一个完全意义上的家
扶着犁把的手
就好像握住了整个世界

拉犁的牛很诚实
土地缠绵地呻吟着
耕耘是一幅优美的画
耕耘是一首和谐的歌
耕耘是生命的方程式
拔节的细语
述说着土地的全部意义
幼苗的欢笑
延伸了家的内涵
于是
生命便鲜活透亮起来了
家充满了温馨

# 残秋

有风的日子里
无雨
风说季节无情
狂怒的树震落了夏的衣衫
秋天的故事
只有落叶知道
一页一页
只留在根的心房
等大雁北归的时候
发表在布谷鸟歌唱的地方

## 小雪

今天是小雪，
2014年的秋，
头也不回地走了。
红叶如时光的碎片，
贴在岁月的年轮上，
定格在记忆的相册中。

# 驴友

给自己找个借口
哪怕是思想上的自由
给身心放个假
和春天一起出发
没有任何理由能阻挡
春天的脚步
何不陪同春天
去生发自己又一季的新芽
管什么狗球毛吊的事情
幸福只生长在春天的心里

2017-2-19

# 今夜星汉灿烂（朗诵诗）

## ——放歌十七届六中全会、贺中国文联中国作协两代会召开

今夜星汉灿烂
我们又将迎来新世纪文艺的春天
金秋十月的英明决策
辉映华夏五千年古老文明的光焰
接力五四新文化运动的火炬
从《延安文艺座谈会上的讲话》
到沐浴一九七九年的那个春天
再到文化大发展大繁荣的新诗篇
近一个世纪的岁月
近一个世纪的奋斗
近一个世纪的辉煌
近一个世纪的前赴后继
承接着祖先丰厚的硕果
中华文脉源远流长
二十一世纪
让人类真正的文明——
东方新儒学的伟大思想
引领地球村的四面八方

今夜星汉灿烂
光耀祖国九百六十万平方公里的江山
中华民族的“文艺复兴”
注定要把古老文明的国度推向新的彼岸

国学热深入人心
孔夫子走向世界
改革　创新　发展
文化　国之综合实力的精髓体现
素质　道德　诚信
中华　走向全面复兴的社会基础
三十四年的改革开放
三十四年的经济发展
三十四年的思想解放
三十四年的波澜壮阔
开启了民族复兴的序幕
承前启后再铸辉煌
展开了一幅
炎黄儿女励志图强的大画卷

今夜星汉灿烂
我们乘天宫一号空间站巡礼银河蔚蓝
东方巨龙昂首腾飞
传递着世界和平发展的两大理念
多元文化交融相会
五洲四海异彩纷呈
和谐世界和谐中国
文化　沟通人类心灵的大使
文化　增进世界人民友谊的桥梁
文化　提升综合国力的又一新的增长点
啊　文化大发展大繁荣的东风
劲吹神州大地
文学艺术界的进军号即将再一次吹响

中华民族的精神凝聚力必将再一次增强
文化是国之魂
文化是国之脉
安全强大的先进文化体系
是综合国力强盛的全面真正体现
啊　今夜星汉灿烂
我们放歌又一个文化大发展大繁荣的春天

2011-11-22

# 五、爱走过四季

## 百年回眸

——为香港回归而作

一

香港你回来了——
洗雪百年的屈辱，
你谱写下香江不屈的史诗。
香港你回来了——
带着百年思乡的企盼，
撒下一路的相思。
香港你回来了——
砸碎灵魂的镣铐，
奔向祖国温暖的怀抱。
今天，翱翔于蓝天的白鸽哟，
怎能忘记：
《南京条约》的耻辱，
《北京条约》的野蛮，
《展拓香港界址专条》的血腥。
侵略者用残暴涂写着得意；
“中国人被一女人征服了。”
不，不，不！
征服的只是几个奴才，
中国人民永远不会被征服。
中国人顶天立地！
林则徐说了；
邓廷桢说了；

关天培说了，
千千万万的志士仁人说了。

## 二

“中国人民从此站起来了！”
曾在一个金秋的十月，
一位世界伟人如是说。
一国两制，当令世界瞩。
邓小平说：
香港是中国的领土，
我们是一定要收回来的。
香港你听见了吗?!
香江你听见了吗?!
这是伟人的声音，
这是祖国的召唤，
就让历史铭记，
就把耻辱化作警惕和尊严，
让曾经的苦难，
再次唤醒民族振兴的信念。
1997-7-1——
祖国走向统一
炎黄子孙携手共进
图强腾飞
迈向二十一世纪的进军号！

# 龙行九天

## ——贺神舟九号载人航天飞船发射并与天宫一号交会对接圆满成功

此时我想起了您，
新中国的缔造者——毛泽东，
“中国人民从此站起来了。”

此时我想起的是您，
两弹一星撼动世界的伟人——毛泽东，
“多少事，从来急；
天地转，光阴迫。
一万年太久，只争朝夕。”

此时我脑海里确实浮现的是您，
伟岸超凡的圣哲身影啊！
气势磅礴的浪漫主义诗人——毛泽东，
“可上九天揽月，
可下五洋捉鳖，
谈笑凯歌还。”

唯有您胸怀星汉的诗人气质，
才能洞穿红尘，
笑傲苍穹。
“坐地日行八万里，
巡天遥看一千河。”

美丽英武的刘洋，
当腾云吐焰的长龙，
刺破青天的时候，
妈妈颤抖合十的双手，
妈妈揪心流出的眼泪，
那是十二分的牵挂，
那是娘千万次祝福平安的心痛。
是父亲发自内心的骄傲，
还是放飞了中国人千年的飞天梦想？
还是今天遨游太空的大鹏舒展了翅膀？
“鲲鹏展翅，
九万里，
翻动扶摇羊角。
背负青天朝下看，
都是人间城郭。”
啊！我朴实无华的爹娘。

浩渺太空银线穿针的刘旺，
你沉着、冷静，
鹰一般尖锐的目光，
打靶太空，
十环中的，
把天宫再一次揽入怀中。
你激动的泪光，
让我多少次热血沸腾，
泪流两行。
自豪！
这是祖国走向复兴的坚强臂膀。

中国人从来不畏惧霸权豪强，
爱好和平，
热爱明媚迷人温暖光明的太阳。
中国——
几千年前赴后继的志士仁人们如是说。

潇洒威武景海鹏，
重返太空领航程。
云影天光破晓过，
艰难险阻能战胜。
琼楼玉宇逍遥游，
庄周梦蝶不是梦。
“北冥有鱼，其名为鲲，
鲲之大，不知其几千里也；
化而为鸟，其名为鹏，
鹏之背，不知其几千里也；
怒而飞，其翼若垂天之云。”

龙行九天，
五星红旗展。
天宫遨游星际间，
俯瞰烟雨人间。
祥云环绕蔚蓝色的地球，
神舟九号高歌凯旋。
刘旺说：
“脚踏实地的感觉真好！
回家的感觉真好！”

2012-07-02

# 龙啸长空

——贺『神五号』载人航天飞船发射并回收成功

“神五”飞天
扬国威
立伟业
东方龙腾冲霄汉

长剑闪过
九州庆
世界瞩
华夏发出和平宣言

龙种龙种
遨游太空千年梦
夸父追日
万户嫦娥
如今笑逐颜开
广寒不寂寞

蔚蓝天空舒广袖
人间天上
平步青云
龙行万里海天
再不是地上百年

一昼夜
寰宇十四凯旋

# 生命铸国魂

——悼念歼-15研制现场总指挥罗阳

起飞　style
歼-15滑越甲板的优美曲线
是共和国立体铿锵的交响乐章
在海天一色间
震撼亮相
辽宁舰
空中“飞鲨”演武长天剑出鞘
刺破阴云密布
演奏波澜壮阔的蔚蓝交响曲
闪电划过
惊醒游梦人
寒光透彻暗夜

起飞　style
你铸剑“龙渊”举纲四维
迎着共和国每一天初升的太阳
超越西太平洋的隔阂
拥抱和平
欧冶子
为了铸造天下第一的龙渊　泰阿　工布
你遍访天泉北斗
为了磨砺无坚不摧的剑锋
你跳入寒气逼人的坑洞

就为了寻找亮石
让宝剑禀赋生命的灵性

起飞　罗阳
你把生命锻造在剑锋的中央
标榜在中华民族的国魂上
舍命铸宝剑
精神驻宇环
万里长城神采飞扬

2012－11－25

# 奥运风

——献给2008北京奥运会的歌

龙腾渊海，凤翔九天，
奥运旗帜中华传。
东方文明，炎黄渊源，
华夏大地精神显。
立其善风，扬其善声，
祥云圣火五洲燃。
共同梦想喜临门，
五环洋溢惠风。

万马来朝，虎啸林泉，
风云际会北京城。
低走游龙，高飞鲲鹏，
风华正茂竞风流。
山林岫峰云兴起，
海上仙山有蜃楼。
“天兵天将”听调遣
锦绣万里江山。

大风作声，霓赏起势，
风起云涌展俊杰。
蓝天布阵，紫气点兵，
声势浩荡见英雄。

万钧待发满苍茫，
树之风声跃燕上。
风骨风姿风化宇，
风义吹遍五洲。

注：树之风声——教化，文明之风的传播。
风义——友谊，情谊，道义。

2008-08-21

# 奥林匹克说

把心态放平，
把精神提起。
把快乐扩张，
把烦恼抛弃。
把仇恨消弭，
把友谊传递。
把战争远离，
把和平希冀。
拥抱大爱，传播情谊。
坚持超越，彰显能力。
祥云圣火，人类共企。

2008-08-22

# 新年的祝福

新年快乐
我的所有朋友
以及我的“敌人”
夯实我成长基石的“敌人”
其实你们才是我一路成长的真正诤友
我诚恳地祝福你们

我在看央视的新年晚会
启航2013
多给力的晚会标题
就像郎朗的十指
舞蹈在饱满的钢琴键上
舒缓激越的行板
这是人在旅途
拾级而上吗

新年快乐
我的朋友们
我的诤友
把幸福握在手里
不要让她从指缝间溜掉
幸福就像花儿
只要你把她种在心田
花儿就会永远怒放

2012-12-31　23时

# 无题

世界再大
只是一个转身的距离
学会爱才是你最大的幸福
爱
无边无涯

2013-5-20

# 树的赞叹

或许，太阳从来就没有偏离轨道。只是，地球总有些面要背向太阳。

——题记

日子像晨露一样
从一切的叶茎上滑落
落入生命之门

丰满的树
总要消瘦
为了再一次辉煌

蚕食大树的虫
穿透了岁月的年轮
寄生繁衍
借鉴变色龙的手段

透过时空
才知树是一种形式
虫也是一种形式
变最真实

以后的日子

蝼蚁成了洞穴的主人
洞穴成了蝼蚁的科研所
靠着虫蛀的洞穴
蝼蚁上升为一个阶层
形成庞杂的族类

吃虫
是啄木鸟的事
亘古不变的味觉
麻木了啄木鸟的舌苔
虫适应力很强
啄木鸟的嘴却有些异化
于是树
赞啄木鸟
叹啄木鸟

# 走过端午

端午过了，
屈原还在心中。
屈原走了，
诗歌留在心中。

诗歌走过灵魂的深处，
溯流而上，
君在江之头，
我在江之尾。
邀月品香茗，
同饮一江水。

2013-6-12

# 无题

当我准备得到的时候
就已经失去了
当我把绿色的网
还没有织好的时候
一场强劲的风
把她撕碎了
失去的时候
我满怀希望追求
编织的时候
我鼓足信心组织
然而
还是失去
还是破碎
就像做了一个
很长很长的梦

# 甘南——我就在你的腹地徜徉

是谁在这一望无际、旷远辽阔的仙境绿野上，
以围棋的方式，
演绎了亿万年的黑白厮杀。

——题记

我就在你的腹地徜徉
甘南——
那丰美的草原
肥硕的牛羊
白云是你飘逸曼妙的面纱
高山是你缠绵修长的臂膀
你流畅动人的曲线
是写满草原的天籁般交响
你的歌声让雄鹰翱翔
你博大温柔的怀抱
让英雄忘记了故乡
哈达一样飘落草原的长河啊
是你天地可鉴的
幸福爱情的泪珠
流过你红霞飞动的脸颊
流过你冰清玉洁的躯体
和大地接吻
让甜蜜的花儿开满原野

我就在你的腹地徜徉
甘南——
我不忍惊醒你高尚的灵魂
我不忍践踏你轻柔的梦乡
我只愿匍匐在你的身旁
融化在你的温柔乡

我就在你的腹地徜徉
甘南——
我只是仰视
我也只能仰视
在天与远山接壤的地方
我洗涤灵魂的卑俗
和世俗的那些勾当
啊　这圣洁的天堂
我就在你的腹地徜徉
甘南——
我梦中的天堂

写于省摄协甘南采风行回程从迭部到合作的道上
2014-8-31　9时30分

# 寄语四川灾区

我也不敢肯定她来自四川，但从她娟秀的字里行间似乎觉得她就是四川人，不管怎样就让这段文字带着我的问候，转达我对四川灾区人民的一份真情和祝福。

地震过后
那一丝挥之不去的
忧怨思念悲伤恐惧
也深深地感染了我
灾难过去已经五个月了
心中挥之不去的痛
还是那样磨人
时间的魔手都很难愈合
心灵的裂痕
只有爱才能慢慢抚平创伤
把撕心的痛深深地潜藏
寄去我的一份爱吧
让我的拥抱温暖你
让我深深的亲吻
融化你心里的凄凉
每天早起
去看新鲜的太阳

2008-10-17

# 文县，天池船影

推开天池早春的门扉
钩沉岁月的流痕
悬挂起那一面远航的心帆
超越时空
洞穿自然的沉默
把历史定格

2011-4-21　晨6点10分
为陇南行文县天池摄影配诗

# 雪域

从拉萨到成都
这里是另一层界域
连神仙都不敢大声说话
漫步波涛万顷的云海
蔚蓝色的透明能融化一切
还有什么不能洞穿
这里能荡涤俗世的杂尘
这里能淘洗落寞的灵魂
这里养眼养心养精神
一种壮阔洁净的清醇
能消解何人心中的块垒
和白云携手
把蓝天轻柔
鸟瞰苍莽
星系悬河
和苍鹰一起
曼妙在圣洁的雪域

2009-06-16

# 沐雪域长风

来自珠穆朗玛的风，
寒彻骨髓。
是谁，
把这一份清醇，
撒在了天宇。
春来晚急，
醍醐灌顶，
让慈心的牛毛细雨，
浸润心田。

雪域的长风啊！
就这样，
吹过轮回的风尘，
酿造成了香甜的奶茶，
把赤子的心——
灌醉！

2008-09-23

# 月亮是她的心

古雅悠扬的琴声
沿着月的柔波飘来
滑过清辉的肌肤
香溢满心头
缤纷中
一颗带露的红豆
和着原野的柔风
踏一路清脆的响铃
撒一路芬芳的花香
倩影朦胧
款款向我走来

2008-09-20

# 西部大山

大山
西部的大山
是丰满圆润的女人吗
在她雍容华贵的乳峰间
挂满了
哺育生命的摇篮

不管你走到哪里
都突不出网一样的情结
飘浮在头顶的祥云　是
那般浓烈香甜的乳汁
总是让你萦回牵挂
总是引导你脚踏实地
擦亮你迷途的眼睛
点化你堕落的心灵

大山
西部的大山
养育着生命
繁衍着五谷的根基

# 马畅 马畅

——惊闻太极美女马畅8月12日23时15分南昌八一桥头车祸身亡

一枚香叶
被严酷的秋风从母体上撕裂
香消玉殒
那不是行云流水的太极
旋转一百八十度
超速的罪恶
金钱的罪恶
这个时代的文明
从来不把淡定放在心上

一夜昙花
你如此的惊艳
你如此的芬芳
以至于天亮了
花谢了
人们还久久不愿离去
太极印象
中国太极谱系中的女皇冠王

一匹踏燕而过的天马
你飘逸神明的太极
绵绵犹江河
翩翩若飞天

仙姿绰约间
如白驹过隙般轻盈朦胧地滑过
太极已不是你的武行
太极是你人生的哲学
哲学是你演绎太极的道场

2011-10-5

# 桔香

读关于《桔》的一组黑白人物摄影，美不胜收，感怀之余，写《桔香》几句，以抒吾情：

黑白中的素洁　你
确实找到了青春的骨感
桔
还是那么田园质朴

2010-01-16

# 爱情

那不是通道
那是一段情结
是一串想串
也串不起来的李子
是一棵扭得难解难分的合欢树
每一个关节都是一个谜
述说着古老的话题
重复也不厌倦

因为根的张力
枝叶总要伸展
伸展也许是生命的外延
于是　枝叶有了对根的思念
揉碎了的梦
拉长了一份永远寄不出去的心情
助长　肯定是电磁感应
我还是我
永远走不出根的牵挂
因为
那不是通道
那只能是一段永恒的情结

# 妙音

妙音绕指青玉好，
圣面拂秋水。

香逸绢袖，
情牵古韵，
听来鱼舟竞渡。

意切切，
还把相思来诉。

2008-08-28

# 那一份永不褪色的爱

文学的空灵，
是尘世的寂寞。
纯情的爱意，
把三界穿透。
爱，
永生永世，
从不轮回。

忘记佛祖，
是佛祖的初衷。
爱，
就是佛的全部。

# 日暮鸥鹭归

晚霞牧歌扶摇上，
一片丹阳情伤。

正弥蒙，
三鹭引吭，
几多明丽，
几多风光。

皓月复当空，
向天奋翼展辉煌。

2008-8-25

# 祖国的问候

跨进北非洲，
走过撒哈拉，
聆听沙粒间金属般的对话。
就在黄与蓝接吻的地平线上，
有一批中国的景泰蓝，
在频频向我招手。
我说：
小心，
别把幽蓝的瓷擦伤！

2008-10-07

# 六、城市，褪去你生硬的壳

## 现代城市人

城市如大地的树冠
根　很深　很远
亲吻的方式　汲取营养
只有循着根伸展　伸展

——题记

从远古到现在
成群的鸟们争先恐后地
飞离真正的家园
生命的根部
——“粒粒皆辛苦”的地方
迁徙到遥远而凝固的树冠上
树冠便成了刨食或栖息的地方
为了抓住飘浮在空中的彩云
实现衣锦还乡的荣耀
鸟们总是匆匆忙忙
匆匆忙忙中
没有留意根的厚望和意味深长
忘却了是根养育了树冠的繁荣
进而轻视根　远离根
只想守候在高枝上
却不知根的消瘦就是树冠的消瘦
唇亡齿寒　两败俱伤

为了一把米
为了一口软化过的水
鸟们终于失去了翅膀的本能
和脚踏实地的信心
于是
蓝天很低　大地或树冠很挤
空气也越来越重

经纬穿梭成网
鸟们逃不出纲举目张的封锁
梦中的憧憬
被狂奔的马如瀑布般撕裂了
躯壳抛弃在空旷而没有柱石的沙滩上
肉成了海市蜃楼里的佳肴
壳只能用来盛装空虚和无奈
让各色流行的风出出进进进进出出
本质却无助地到处流浪
杯弓蛇影　于是有
雪山　草地　沼泽
急流　险滩　冰川
或许这与坎坎坷坷有关
抑或是存在的另一种景观
白驹过隙
变才是真正的内涵
时间只是一种思维概念
过程有长有短
流没有直线

拥挤的声浪
击退了心底仅存的一点真实
缤纷的色相迷惑了鸟们眼中的本真
碾碎了拔节的理想
只为盘中餐吗
还有鸟笼里的星星月亮

城市
翻卷着飓风
汹涌成波涛
鸟们不得不随波逐流
起伏在风中
流动的　是火
留存的　是冰
挂一轮残阳　似梦
抹一脸霞光　如血
开幕闭幕
闭幕开幕
挤碎的躯壳溶入泥土
只有龙　超越了时空
贯穿古今
带着世纪的豪爽
站在中国城市的上空
遥遥相望　据说
只有明月温柔
太阳刚直真纯

# 城市补丁

不知从什么时候起
惹眼的招贴
迷人的广告
充斥视频
让城市也打上了五颜六色的补丁
女人成了这些补丁上耀眼的风景
(应该说，在中国的传统里
女人一直是缝穷的能手)
填充着我们越来越瘦的精神
挑逗起城市浮躁的风
招惹着漂浮的情绪
蜂拥翻飞
如产卵期的金枪鱼　成群结队
急切地寻找着宣泄欲望的产床
一有机会
便附着在城市这棵大树的
枝枝叶叶　柯柯杈杈
张扬物欲的疯长

广告把另一种卵　通过补丁
传播到了每一个人的身上
任由其在体内孵化　破灭或膨胀
也许是穷得只剩下钱的缘故

抑或是与西风有关　总之
浮躁的风是越吹越大
犹如春天北方刮起的滚滚黄沙
弥漫过心灵固守的防线
乘虚而入
剥蚀着我们日益脆弱的精神

让我们行动起来一起种树吧
种植一种能真正养育精神的大树
种植能净化灵魂　根系发达的常青植物
不管怎样　死去的岁月
给今天和未来输送着充足的养料
我们没有理由不把树育好
让我们一起种树吧
一起来绿化心灵的荒漠
缝补城市的另一种穷
捡拾起失落的良知
召回走失的诚信
沉淀　这
日益浮躁的世风

2008-11-04

# 城市舞步

体味一种感觉
城市
激奋了周身每一个细胞
复活　不只是
茶余饭后的情调

潇洒了春
满足了夏
安慰了秋
冬也许萧条
萧条也是一种感觉吗

# 诚信，我不敢说——

我不敢说诚信是国人的传统
我只知道圆滑是这个民族的特质
把白的说成黑的
把黑的说成白的
把圆的说成扁的
把扁的说成圆的
把长的说成短的
把短的说成长的
把活的说成死的
把死的说成活的
把有说成无
把无说成有
无中生有
有中生无
这就是国人的哲学

诚信　不是这样
诚信说：一是一　二是二
说到做到就这么简单
有人说诚信是金
有人却见利忘义
当良知是诚信的天平时
诚信就是一种美德

把诚信当作获利的资本时
诚信就已经串味
以人为本诚信树
以利为本诚信废
大道为人
小道为利
只有爱人至诚
信不倡而自立

我不敢说诚信是国人的传统
我只知道老道是这个民族的性格
精于算计　左右逢源
老练到事不关己高高挂起
做对自己有利的事起劲
干对别人有损的活儿得法
还说管他三七二十一
人不为己天诛地灭
这就是国人的哲学

诚信　不是这样
诚信是：言必行　行必果
爱人如爱己　就这么直白
有人把羊头挂在门上
有人把狗肉盛在碗里
当诚信是爱人的标尺时
诚信就是良心的表白
把诚信作为一种攀升的手段时
诚信已流于浮华

我不敢说诚信是国人的传统
我只知道世故是这个民族的文化
丰富了语言空虚了心灵
舌头的功能已进化到了极点
信口雌黄　决不汗颜
不信　你就去闹市上走走看看
不骗白不骗
骗了白骗了
不骗才是傻瓜　还说
撑死胆大的饿死胆小的
你不看官场的奢华
这就是国人的哲学

诚信　不是这样
诚信要：发自内心　源于心灵
童叟无欺唯人至上
无需过多地自我标榜
鼓动在嘴上的甜蜜　或许
只是一种诱惑
只有诚信开始普遍结果的时候
文明才能真正发芽
谎花结不出果实
只能耗散土地的养分

诚信的种子需要心灵的呵护
文明的花朵需要精神的喂养

2008−10−30

# 金子的蜕变或呐喊

当诚信荒芜的时候
我们呼唤金子般的良知

——题记

埋在土里会鸣叫　能游走的金子
何时湮没在了红尘
埋在土里会鸣叫　能游走的金子
早已迷失在了官场
埋在土里会鸣叫　能游走的金子
时下已结构成另一种贞节牌坊

佛见黄金把头低　其实
贴金的日子由来已久
源远流长
自汉魏以来遗风渐长
一面是孔孟的衣钵
一面是谋略家的战场
斗法的结果
一个金粉门面
一个入主殿堂
诡道由此占据风头
一路走来势不可挡
只把黄金的旗帜

作为瞒天过海的舟车
临风张扬

谁说一诺千金
你就不看看殷商时的少师比干
谁说一诺千金
或许那只是项庄舞剑的靶场
从殷纣王手上刮起的风
刮过“鸿门”
也刮过“马嵬坡”前
一刮就是几千年
居高临下的风
剥蚀了金子固有的成色
蒙垢的金子
亟待拭去千年的尘障
让它释放出纯正的光芒
那么
谁能迎风而上　去
荡涤污浊
谁能迎风而上　去
厘清真伪
谁又能迎风而上　去
为它正名
谁还能迎风而上　去
挖掘足色的赤金

其实　金子的成分十分单纯
只是　时风让它变得驳杂

金子的蜕变完全是时风的蜕变
在风的唆使下
金子让金子本身诱惑了
于是　迷失了真我
忘记了本来　和
那一片纯真的精义——
埋藏千年　决不减初始的光焰
而这才正是
金子价值的真正滥觞

2008-10-23

# 一滴水的力量

在城市中寻找一滴水
想给绿色以生存和希望

虽然放错了位置
楼群的夹角中
水泥结构的缝隙间
也会蓬勃出绿意盎然
只要有一滴水
一滴水的力量
就是生命的希望

生命在简单中生成
生命在复杂中成长
一滴水能洞穿生命的内核
苏醒沉睡千年的基因

简单
即是真理
这就是一滴水的力量
这就是一滴水的教训
和对生命的忠告

# 关于『金钱』的思考

庄稼一朵花，全靠粪当家。

——民谚

金钱如粪土
市场是广阔的土地
如粪土的金钱
肥地壮苗营养五谷
催生生命的绿意
丰满科学的羽翼
强壮长城的臂膀
富庶人民的天堂

至此　　才知道
古之士人
视金钱如粪土
是一种哲思
抑或是对金钱的
一种放下的信仰
因为金钱不是目标
轻视为理
重视为用
金钱只是市场的肥料

聚敛堆积起来很臭
合理施肥芳香
孰重孰轻一念之间
是香是臭运用之能
投资就是施肥的过程
积压只能滋生蛀虫

确实　真的是
金钱如粪土啊

# 七、古韵新唱

## 端阳为屈夫子而歌

五月五日上昆岗，
端阳丹桂千年香。
千丝万缕屈子纪，
短句华章楚辞长。
汨罗江上龙舟过，
临风天问离骚扬。
九章九歌惊辞采，
千古传诵有滥觞。
上官南后万年臭，
伟大诗人伟岸像。
沫若屈原雄浑在，
江南清风稻花香。

2009-05-28

## 祭屈原

汨罗江水总关情，
九歌天问坎坷行。
诗人高擎悲回风，
岷山昆仑离骚经。
九辩七谏抒大怀，
远游卜居哀时命。
渔父九思招隐士，
惜誓招魂临风凭。

2013-6-10

## 柳公权楷书法帖『陆士衡演连珠』拓片感怀

铁画银钩法度严，
一轮皓月天诚悬。
高士风骨兴中唐，
忠魂遗墨万古传。

2014-11-4

## 题秦岭鳌山

中央山脉号秦岭，
南北分水走苍龙。
终南毓秀存道骨，
华岳倚天剑七雄。
鳌山道上峰独秀，
太白连云八仙群。
黄河长江携手进，
中华雄霸柱宇穹。

2014-6-13

## 读红楼，话探春

红楼一梦石中隐，
痴情只留雨村言。
春去三千云做伴，
泪流心田酿成泉。

2009-08-20

## 品红楼梦

5月18日参加市红学会举办的“红学文化与社会科学研讨会”，与会学者和红学爱好者交流踊跃，受其感染，会间遂成一首。

红楼遗梦三百年，
抛洒人间解心酸。
了了一生觅真爱，
空空法相佛箴言。
珍馐美馔竞奢华，
姹紫嫣红绽芳颜。
才思穷追五千岁，
绝著妙境笑后贤。

2013-5-19

## 悼念老艺术家阎肃

志在乐坛立宏图，
宫商角徵起大鹏。
扬帆艺海笑春秋，
德艺双馨满乾坤。

2016-2-12

# 八一建军节说国是

八一八二八三四，
建军节日说国是。
贪官污吏不能容，
祸国殃民无宁日。
钓鱼岛上插国旗，
莫让倭寇占便宜。
日本小人要泼皮，
警惕战争嫁危机。
军国主义贼子心，
觊觎钓鱼更陆地。
二战以来无根本，
狼子野心裹画皮。
中华高擎昆仑剑，
降妖除魔血刃敌。
打蛇要打七寸处，
点穴要点命门死。
运筹帷幄主动权，
攻克二难是绝计。

注：二难，一难曰：解放思想，大胆作为；凝聚民心，积蓄力量。打出一条和平的道路。二难曰：在中国复兴的路上，中日一战难以避免，所以中国要早作决断，早作准备，不能受制于人，更不能心慈手

软。日本可以说是横在中国复兴之路上的拦路虎，只有打掉日本，中国才能真正地崛起！

2013-8-6

# 悼何西来

中国当代著名文艺理论家、文学批评家、社科院研究员何西来因病于12月8日在京逝世，享年76岁。何西来原名何文轩，陕西西安人。他师承何其芳，从事文艺理论研究50年，出版了一系列有影响的著作，包括专著《新时期文学思潮》《文格与人格》以及论文集《文学的理性和良知》《文艺大趋势》《论艺术风格》等。作为中国新时期文学批评的重量级人物，他曾担任《文学评论》的主编，对20世纪80年代至90年代的文学创作起到了助推作用。

何曾华山论长剑，
西岳顶峰阅鸿文。
来自弘福持真经，
赞誉华夏问鼎诚。

2014-12-11

## 读『杨式太极』感言

坚持太极数十年，
只恨没有名师点。
绵里藏针知皮毛，
祈愿宗师门下研。
弘扬国学济后人，
运转太极寻真元。

2009-06-12

## 庄重的罗京

今天早晨获知，中央电视台《新闻联播》主持人罗京逝世。获悉致痛，并为失去这样一位杰出的主持人而惋惜。

冷面冷峻热心肠，
书生意气不癫狂。
声如钟磬悦耳过，
国语京腔似新唱。
四十八年人间情，
二十六载业辉煌。
新闻战线一巨擘，
全国人民永不忘。

2009-06-05

## 甲午中日海战一百二十年祭

国殇之日想国殇，
战败烂在封建上。
各怀鬼胎想心事，
一盘散沙难成钢。
风靡腐化贼为首，
骄奢淫逸走时尚。
国民麻木贪小利，
八旗无能误国疆。
幸有伟人出韶岗，
润泽东方红太阳。
仁人志士齐奋起，
共赴国难好儿郎。

2014-7-25

## 题王羲之黄庭经、圣教序

皇庭圣教真风流，
淳化阁帖传春秋。
游龙飞凤天地玄，
大化宇宙易象修。

2014-12-21

# 春行陇南四题

## 望文县天池

阴平古道寻陈迹，
山峰雄起白龙行。
天成一线雾缭绕，
地留飞将邓艾营。
民风勤劳通巴蜀，
家在山腰云间庭。
一峰飞来锁龙腾，
忽现瑶池王母情。
水似明镜人如仙，
逍遥忘蜀蓬莱境。

## 游康县阳坝

桃花三月到阳坝，
陇上江南翠无涯。
传说画眉女初嫁，
风流乾隆收皇家。
竹林闲客听琴韵，
梅园女儿采春茶。
几片浮云几滴雨，

露珠杜鹃映早霞。
羌人民风龙门派，
玉液琼浆醉豪侠。

**登成县鸡峰山**

西南有峰陡然起，
翠绿浓墨玉画屏。
韦驮西来面绝壁，
化度东方众黎民。
雄鸡亘古报春晓，
起舞搭箭射苍鹰。
子美结庐同谷溪，
诗圣神品人间情。
文风昌达一脉承，
自然奇观剑阁境。

**铭成县西峡**

城西十里有西峡，
乱云奇石布阵厦。
栈道亭榭傍崖走，
长廊石阶晚红霞。
抬头一线蓝天外，
侧耳涧畔小溪话。
西峡扬名西狭颂，

法度谨严三颂佳。
惠安西表汉太守，
德望书品千秋夸。

## 题景泰明长城

徒步景泰明长城，
长风大漠起孤烟。
索桥石城古渡口，
戈壁边墙走云端。
情怀大山丝绸路，
放眼神州好山川。

2013-7-2

## 白草塬行

国庆新雨后，
夜来露珠投。
花艳早霞里，
秋染高原头。

2014-12-18

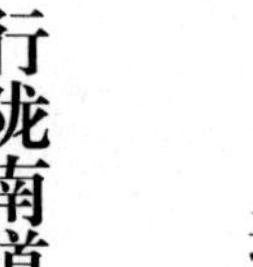

## 行陇南道上（二首）

### 过高娄山

峰秀林密水潺潺，
云霭蒸腾近自然。
阴平道上寻旧事，
不见邓艾来夺关。

### 携手白龙江

两山对峙势冲天，
携手白龙奔腾欢。
三五农家依山居，
干打垒里乐清闲。

1998-4-30

## 2017年端午晨怀

端午晨起还悠闲，
广场走趟太极拳。
黄河东去祭屈子，
牡丹芍药喜眼前。

## 念张贤亮

鸿文五十年，
贤愚看尘凡。
坎坷经风雨，
亮堂道人寰。
高唱大风歌，
抱得神曲还。
肖尔布拉克，
灵肉人性观。
苍天有炼狱，
凤凰终涅槃。

2014-9-30

## 共和国的农民副总理——陈永贵

六月四日晚看“晋陕风情”今日大寨，我说陈永贵：

虎头山上一只虎，
甘愿为民来吃苦。
精神从来励后人，
如今大寨庆有余。

2009-07-26

## 手足情

朋友高财庭的姐姐乙未八月十六去世，绝句一首，以表心意。

手足情深意绵长，
还未尽心已彷惶。
骨血原是离娘肉，
岂不高堂泪两行。

2015-8-17

## 过靖远永新、双龙、兴隆、哈思山印象

春吻大峁雪堆银，
夏被绿草乱飞莺。
秋过旱塬留瘦影，
冬挽白云旷古情。

注：大峁——靖远县双龙乡境内哈思山主峰大峁槐山。

2012-11-8　晨

## 题靖远雪山寺

祁连余脉雪山寺，
汉魏风骨永新藏。
千年古刹连塞外，
丝路文明通大唐。
南望哈思北寿鹿，
东临宁夏西陇疆。
民俗质朴传佳话，
旅游休闲邀三江。

## 读月影说文

月影中有一份恬淡的心情，这样很好！但细腻的感情，总会惹来烦恼。要学会静心沉思，这样风就会随你而动。

月影云中似含羞，
碧玉石里待琢磨。
春风绿意嫩杨柳，
夏韵琴声笑逐波。

2008-09-24

## 候车坝上

寒风微拂春暗浓，
柳红杨绿始朦胧。
若问乡客今日事，
满播香谷桃源中。

1991-12-27

## 和圣玉绝句其一

圣贤无奈琴声催，
流连蓬莱叩金杯。
玉润娥眉逸香气，
深秋赏花忘家回。

2008-09-30

## 汉草新韵

修为淡泊有玄机，
情趣天然妙仙境。
凡人识得性灵象，
淡意淡定任风评。

2009-02-23

## 齐靳秋色

会宁有小景，
齐靳在侯川。
秋色惹人醉，
禅意满高原。

2013-9-25

## 和博友枫情『扶桑逢夜雨感怀』

故国依水望玉川，
东瀛枫情巧卷帘。
近观樱花成新蕊，
抱得友谊驻泰山。

2008-10-08

## 再访博友赵常丽

燕赵风骨诗文秀，
攀谈絮语话春秋。
常温诗经风雅颂，
丽日朔风月满楼。

2008-10-15

## 五月端阳芍药艳

芍药富贵又妩媚，
清香冷艳惹人爱。
玛瑙红玉凝霜气，
雍容冰心牡丹态。

2009-05-29

## 贺白银市红学会群上线

三百多年红楼赞，
一朝情根荒冢间。
椽笔空前又绝后，
石头青峰化佛缘。

2014-4-28

## 一剪梅——念旭

今天是林黛玉扮演者陈晓旭生辰，忆起已是红颜永驻，魂在天国。

梅香春早正月风，荷塘重重，竹前喁喁。
梦里红楼现音容，言也由衷，行也谦躬。
冰清玉洁一梦中，去也丽荣，留也嫣红。
情深伤了玉石同，昨日怡红，今日曈昽。

2013-10-29

## 石竹花

石竹花，一名“洛阳花”，石竹科。多年生草本，全株粉绿色。叶对生，线状披针形。夏季开花，花单生或2—3朵疏生枝端，萼下有尖长的苞片，花瓣淡红色、红色、淡紫色、白色或杂色，先端浅裂成锯齿状。蒴果包于宿存萼内。产于我国北部至中部，生于山野间，亦栽培供观赏。园艺上变种颇多。全草作利尿药。

石竹艳艳红半天，
道旁阶下自悠闲。
碎玉珠珠爽人心，
挑逗玉人舞蹁跹。

2009-06-05

# 秋韵，浪游冶力关

冶力关又名野林关，在甘肃省甘南州临潭县和卓尼县交界处，临潭县的冶力关镇就坐落在景区。冶力关由上峡下峡、香子沟、黄捻子沟、冶海、赤壁幽谷、阴阳石、情人谷等景区组成。上峡又叫安多峡；下峡又名野牧峡。所谓的冶海乃高山峡谷聚水之湖，藏人唤之为海子。冶海旁有白石山，山顶似有终年积雪，实为石质为白色，山高2926米。从此望去远处的莲花山，在夕阳下恰似娇羞的少女。

山笼青纱树黛烟，
残霞万朵落峡间。
野林关里观野林，
深秋九月谁裁剪？
漫山层林霜染透，
衣带碧水绕涧穿。
五朵莲花说胜景，
峰清谷秀五彩颜。

2008-10-14

## 题摄影『春光烂漫到婺源』

青纱梯田嫩黄白，
层层叠叠绿韵来。
春意常驻岭南郡，
清清爽爽娱客迈。

2009-03-02

## 心有灵犀

一点玄机并不玄，
淡然处之心自安。
世事莫问方士好，
一心一意定悠闲。

2008-09-09

## 兄临门

老兄百忙凌碧波，
愚弟悠闲赋云鹤。
尘世浮名踏浪过，
海天万里泉林和。

## 题兰花

兰香风铃后，
情窦蕊黄里。
蝶飞绿叶前，
戏弄心旌迷。
翩翩含春潮，
戚戚诉思伊。
娥眉云中艳，
香唇淡雅启。
幽谷清风秀，
气节竹梅题。

2009-03-04

## 南歌子——咏荷

看摄影——清塘荷韵，美不胜收，其摄影水平令人赞叹。填词一阕，以表愉悦之情。

荷游莲蓬间，香风轻微薰。云影月钩可人儿。胴体莲藕，怒放牵玉手。亭亭芙蓉后，美眉眼含羞。丽质天然妙观音，拈来好身段锦上添秀。

2009-06-26

## 为诗词楹联协会暨银光文学沙龙赋

一岁一辞彩，
岁岁有华章。
庭台呈荣锦，
茂林修竹旺。
雅士伴高朋，
映带清流觞。
把酒壮豪气，
笔底飞龙行。
谁说文人情，
不言爱红装。

2009-12-23

## 空谷幽兰——悼念杨绛

清香若兰，
温婉如玉。
芬芳文雅，
含英咀华。

2016-5-25

# 醉荷观鹤

观扎龙自然保护区的鹤图两幅，听那首幽怨哀伤、脍炙人口的《一个真实的故事》，情不能已。写顺口溜《醉荷观鹤》一首，以示笑料！

荷生原初，蝶舞空前。
莲里藕根，人结善缘。
心寄苍莽，天地之间。
鹤鸣九天，蚁搬泰山。
持恒守拙，义不二兼。
巧取豪夺，艺不长远。
算计别人，累己不贤。
大仁大义，大爱无边。
荷尘不染，观音自然。
鹤翔大千，笑傲长天。

2009-07-11

# 夏云峰——别科学巨子钱伟长

7月30日6时20分，我国著名的科学家、教育家、杰出的社会活动家，近代力学奠基人之一钱伟长先生在上海逝世，余步词一阕，以表对先生的崇敬和哀思。

青松伟岸，夏云阵长，如雪白菊铺路。话当年、三钱耀华，莘莘学子沐春雨。好儿男、踏出国门，望星空、兴国良策何处。更教育有方，志当努力，勤勤恳恳习武。学得科学与民主，把千年文明，一起留住。人民唱、陈腐莫惜，赤子怀、奔走相诉。况春来、倍觉清新，为国家奋斗，不言艰苦。似宝马嘶风，自强不息，永远力学之父。

2010-08-08

# 长寿乐——季老仙游

网上获悉，今天季羡林老驾鹤仙游，国学泰斗，佛界文殊，从此西去。今学填词一阕，追慕大师风范！（曾取笔名曰：齐奘）

世纪应候，国难酬、清华赴德初秀。大官庄泥土香，山东清平，国中残破，凝望北斗。庆逃出敌手，济南一心明学剖。有守拙特质，德华佳偶。回国中，手捧故土贵胄。荣耀，文学院长，升迁北大教授。更值东方语言，不绝后学，有人来守。哥廷根修学，佛学梵文承明后。奉玄奘在先，五印研修。季羡林，人格松椿比寿。

2009-07-11

# 水龙吟——母亲仙逝九周年祭

岁月蹉跎，光阴荏苒，转眼母亲去世已经九年。九年在宇宙的时空里只不过一瞬，可在人生的长河中却是痛苦漫长的十年。贫穷的母亲，平民的母亲，平凡的母亲，却也是大爱无私的伟大母亲。在母亲仙逝九周年纪念日即将到来之际，将我填的一首词谨献给我在天有灵的母亲，也奉献给天下所有热爱母亲的人们!

金兽清香纸钱飞，转眼春花九年。今忆娘亲，言犹在耳，梦里难见。思想当初，严冬缝纫，油灯夜晚。儿女知寒否？徘徊跺脚，驱赶冷、惊儿眄。须信阴阳一纸，有家书、也难遥寄。母爱层层，漫过心河，对谁还说。中秋月下，枝阳城头，影疏寥廓。念慈恩绵长，晓谕子孙，热爱生活。

2010-05-19

## 一痕沙——忆姑母

农历二月初六是姑母仙逝九周年忌日，时回老家祭拜并填词缅怀。

### 追思郭府姑母仙逝九周年

阴阳两界奈何，常念姑母懿德。如今成追忆，恩难期。小子当年承欢，视侄已出温厚。知姑姑苦辛，独承担。

2010-05-17

## 三台·贺三姨丈姨母钻石婚并大寿

执子之手六十载，腊梅饱经风雨。忆初春、不弃过寒门，牛眼鞋、装束素朴。恩爱心，薄衣赛金缕。望北关、晚霞烟雾。好光景、高堂承欢，信静宁、家乡箫鼓。　　相濡以沫与子老，不说下乡甘苦。互相扶、李家塬上住，嘴头居、燕雀儿女。麦香淡、霜冷踏尘路，何曾识、农家庄户。向晚聚、油灯如豆，点炉灶、火花飞絮。　　三中全会暖民心，拨开乱象云暮。返城途、已是试新妆，平反路、十分佳处。如今看、儿孙传火炬，若翡翠、寿坐华府。喜二老、椿荣萱茂，贺耄耋、还叙家务。

2013-4-5

# 桃坪墓表

鸣呼！惟我先考天弼公，行二，生于中华民国十一年壬戌相丙午月壬寅日吉时。一生搬运工人为计。上世纪一九六八年十月，应“我们也有两只手，不在城里吃闲饭”的号召，携家乡里。然不期八载，病故异乡，享年五十有四。农历二月十二，漫漫飞雪，皑皑鹅毛，卜吉于白草塬畔五春；又文革终止，全家复古城会宁。三年稳定，择吉再迁父于城东南桃花山之二十九年。今，先妣尹氏，考讳淑芳，生于中华民国十六年丁卯相癸丑月庚申日吉时，出身会宁县城北关望族，结髻之年，于归何门。公元二零零一年八月十二日驾鹤仙游，享寿七十五秋。因寄葬桃花山九载，启於徙茔合瘗，与父同室，始克表于其阡。

定昌不幸，十五丧父。太夫人刚迈五十，面对弱小，居穷自力，苦撑其家，育儿女成人。虽有凄苦，忍泪淹心田。却告之曰：“汝父为人，忠孝礼仁，宁亏自己，决不负人。常曰：吃亏是福！汝祖父早逝，祖母在世时，早晚行孝堂前，无一丝怠慢。虽无片瓦遗后，却有正直做人长存。自立以来，苦力养家；其闲尚学，文脉绵长。”父虽为平民，德赞邑里；为人为行，为习榜样。

父母生育二男七女，男泰昌、定昌，能工善文，娶妻田玉霞、靳秀芳；女曰和平、彩平、媛平、金平、玉平、建平、丽平，姿仪端庄，家室儿女福全。

孙男二人：会军、铁军，配偶杨晓莉、卓玛，已自立承志；孙女佳蓉，正折桂读书。重孙男曰睿，表字元航，女名洁。

鸣呼！吾母仙逝九载，儿女追思：殷殷教诲，孜孜顾眷；含辛茹苦，一生慈贤；唯母为艰，从不言宣；哺育儿女，毕生辛酸；德喻邻里，恩泽重玄；哀悼吾母，以诗慰安。

鸣呼！惟我先考，积善成德；表见后世，庇荫子孙。

# 散　文

# 我眼里的鲁迅

鲁迅在中国近代的文化革命史中早有定论，那是中外皆知的事，无需我们这些后辈品头论足。在我的眼里，我更愿意从他的情感、个性入手，把握一个有血有肉的、在矛盾和痛苦中苦苦求索、甚至挣扎着的鲁迅；更愿意说鲁迅是一个激情澎湃、刚强正直的人——一个真正意义上大写的人。

十九世纪末二十世纪初，血雨腥风的中国，造就了多少仁人志士，鲁迅就是其中的一位旗手。内心情感丰富细腻的鲁迅，充满着对母亲的孝道，对家庭的责任感。十六七岁的少年就已经承担起了这个家庭的重担，让他过早地饱尝了人世的辛酸。失去父爱的呵护，现实逼迫他过早地成熟，以致身心的双重重压、甚或扭曲，国仇家恨使他的内心充满了复仇感，嫉恶如仇，不吐不快，而这时文学就成了他最好最直接的复仇方式。从小接受的封建礼教，使他从来不敢违背母亲的意思，母亲给他安排的没有爱的婚姻，只能被动地接受，并说成是“母亲送给他的礼物”。国破家败、情感压抑的影响，可以说在他内心深处潜藏了一年，在他后期的《伪自由》的“前记”里有这样一段描述：“不久，听到了一个传闻，说《自由谈》的编辑者为了忙于事务，连他夫人的临蓐也不暇照管，送在医院里，她独自死掉了。几天之后，我偶然在《自由谈》里看见了一篇文章，其中说的是每日使婴儿看看遗照，给他知道曾有这样一个孕育了他的母亲。我立刻省悟了这就是黎烈文先生的作品，拿起笔，想做一篇反对的文章，因为我向来的意见，是以为倘有慈母，或是幸福，然若生而失母，却也并非完全的不幸，他也许倒成为更加勇猛，更无挂碍的男儿。”这种家庭的变故、感情的创伤、封建礼教的束缚，对他的影响可想而知是何

其大。

鲁迅是脱胎于传统而梦想精神自由的斗士，他是民族精神的“野史”，具有民间的、更真实的、更直白情愫表达的人性本真光辉。瞿秋白先生说“他是野兽的奶汁所喂养大的狼”，是封建礼教的掘墓人，这是鲁迅反观自我、反省自我的必然结果。因为他既受益于传统，又受害于传统。几千年封建礼教的幽灵，束缚困扰着像阿Q、祥林嫂这样的底层民众；也同样束缚困扰着像鲁迅这样的文化界的精英们，甚至一切的政客。鲁迅和许广平的结合，既是纯洁爱情的美，更是人性光焰的美。使鲁迅从观念上又一次冲破了封建礼教的樊篱。这是“五四”以来新观念、新思想的接应，也是这种“接应”在鲁迅身上发酵的结果。

鲁迅对故乡绍兴的热爱是本质的，他的思想一生也没有走出故乡。《从百草园到三味书屋》的清明书香，《咸亨酒店》逸香的老酒，都是他反复咀嚼的醇厚香料；鲁迅对故乡绍兴的憎恨是传统的，那就是对封建礼教浸染下的人的憎恨。或者更准确地说，是对几千年的封建礼教对人性泯灭的憎恨。人，只是“哀其不幸，怒其不争”罢了。

鲁迅是最清醒的中国近代反封建礼教的叛逆者，他对封建礼教的残酷、泯灭人性，有着切肤的痛。封建礼教就是所谓的文明掩盖下的虚伪、麻醉和欺骗，进而是被消弭了的人的最基本生存竞争意识。从他的《狂人日记》到《阿Q正传》再到《伪自由书》等等，无不在于充斥着对糜烂腐朽文化的批判。与其说是对国民性的批判，倒不如说是对中国几千年里存在的伪文化的批判。这就是他真正爱人、爱底层劳苦大众的一面。他想救人，从根本上把这个民族拯救于精神的苦海。

由此，我也想到中国人不可以野蛮，但不能不具有野性。文明是明明白白的人类进步的“纹身”，但这种文明的“纹身”到了一定的阶段，也必然要产生它的禁锢性，又而就成了人类进步的桎梏。故，改革创新就是必然的了。

看到了光明而没有最终走出黑暗的鲁迅，他是唱响旧中国走向灭亡，新中国即将诞生的黎明前的一只猫头鹰。他喜欢猫头鹰、喜欢黑夜，他是在黑夜里睁眼看世界的第一人。他注定是这个民族灵魂的铸造者，精神家园的领路人。在中国的近代史上，有两个人被他们的崇拜者和追随者称作“老头子”，一曰鲁迅，一曰蒋介石。鲁迅是进步文学青年的楷模，青年们热爱他、崇拜他，亲切地称他老头子，这个老头子是引领他们寻求真理、完善人格的榜样；后来的蒋介石也被他的部下称为老头子，但那是背后的调侃，绝不敢当面直呼。同样的称谓，两样的人格。历史就是这样的有趣，但有趣的是野史，正史是不能入流的。

性情中的鲁迅，最后一次回故乡绍兴是1919年。那是为了尽一个人子的孝道和周家长子的责任，以及对“母亲送给他的礼物”——朱安的无法放弃。此后的岁月他将注定要背负这个封建宗法的苦果，而朱安就是这个“苦果”的牺牲者和爱情的受难者。这个让人怜悯同情的爱情受难者，究竟应该向谁问罪？也许只有在黄昏里呼唤“毛毛”的祥林嫂知道，鲁迅已经无法回答这个问题了。

发表于《甘肃日报》2010-3-29

# 背　影

——梦寻玄奘大师嵌入历史的西行足迹（一）

黑夜给了我黑色的眼睛，
我却用它寻找光明。

——顾城

以前对玄奘大师、或者说对唐僧其人其事的了解，只来源于古典四大名著之一的《西游记》，还有民间口传心授的古今“唐僧取经”“孙猴子传”等，更直接的是后来的电视连续剧。对于这位历史上真实而鲜活的玄奘大师知道的并不是很多，甚至可以说是一无所知的。对大师产生浓厚的兴趣、产生急于想走进他、了解他的渴望，那还应归功于钱文忠教授在《百家讲坛》主讲了《大慈恩寺三藏法师传》。之后大概在一年多的时间里，我便频繁出入书店，几乎一周一次。跑遍了本地所有的书店，搜罗《大唐西域记》《大慈恩寺三藏法师传》以及与之有关的书籍。比如佛经之类的书，比如书云女士写的《万里无云》等。然而，我却没有买钱教授的书，不是不愿买，而是不想让书本冲淡了留在脑海里的那段美好讲座。钱文忠教授的讲解使我打开了一扇向往大师、梦寻大师、追慕大师坚毅果敢圣者风范的窗户。透过这扇窗户，我看到了中国历史上，大唐丹青里一位真实而伟大的玄奘。看见他深入黄昏，走进黑夜，为了真理而“誓不东归”，决然向西而去的觉者背影。

# 负笈出长安

玄奘背负着普渡苍生、寻求佛陀箴言的理想，踏上了他充满艰辛且富贵荣华、功名利禄、国色丽质等尘世物欲的诱惑之路，开始了五万里长路的另一种参禅悟道，他将注定要神命双修，步入佛祖的西天如来圣殿。《西游记》里那九九八十一难的圆满，就是对他精神和肉体的双重考验，他也将注定要修成金刚不朽之身和智慧圆通之圣。

大唐贞观初年的长安，常常还是乱象环生，佛教礼仪也多存惑异。玄奘在遍访洛、蜀、长安的大德、法师后，甚觉其“备餐其说，详考其理，各擅宗途，验之圣典，亦隐显有异，莫知适从，乃誓游西方，以问所惑”。并言：“昔法显、智严亦一时之士，皆能求法导利群生，岂使高迹无追，清风绝后？大丈夫会当继之。”于是他上表唐太宗李世民，却未经准许。然而大师西去求法的决心已定，又岂能为皇帝的敕令作罢。玄奘的这种不畏上只唯真理的精神，又何其多地体现在了孙悟空的身上。或许他成了中国历史上第一个有真实记录而十九年后辉煌而归的偷渡者。历史就是这样的无趣，真理总是这样的有情。

玄奘大师在他二十六岁的时候，在他已成为“释门千里之驹”声名“誉满京邑”的时候，却依然是那样的冷静沉着、高瞻远瞩，为了证得无上佛法，他已作好了身心的双重修炼。

那是公元627年仲秋八月的一个黄昏，也是大唐贞观元年一个由于天灾，皇帝下令饥民放生的傍晚，玄奘和一个在京学习佛经“功毕还乡”的秦州（今甘肃天水）僧孝达结伴，混入逃荒的饥民中，在夜幕的笼罩下偷偷走出了京城长安，走进了茫茫的黑夜，只给这座还有些迷茫的都城留下了谜一样的长长的背影。而皇帝这时候还顾不了许多，还不懂得玄奘大师西去的背影为什么这样匆匆，西行的路为什么必然要把黑夜作为起点，并从漫漫长夜中走过。就好像大师对东土佛法的疑惑一样，需要艰难的探索和求证。而大师卓绝的风范却总是让

后人永远追慕。

## 偷渡玉门关

玄奘出长安城西门趁夜而行，翻山越岭、过秦州、宿兰州，行随商旅来到了凉州（今甘肃武威）。凉州乃丝路古镇，“河西都会，襟带西蕃，葱右诸国，商旅往来，无有停绝。”一派繁华景象，佛教在这里十分鼎盛，深入人心。玄奘应邀开坛讲论弘扬佛法，也为了化得他西行的度资。玄奘的讲论在凉州官吏、僧俗百姓、西域商人中赢得了空前的赞誉，人们争相聆听、供养。为他西行准备了充足的行资。玄奘把大部分资银转赠各佛寺，只留足行脚的盘缠准备上路。可是誉满国中的玄奘毕竟是一个偷渡者。关山险阻，关卡重重他何以得渡？凉州都督李大亮已知，逼他还京。

今天细细想来，在玄奘西行的路上如果没有有缘人的帮助，纵然他坚毅果敢也无法走出大唐的国境。玄奘大师的人格魅力、智慧力量、追求和践行真理的信念感天动地。玄奘有了像《西游记》里的孙悟空、猪八戒、沙僧、白龙马这样的能徒，他才得以成行。而这些能徒就是河西走廊上佛门的弟子。

时有河西佛门领袖惠威法师深感大师之大德，“复闻求法之志，深生随喜，密遣二弟子，一曰惠琳，二曰道整，窃送向西。”深秋的天气已是凉意十足，然而，玄奘只能昼伏夜行，且行且停。穿越这无垠的戈壁，把身影甩到身后。一位虔诚的佛教徒、瓜州（今甘肃安西）刺史独孤达“供事殷厚”地接待了大师，并向大师介绍了此去西路的状况：“从此北行五十余里有瓠芦河，下广上狭，洄波甚急，深不可渡。上置玉门关，路必由之，即西境之襟喉也。关外西北又有五烽，候望者居之，各相去百里，中无水草。五烽之外即莫贺延碛，伊吾国境。”

前路茫茫，代步的马儿病死，从凉州跟他一路走来的两个小和尚又离他而去。玄奘瞻望前路，顾影身边，心中充满了愁云。而此时凉州遣返他的牒文又到。幸好有州史李昌崇信佛法，遂将牒文密呈玄奘，并当面毁之，免去了大师的西行之忧。因没有了代步的马无法跋涉千里沙漠，又从集市买了一匹马。但苦于无人引路，在瓜州又耽搁了一月有余，而季候已到了初冬时节。正在玄奘无可奈何的时候，有一个胡人名石槃陀者，愿意送他出玉门关过五烽燧，并且为玄奘更换了一匹识途老马。

又是一个繁星斗移，戈壁走兽的黑夜，玄奘在真理和信念之灯的指引下，向着大唐的最后一个关城玉门关走去。多么诗意的关名，多么雄浑的边塞。可玄奘大师却没有诗人的心境：

明月出天山，
苍茫云海间。
长风几万里，
吹度玉门关。
汉下白登道，
胡窥青海湾。
由来征战地，
不见有人还。
戍客望边邑，
思归多苦颜。
就楼当此夜，
叹息未应闲。

怀着忐忑的心情，能不能顺利偷渡玉门关，大师的叹息又怎么能闲。流银的瓠芦河，森严的玉门关，在黑夜的包袱里显得压抑和恐怖。

大概到了三更时分，为了不引起麻烦，他们逆流而上，在距关城十里左右的地方准备渡河。恰好河岸有一片树林，石槃陀砍木搭桥，顺利渡过了瓠芦河，绕过了玉门关。然而，大师在这里却经历了他西行以来的第一次险境，险些丧生于这个胡人的刀下。也许是佛法挽救

了他，也许是大师的庄严法相挽救了他，也未可知。但是，当今天我们望着玄奘大师驱马而过玉门关，留在大唐晨曦中负笈而行的背影时，真让人感慨万千，甚至为圣者的精神感动不已，这种“壮士一去兮不回还”的壮举前无古人，后无来者。梁启超评价说：玄奘是“千古一人”。

## 夜过五烽燧

走出玉门关的时候，玄奘已是孑然一身，在也无人相伴，只有那匹“老瘦赤马”相随而行。在身心疲惫中他数次出现幻觉。《大慈恩寺三藏法师传》里是这样记述的：“顷间忽有军众数百对满沙碛间，乍行乍息，皆裘毼驼马之象及旌旗槊纛之形，易貌移质，倏忽千变，遥瞻极著，渐近而微。法师初睹，谓为贼众；渐近见灭，乃知妖鬼。又闻空中声言‘勿怖，勿怖’，由此稍安。”其实，那空中之声，是年轻的心脏和坚强的意志力起作用。

到第一烽火台的时候，他本想趁夜取水而过，岂料还是被守烽的士兵发现，守将王祥意欲大师去向敦煌，大师对王祥说：“奘桑梓洛阳，少而慕道。两京知法之匠，吴、蜀一艺之僧，无不负笈从之，穷其所解。对扬谈说，亦忝为时宗，欲养己修名，岂檀越敦煌耶？然恨佛化，经有不周，义有所阙，故无贪性命，不惮艰危，誓往西方遵求遗法。檀越不相励勉，专劝退还，岂为同厌尘劳，共树涅槃之因也？必欲拘留，任即刑罚，玄奘终不东移一步以负先心。”王祥被玄奘的赤诚所感动，不但再不劝归，而且差人为大师装水备粮，亲自送出十余里。让玄奘绕过二三烽火台，直去第四烽燧。因为第四烽火台的守将是王祥的宗亲王伯陇。是夜到达第四烽，大师留宿一夜，拂晓出发，撇开第五烽火台，径直向八百里莫贺延碛走去。把虔诚的背影留在了大唐，留给了后人……

## 老马单骑闯沙海

八百里的莫贺延碛，古称沙河。是《西游记》里表述的流沙河吗？这里上无飞鸟，下无走兽，更没有水草。只有白骨引行驼粪指路，唯在百余里外有眼野马泉，吸引着玄奘以及他的老马漫无边际地在沙海中艰难行进。大师口念观世音菩萨及《般若心经》，行进一百多里也没有看到野马泉，此时人困马乏，取水欲饮，却不慎将盛水的皮囊掉在沙中，转眼便一滴不剩。且又迷失了方向，走来走去总是在一个不大的范围盘旋。无奈想返回第四烽火台，但转念一想自己为弘法而发的誓愿，"于是旋辔，西北而进。是时四顾茫然，人鸟俱绝。夜则妖魑举火，烂若繁星，昼则惊风拥沙，散若时雨。虽遇如是，心无所惧，但苦水尽，渴不能前。是时四夜五日无一滴沾喉，口腹干燋，几将殒绝，不复能进，遂卧沙中默念观音，虽困不舍。启菩萨曰：'玄奘此行不求财利，无冀名誉，但为无上正法来耳。仰惟菩萨慈念群生，以求苦为务。此为苦矣，宁不知耶？'如是告时，心心无辍。至第五夜半，忽有凉风触身，冷快如沐寒水。遂得目明，马亦能起。体既苏息，得少睡眠。即于睡中梦一大神长数丈，执戟麾曰：'何不强行，而更卧也！'法师惊寤进发，行可十里，马忽异路，制之不回。经数里，忽见青草数亩，下马恣食。去草十步欲回转，又到一池，水甘澄镜澈，下而就饮，身命重全，人马俱得苏息。计此应非旧水草，固是菩萨慈悲为生，其至诚通神，皆此类也。即就草池一日停息，后日盛水取草进发，更经两日，方出流沙到伊吾矣。此等危难，百千不能备序。"（《大慈恩寺三藏法师传》卷一）

为什么要把这段文字详细摘录，因为这是记述玄奘西行路上最为惊险、性命攸关，且非常精彩的文字。如果不是这匹识途的老马，玄奘不定命沉黄沙。《西游记》中也会少了机警识途的白龙马。有时我在想，作者吴承恩为了把玄奘大师的人格魅力表现得更充分、更完美，是否有意安排了孙悟空、猪八戒、沙僧、白龙马以表现玄奘的多

面人格特征。这种四位一体的构思，是为了把玄奘的形象彰显得更饱满、更生动、更加深入人心。作者对玄奘大师的钦佩、崇敬可以说到了一种无以复加的地步，以至于只有将他神化才能表达作者的心机。

神话小说《西游记》中的唐僧是一个手无缚鸡之力且是非不分的白面书生，而他的大徒弟孙悟空却是一个火眼金睛、智慧超群、心高气傲、神通广大能上天入地的"顽劣"之人（又不能说是人），他热爱自由，天不怕、地不怕，富于反抗精神；猪八戒——猪悟能是一个懒惰、贪吃、好色、还贪点小便宜又耍点小聪明的家伙；而沙僧憨厚忠实、能吃苦、从不抱怨，有时还有点木讷。然而，他们都有来头、有出处、有前世的慧根。而唐僧是一个真正的肉胎凡身，他有凡人所应有的一切弱点。他之所以会念紧箍咒，那是观世音的点化（知识的力量）,正是这一点成就了他西天取经的伟业。紧箍咒（坚强的意志力）约束了孙悟空（唐僧智慧的化身），使孙悟空能保护他一路西行；孙悟空制约着猪八戒（理智战胜物欲）；沙僧又代表了唐僧作为一个凡人的超常能耐；生活在流沙河里的沙僧无忧无虑，唐僧的到来改变了他的命运，从此伴随唐僧走过了八百里流沙河。

玄奘大师如果没有这种精神上的白龙马，没有这种超凡的龙马精神，那是没有办法通过这死亡之海的。当然，这里也不能忽视融入玄奘生命的那匹真实的识途老马。作者吴承恩把《大慈恩寺三藏法师传》卷一里有关"胡翁换马""老马识途"的事神化成了这段神奇而意趣横生的情节。在《大慈恩寺三藏法师传》卷一里是这样记载这一事件的："明日日欲下，遂入草间，须臾彼胡更与一胡老翁乘一瘦老赤马相逐而至，法师心不怿。少胡曰：'此翁极谙西路，来往伊吾三十余返，故共俱来，望有平章耳。'胡公因说西路险恶，沙河阻远，鬼魅热风，过无达者。徒侣众多犹数迷失，况师单独，如何可行？愿自斟量，勿轻身命。法师报曰：'贫道为求大法，发趣西方，若不至婆罗门国，终不东归。纵死中途，非所悔也。'胡翁曰：师必去，可乘我马。此马往返伊吾已有十五度，健而知道。师马少，不堪远涉。"

作者把这匹生于斯、长于斯、常年往返于流沙河的老瘦赤马与大师的精神幻化成厚道的白龙马，并让他成果名位是有道理，没有这匹识途老马的引领，玄奘很难走出沙漠。

今天，当我翻开《大慈恩寺三藏法师传》，走进《大唐西域记》，沿着一千三百多年前大师嵌入历史的足迹、用心去追随他伟岸飘逸的背影时，那五万里走动在历史中的身影，却忽然之间鲜活在我的眼前，总也挥之不去。又是让我心痛，又是让我钦佩，又是让我流泪。为他的坚毅吗？我不知道；为他的果敢吗？我不知道；为他追求真理而九死一生终不回头的精神吗？我想那是肯定的。大师的精神不会封存在历史中，因为中国需要这种精神。鲁迅说：玄奘是中华“民族的脊梁”。他负笈西行走向真理的背影，注定当是大唐盛世雄浑大度、海纳百川、放眼世界的一部雄伟壮阔的开幕曲，是大唐盛世这部开幕曲中一颗璀璨耀眼的恒星。

发表于甘肃省《丝绸之路》2010年1月上半月号

# 心中的母亲

又是一个月圆日，一年一度中秋月。

日月穿梭，光阴荏苒，转眼之间母亲离开这个人世已经三年了，三年中母亲无时无刻都不在我的心中活着。面对遗像，超越阴阳，母亲总会对我说些什么，于是心中的不快、烦恼就会随风而去，对生活、对人生、对社会就又多了一份理解、宽容和坚强。

人啊，亲人在的时候往往不知道疼爱、珍惜，一旦去了，心中的思念和愧疚就会时时让你揪心和痛楚。

在这个光华四溢的中秋月夜里（也是母亲的祭日），我是多么想和母亲再坐一坐，陪她老人家说说话，拉拉家常啊！我真不知道，在没有母亲的日子里，我会是这样的孤单和无助。母亲在的时候，总是嫌母亲爱唠叨，也不曾细想母亲心里的烦闷和孤独，总觉着让母亲吃好、穿好就是幸福。殊不知母亲的幸福是看着儿女们幸福而幸福的，母亲的愉悦是看着儿女们愉悦而愉悦的。想起母亲临终前十几天还从老家独自一人坐车走了一百多公里的路前来看我，七十六岁的人了，腿脚又不太灵便，却径直来到我上班的单位门前，坐在水泥台阶上静候我下班，幸亏小妹跟在母亲身边（小妹也在我工作的这个城市）。她便来单位叫我，我赶忙从单位的楼上下来，一出楼门看见母亲坐在台阶上守望的神情，心中就有些酸楚，我上前扶起母亲说："妈，咱们回家吧。"母亲却说："不了，我来把你们看看就行了，看着你身体健健康康，心情舒畅，我也就放心了，我这就坐中午的班车回去。"我再三挽留母亲在我这里住一段时间，母亲却执意不肯。我这个混账却也就不再挽留，竟有点生气地对母亲说："您要回就回吧，我把您送到车站去。"母亲就这样连儿子的家门都没有进，又一个人坐车回去了。每每想起这些，我心里的愧悔是无法用语言描述的。

古人云："读书观大意"，我连微义都不识，还谈什么大意。活到四十多岁了我才真正懂得亲莫大于亲情，爱莫大于奉献。人活在世间只有到了不斤斤计较的时候，他的胸怀才能开阔，他的眼光才会远大。跳出一己之私看世界，阳光就会灿烂明媚，爱就会充满心间。这就是母亲对我最好的教育，这就是豁达乐观的人生。

前些日子爱人翻晒衣柜里过冬的衣服，翻出了一件母亲曾为我做的棉袄，母亲的棉袄做了也就做了，我却一直未放在心上，也没穿过，如今睹衣思母，物是人非，衣服还崭新如初，母亲却早已成了另一个世界的人了。看着棉袄，我心里越发地思念母亲，也才真正深切地感受到了母亲的温暖。母亲做的棉袄岂止是贴身，那是贴心啊。这种贴心的感觉，从此再也不会有了。我们为什么就不能把母亲的这份理解、宽容、博爱、奉献的伟大精神遗产继承下来呢？难道我们真有理由掐断这条传承了几千年渗透在骨子里的文化血脉吗？在这个难圆的中秋月夜里，在这个母亲去世三周年的祭日里，我确实想了很多、很多，由做人到做事、由亲情到爱情到博爱、由家及国，这就是我们的责任啊。尽管你位卑势微，但是做人的道理不可丢，这就是母亲教给我的。

一场秋雨一茬凉。看着不期而来又下个不停的绵绵秋雨，我仿佛看见了母亲在穿针引线。那丝丝的雨帘，不就是母亲手中上下翻飞的银线吗，那落在地上圆圆的雨点，不就是母亲手下密密匝匝的针脚吗。真是："慈母手中线，游子身上衣。临行密密缝，意恐迟迟归。谁言寸草心，报得三春晖。"那沙沙的秋雨声多像母亲亲切的絮叨啊！

在这样的秋雨中，我没有理由忘记母亲的教诲；更没有理由背叛母亲的嘱托。母亲去了，却永远活在我的心中。

2003年12月中作协《文艺报》艺术人生栏目收入《艺术人生》一书

# 秋 忆

为了了却父亲的遗愿，八年后，我第二次踏上了去肖家堡的路。

初秋，沁人心肺的爽气夹杂着庄稼成熟的清香扑面而来，乡亲们忙于收割的欢乐景象掩映在成排的钻天杨下。昔日的贫瘠之地被纵横交错的黄河水渠如网般织了。渠畔，朗朗的笑声把我的注意力吸引了过去，我极力搜寻着昔日的伙伴和那张熟悉的面容。

还是在我刚上小学一年级的时候，为了一家大小十几口人的吃饭问题，父亲被沉重的“粮包子”压弯了腰，刚步入知天命之年，就已满脸沟壑、一头白发。不得已交卸了搬运工的差使，携家带口随着“我们也有两只手，不在城里吃闲饭”的下乡大潮，迁到了县城北约八十公里的肖家堡。肖家堡这个地处崛吴山延伸带上的小村落，是陇中乃至中国穷苦出名的地方，唯一富有的就是厚达百米的黄土层。连绵起伏的黄土山包，一年四季光秃秃的。春天，零星八五的柳树、杨树，到农历四五月份枝头才能挤出一点黄瘦黄瘦的芽芽，未及入秋树叶便已脱落，只剩裸露干枯的树枝。正常年景庄稼也不能保收，秋后要饭便成了那时村里唯一的“劳务输出”。一到冬天，老天爷下上一场雪，农民们就赶着往窖里积，以备来年吃水。要是遇上旱年，不要说缺吃，就连人畜饮水也无法解决，真是水贵如油啊。

那年，大概是我家下乡后的第三个年头，这里遭了百年不遇的大旱。村里的四五十个水窖见了底，地里的汤土足有一尺深．大地被烘烤得直冒白烟。农民们万般无奈，只得悄悄地跪在神灵的脚下，祈求神的恩赐。然而，神灵也失去了往日的灵验。这对靠天吃饭的庄稼人来说，简直是雪上加霜。常言道；“山无水不秀，地无雨不活。”看来老天爷真是要要人的命了。

这年冬天，家中不光缺粮还少水。没法子，父亲只得到邻居万大伯家借来架子车，去十五里外的苦水河拉冰。陡峭的山间小路盘旋而上，拉一车子冰块总得耗去一天的工夫。这天，父亲依然引着我们去拉冰。每回走空趟我们还可替换他一下，拉重车就唯他莫属。因此，那长长的路途只好由他老人家撑起车辕往回拉了。虽说是冬天可父亲身上一直冒热气。最令我不能忘记的是在上那个大坡时的情景，父亲黑瘦的脸上青筋暴起，汗珠像淅淅沥沥的秋雨，敲打着冻得硬梆梆的坡面。一滴汗便是一个冰点，这冰点像人生奋进中的驿站，连接着过去，启示未来……这天回村我因几天的疲劳风寒染上了肺炎，拉冰之事也就搁下了。

正当人们为水犯愁的时候，县里决定集中全县的车辆（那时全县只有二十几辆汽车）为灾区从百里以外的黄河拉水。当送水的汽车扬起一条“黄龙”从村外奔驰而来的时候，人们的奔跑、喊叫声，水桶的撞击声，牲口的追赶、嘶鸣声，汇成了一支和谐而嘈杂的迎水曲，那场面究竟是壮观还是寒怆，谁也不去思考，更没有心思去思考，唯一的渴求就是一碗水(由于灾区面积大，加之车辆少，当地领导规定每个人一天供应一碗水)。

这天，不到晌午我又发起高烧，母亲急得团团转，嘴里不时地念叨：“娃他大，你快想办法呀，怎么蹴着不说话?”蹲在门槛上的父亲一锅接一锅地抽着旱烟，一声不吭。这可急了一旁的陈大夫，他不住地催说：“老何，你快去哪家借一碗水来，连吃药的水都没有，用啥煮针管呀。”闷在那里的父亲听了陈大夫的话，似从梦中惊醒，抬脚就往外走。刚一转身，院内已走进一人，年龄五十开外，胡须花白，深陷的两眼中间托着一个高高的鼻子，粗大的手里端着一碗水。原来是邻居万大伯。

“荣景他大，这几天听说娃有病。总是挂在心上，咱用水这样紧，你家人口多。这水就更紧缺，想来想去，还是把我的这碗水送过来给孩子喝。”万大伯说着把水送到父亲的手中。父亲接过水碗，内

心一阵发酸，两行老泪不由自主地从他饱经风霜的面颊流了下来。“他大伯这叫我如何感激你啊!”

“哎，一家人不说两家话，你家才从城里迁来，这缺粮少水，我们不接济咋行。”万大伯发自内心的话掷地有声。那何止是一碗水，分明是一颗暖融融的心。

生活就是这样，有时简直让人猜不透理不清。五年后，我家又迁回了祖辈生息过的县城，可父亲就在迁回县城的前两年去世了。一生的劳累使他永远没有直起腰，没有尽情地喝上一口黄河水，只有儿女是他唯一的安慰。父亲去了，带着未了的心愿去了，难道仅仅是一碗苦涩的水?

一阵爽朗开怀的笑声又从渠畔传来，把我从儿时的追忆中唤醒。我寻声望去，那收割了多半的麦地里乡亲们在歇后晌的间隙，纷纷跑出各自的承包田，站在渠上一边吃干粮一边说笑着。

兴许万大伯就在其中。我心里这样想着，便沿水渠走去。渠两旁金黄的麦浪散发出阵阵的醇香。昔日农家的土窑已被青瓦红砖的房子所替代。据说这里的箍窑冬暖夏凉是天下一绝。箍窑便成了肖家堡人祖辈相承的绝活，然而，那毕竟是穷和干旱的“产物”。现在，农民生活好起来了，再不愿住那光线暗淡，也不牢固的土窑了。不知为什么，我倒真有点怕这箍窑的绝活会在哪一日要失传了哩!正走着，迎面过来了一位中年妇女，等走近了我才认出是赵大康的老婆王月秀。我急忙走上前跟她搭话；“赵家嫂子，你可知万大伯他老人家还健在吗?”王月秀一愣，上下打量了半天：“嗨，这不是荣景吗，我还以为是上面来的哪个大干部呢。健在健在。自打引来了黄河水，老汉越硬朗了，虽然年逾古稀可一天忙里忙外地不住点。刚才忙完地里的活就回家给鸡添饲料去了。”寒喧了几句我径直向万大伯家走去。绕过原先社里的大场，往前不到百步便是万大伯的家，宽敞的砖砌门楼座北朝南，屋檐上高高的电视天线在夕阳下光华闪闪。走进院内，北面主房的前檐墙全部贴了绘彩瓷砖．两边的耳房也有二十平方米大小。

西面花砖墙后一位老人正在专心地给鸡添饲料。是他，还是那张熟悉的面容。花白的胡须在微风中飘动着……

“万大伯!”我急切而兴奋地喊了一声。

万大伯抬起头看了许久：“啊!是荣景!”

“是我，是我呀，万大伯。”我高兴地上前拉住万大伯的手，“几年不见您老人家还好吗?”

“好着哩，这几年有吃有喝，身子骨还结实。”他拍了拍身上的浮土。带我走出养鸡场来到屋里。家里其他人收麦还没有回来。屋内正面靠墙放着一张长条桌。紧挨着是一张大方桌，桔黄色的桌面子油光闪亮，显然是新做的。

我问起这几年的情景，万大伯不无感慨地说：“还是国家的政策好，自从引来了黄河水，之后又实行了家庭联产承包责任制。农民们再不为吃喝犯愁了。”是啊，开放搞活使今天的农村发生了天翻地覆的变化。

这晚，我和万大伯睡在通间炕上，我们说了很多很多，但是，万大伯很少提起那个年代。不知为什么封住了记忆的闸门……

翌晨，朝日洒满山川。我依依不舍地告别了万大伯全家，也告别了肖家堡，乘车南归。然而，那段交织着苦与甜的生活，乡亲们纯厚、朴实的人格；万大伯那高高的鼻梁、花白的胡须、粗糙的大手，依然在我的心际萦绕。而那满溢爱心又清澈见底的一碗水，随着岁月的流逝味道愈发醇厚、甘甜。

# 怀念父亲

将近二十年过去了，我牢牢记着一句话，“男大十二有托父之力。”不晓得是哪朝哪代哪一位哲人说过的话，我一直以为是父亲说给我的。

一九七六年的初春对我来说永远是一个黑色的日子，一纸信札载着沉重落在我的心头。那时我在县城刚上初中。当我急急赶回那个本不该去而去了的村庄时，父亲已经干枯而平静地安息了。病痛的折磨和未了的心愿交织在他雕塑般的脸上。一生的脚印，在泥泞的道路上幻化成了黄土地的沉重，凝固在大山里，浓缩于和黄土地一样厚重贫瘠的父亲的肌肤上。如岁月的辙痕，每一条皱纹都是一个重重的惊叹号，成了五十五个春秋里艰难困苦的印证。

弥留之际的父亲不住地唤着我的乳名，重复着一句话。这是他来时常说而最后又想留给我的一句话，一句嘱托，一份希望。

“男大十二有托父之力……”

当时的我并不完全懂得这句话的深层意蕴，只是看着父亲枯木般的脸，想起父亲坎坷的一生，心中一阵酸痛，两行清泪就扑簌簌地流了下来……

父亲的一生是用辛酸、痛苦、艰难铸成的，清苦的生活和搬运工的劳累使他过早地衰老了。就像混浊、苦涩的祖厉河，源于贫瘠的土地，流淌在贫瘠的土地上，免不了有时干枯，免不了九曲十八弯的坎坷。然而奔向大河的信念，坚定了他挣扎拼搏的勇气。

下乡是父亲一生中作出的最大抉择，也是为了改变我们这个家庭穷困面貌的根本性措施。那年父亲整整五十岁。“五十而知天命”的他乐意当一个农民，也许是穷日子的缘故，他愿意领着儿女面朝黄土背朝天。于是他放弃了不能够养家糊口的搬运工差事，毅然走上了“我们也有两只手，不在城里吃闲饭”的道路。把自己、把我们这个家有意无意地汇入了一个时代的大潮中。父亲说：“城里没办法生活，我就不信农村也没办法生活，农民能从地里刨出粮食来，我们为啥就不行，走吧，去农村找一条生路。”就这样我们这个大家庭来到了农村，为了找到一条新的生活出路。

北方的十月秋意甚浓，瑟瑟的凉风吹得残叶飘零。虽然还不到冬天，但冬的寒意却已悄悄地爬上人的心头；一辆老式解放牌汽车装完了我们全部的家当，连同人一起载入了一个残阳如血的黄昏。

住进了地主家的大堡子，住进了大堡子里的四合院（大堡子早已归生产队所有了）。虽然房中尘土很厚，蜘蛛网使人无法落步，但经过收拾也还算像回事，也就算安了家。安了新家的父亲还是不踏实，在昏暗的煤油灯光里转来转去，好像要寻找什么，终于他拿起了一支伴随他走过了三十个春秋的旱烟锅。仿佛人生的全部就在这一明一暗烟雾缭绕的烟尘之间。

早晨醒来，看见父亲又坐在那里抽烟，烟雾朦胧了他的双眼……

等我再一次从梦中醒来，穿好衣服走出堡子时，父亲已走得离村庄很远了，在深秋清凉的薄雾中被刚刚探头的太阳映出一个金黄的轮廓，连同手里的粪筐和拾粪的铁锨。“到山打柴，遇河脱鞋”成了农民，就该有农民的活法。村上按人口给我家分了三亩自留地，这一年的积肥、耕地等务弄自留地的活就落在了父亲的肩上。不曾干过农活的父亲干起农活来很是内行，真让人难以相信。

父亲干任何事都是那样认真、扎实、细致。生活是艰苦的，可对生活的执著却是一如既往的。父亲的这种精神无声地感染着、激励着我；使我深深地懂得了只有认真对待生活、积极进取，一步一个脚印地往前走，生活才有意义，人生才有价值。

就在我家住进四合院的第二年春夏之交，发生了件奇怪而有趣的事情。在厢房与厨房不到十米的地方，每天晚上11点到12点之间，总听见有几只鸡唤食的声音，“咕咕，咕咕咕”，从厢房的一角一直叫到厨房的这头，又从厨房的这头唤着去了厢房的一角，可出去看时什么也没有。当时我很奇怪，因为我家并没有养鸡，何来鸡鸣声。这种声音持续了月余，可父母从未说起此为何物。有一天，我实在耐不住性子了，就问母亲，母亲起先还不肯说，“娃娃家不要问那么多。”可我还是缠着母亲，母亲无奈只得对我说：“听了可不许到处乱说，别人会脸红的，更何况人家房主人听见了还不想方设法地拿去。”我听了更莫明其妙：“拿去什么呀，看不见有任何东西，拿去什么呀?”是这么回事：过去的富人金银多了就把一部分埋在地下藏起来以便留给后人。据说这金银埋在地下时间一长，它也想出来寻找新的主人，当一遇上合适的主人时，它就会像鸡唤食那样发出声音，而且还会发出一束淡淡的白光，好让主人把它从地下面取出来。还有这回事，我当时虽小但还是半信半疑，母亲却是深信不疑。母亲毕竟经得多，看着母亲信以为真的样子，我也就深信有这么一回事了。有一天夜里我们姐弟都睡了，我听见母亲小声对父亲说，“娃他大，看来这银子该咱们得，你今夜就把它起出来吧。”父亲没有吭声，吧嗒吧嗒照旧抽他的旱烟。母亲一再催促，可父亲还是不吭声。

一场难得的夏雨把庄稼地给浇醒了，麦苗油绿油绿的，瘦干的杨柳树叶一夜之间舒展得葱葱郁郁。父亲一大早就去了地头，看上去精神很好。他在地头蹲下站起，站起蹲下，好像年轻了许多，父亲在察看墒情。看来他比听到银子的叫声更高兴，更觉得实在。银子的叫声毕竟太飘渺了。只有眼前的这土地，这土地上长出的庄稼能养育人，才最现实最长远。

母亲总是说起银子的事，可父亲总是一笑置之。说得多了，父亲就说：“哪有那回事，真是天上掉馅饼。即就是有，人常说横财不富穷命人，你就不要妄想了，还是实在一点。扎实务咱们的庄稼吧，真正的‘银子’是长在庄稼地里的。”此后这银子的叫声就消逝了，再没有听到。

记得在我刚上初一的时候，有一天，我正在上课，教室的窗子上有一个人头不停地往里探望，惹得同学们都往外看。我定眼一看，原来是父亲，心里便有些不悦，似觉有失面子。刚下课父亲便撵了过来，“荣景，下课了？大给你送干粮来了，你咋上个星期天没有回家，害得你妈老担着心！”父亲手里拿着干粮袋，一边说话一边将干粮袋递了过来．我却没有马上去接，低着头对父亲说，“大，人家正在上课，您在窗子上一探一探的多不好意思，影响上课。”父亲一脸的不自在，连忙说：“我把你上课的教室没记准，怕下课了又找不见你。”我机械地接过了干粮袋说：“大，您回去吧，我很快又要上课了。”“我知道，我这就走。噢，你妈走的时候一再交待，要你把黄米面碗坨子和红薯干错开吃，不要一顺子吃，免得伤胃。”“我知道了，您回去吧。”父亲见我一再催促也不好再说什么，把本来憋到嘴边的许多叮嘱又咽了回去。只说句：“你去吧，准备上课去。”看着父亲远去的、有点佝偻的背影和脚上腿上由于走山路打起的厚厚一层尘土，我的心里不由生出一份苍凉感，刚才还有的迂腐被一种浓浓的血亲笼罩了。

人啊，有时候往往被一种尘俗的虚荣所左右，自己给自己套上一层所谓高贵的外衣，一味地爱面子，一味地装深沉，其实，内心深处却很痛苦，很矛盾，甚或很肮脏。久而久之便失去了人性本然的一面。毛主席曾说过：“最干净的还是工人、农民，尽管他们手是黑的，脚上有牛屎，还是比资产阶级和小资产阶级知识分子都干净。”我想撇开阶级说不谈，单就人性的真纯朴实而言，毛泽东的这一论断也是很有道理的。想来人也真怪，一但有了可炫耀的财富或地位，他的神态、气势、语言等就会发生变化，有时甚至是“质”的变化。我不知道这是否是人性自然的一面，如果是，那人岂不悲哉！

世间的道理很多，有一条最朴素的“道”却是我们永远应该牢记的，那就是实在、实在、再实在。父亲是这样教我们的，父亲一辈子也是这样做的。爷爷去世早，去世时父亲只有十二岁。十二岁的父亲

就挑起了家庭的重担，所以父亲在生活中悟出了一点道理。虽然父亲没有读过书，可他知道人生需要自立，需要奋斗，扎扎实实地奋斗，人生永远应该是一个创造的过程，而不是坐享其成。这样写着真觉得父亲有点“禅者”的风范，由此，我便深信了这样一个道理，书虽是开启智慧的钥匙，智慧并不在读书多少!

父亲去了，匆匆忙忙地去了，极不情愿地去了。带去了一个时代的足音，也带去了他的遗憾……

孟春移步，残冬未尽，天空开始飘起了雪花。

好大的一场春雪，一场知时的春雪，天地之间白茫茫一片……父亲就是在这样洁白如玉、山舞银蛇的天气里出发的！想必，他那勤奋求实，精细执着的精神早融入了大地，融入这漫天飞絮的空间了。这纷纷扬扬从从容容的雪花一定在响亮地回答，只是我还未听懂罢了！

# 话说会宁

作为会宁人中的一分子,家乡总有说不完的故事,道不了的乡情,早就想写写这方面的话题了，但一直苦于没把准脉络不敢下笔，适逢红军一、二、四方面军长征在会宁胜利会师七十周年之际，为了纪念这一前无古人、后无来者的伟大壮举，也为了讴歌会宁这方土地上的人民世世代代繁延生息、艰苦创业的坚忍不拔精神，我还是鞭策自己提起这支拙笔，把陆陆续续思索的思想碎片斗胆诉诸文字。

地处世界上黄土层最厚的黄土高原腹地的会宁，北镇祁连，东依六盘，南望秦岭，西含昆仑。一条大河——黄河绕北境而过，苦咸的小溪般的祖厉水穿南北而入黄河，将会宁的版图切割为东西两半。自古扼守秦陇要冲的会宁，历来为兵家必争之地。南北朝时，西魏丞相宇文泰、北周武帝宇文邕曾两度用兵会师于此。蒙古族、西夏、金人更是经常袭扰，占领此地，可说是你方唱罢我登台，历史就在这一种民族的拉锯战中融合着这里的民俗、文化，融合着这里的百姓。故此，会宁的治所在明王朝以前就从来没有固定所在。这也为今天的人们留下了争治所、争名人的困扰和笑话。历史就是在这种反复的劫难中，一次次修炼着中华民族乃至人类的智慧和意志，提升着正义力量的功力。长征就是对中国共产党人乃至中国人民智慧和意志的一次升华性修炼。

## 民风淳朴　厚德包容

一方水土养一方人，敦厚圆润的黄土山塬养育了会宁人的憨厚质朴。同时也培植了会宁人的世故圆滑，缺少一点棱角分明的张扬，就像丰满如女人的山峦一样，暗合中国传统哲学的中庸之道。阴柔的山

峦，线条柔美，肌肤丰满，圆和融通与地气相连。“争先见面重重，看爽气朝来三数峰。似谢家子弟，衣冠磊落；相如庭户，车骑雍容。我觉其间，雄深雅健，如对文章太史公。”（辛弃疾《沁园春》）会宁人自远古以来在有意与无意间就享受着这种大自然的美德教化，骨子里具有了一种包容的特质。因由，便产生了许多关于包容的故事，民族之间的包容，历史事件的包容，这是一方大融合的土地。至今还有蒙古族的后人生活在这片土地上，“黑虎赵”的家族史就是一部浓缩的民族大融合史。七十年前的那一场伟大历史事件——中国工农红军一、二、四方面军胜利会师会宁，更为这片土地上的人们增添了无尽的精神活力。会宁在拥抱红军，欢庆会师的同时，就跟随红军不屈不挠的精神和意志，走出了一片新天地，走出了一个个出类拔萃的大学生。长征精神是我们中华民族享用不尽的精神食粮，这种浴火重生的精神，涵盖了中国传统文明的精华所在，值得我们继承和发扬。

走过了两千多年的会宁，成长了六百多年的小城，你的一点一滴，一颦一笑，一枯一荣，一悲一喜，苦乐荣辱都与中华民族的兴衰紧紧相系，骨子里渗透着中华文明的血脉，那一份淳朴，那一份诚实是你永远也褪不掉的胎记，走到哪里人们都会很快地认出你是会宁的儿女。这是一种美德，这应该成为我们的骄傲，因为我们没有把祖宗的东西丢掉。潺潺流淌的祖厉水，虽然苦咸，但苦咸中有一股节气，一股矢志不渝的节气。

## 吃苦耐劳　经济节俭

有句谚语说：“人穷志短”，然而会宁人人穷志不穷；经济虽然落后，但人的观念、意识却并不落后。干旱少雨的黄土层地质结构世世代代演绎着会宁人的吃苦耐劳，表现着他们特别能吃苦、特别能忍耐的过人潜能，经济的拮据培育了善于计划、崇尚节俭的美德，同时也有那么一点吝啬小气，不过这不是他们的过错，而是长期的贫穷造就了这一性格缺失。

其实，会宁在唐王朝以前，是一个好地方，物产丰富，粮丰林茂，牧马遍野。唐太宗贞观八年曾赐改会宁为“粟州”。会宁农耕文明的辉煌开始走下坡路，应该说起始于宋朝中叶，1125年，金兵南下，北宋遂一蹶不振。中原统治者的软弱无能导致了各地方势力的迅速崛起。从此，民族争斗断断续续再没有停止，一直到中华人民共和国成立。地处中原腹地与西北大漠交汇处的会宁自然就成了这一场大角力中的羊皮，被扯得七零八落。加之自然灾害——大旱、地震等的施暴，会宁的自然环境，经济基础再也没有缓过阳气，由此，便有了“苦甲天下”的会宁和吃苦耐劳的会宁人。会宁人的特别能忍耐是与这一段长达近千年的磨难分不开的。

会宁翻开新的一页，起始于红军三大主力会师，起始于中华人民共和国的成立，特别是改革开放这近三十年来，会宁确实发生了翻天覆地的变化。会宁人在保持传统美德的同时，更加接近现代，学会了用现代科技意识致富的本领。人们常说，致富容易，治贫难。所谓治贫难至少有两层涵义：物质上的贫穷和精神的贫穷。而精神上的贫穷是不容易致富的，这句话的意指主要在精神的层面。治贫既要治经济的贫穷，更要治精神的贫穷、文化上的贫穷，这样才能从观念上、根本上解决人贫穷的根由。哲人说：“节俭就是美德”“勤劳就是人生的要义”，就让我们保持这一种美德，把握这一份人生的要义吧。勤劳节俭，珍惜物力，爱惜大自然的一切，都是与当前倡导的建立节约型、环境友好型的和谐社会相吻合的。人，任何时候都要保持这种勤劳节俭的美德，即使是生活富裕了。

## 坚忍不拔　耕读持家

会宁人没有“采菊东篱下”的那份悠闲，也没有“把酒话桑麻”的那种坦然，只是在忙碌的操劳中，坚守着一份信念——把住农本，守住文化的根。这种渗透在骨子里的东西，早已成为一种自觉。这种

坚持和忍受就像生长在黄土地上的庄稼一样生长在会宁人的气血中，收了一茬又一茬，丝毫都不动摇，耕与读早已成为传家的操守。“耕读持家”四个字可以说写尽了会宁人坚守两个根本的一贯家风。所谓的“三苦”精神，其实是有它深厚的文化底蕴的，不光是简单的“跳出农门”的翻版，不光是一个“苦”字所能说明得了的，会宁人的自强不息、坚忍不拔是与中华民族的特质相一致的，是中华民族传统精神的具体体现。崇文重教自明朝（会宁县治现址始建于明太祖洪武六年1373年）以来就蔚然成风，这与治所的稳定是分不开的，也与汉民族的主导统治地位是分不开的，儒家文化开始有了传播的土壤（明孝宗弘治十三年即1500年会宁县城的文庙大成殿建成），中原的农耕文明在这一地域、这一时期开始占了主导地位。唐王朝以前这一地区自然环境草肥水美，民族杂聚，北方游牧民族经常在这一带游牧，使这一地区成为了牧区，或着说生活是以游牧为主。应该说，会宁这一带（包括靖远县）的广大地域在唐王朝以前都属于北方游牧文明的一部分。唐以后逐渐向农耕文明过渡，但真正成为农耕文明区，是始于明朝时期。这跟人类文明发展的三阶段论是相吻合的。即所谓的游牧文明、农耕文明和商业文明，这就是地域、民族、文化所形成的差异。会宁人的耕读持家之风气，正是形成于这一时期，并一直坚守。耕读持家是伴随着农耕文明和儒家文化的的深入人心开始的，所以说一种文明的兴盛是与经济的发展分不开的，经济的发展必须有深厚的文化底蕴作为支持。

## 宗教隆兴　文化昌达

联合国教科文组织针对宗教曾说过一句重要而又有分量的话：“它将伴随人类的始终”。说明宗教在人类文明史中的重要性，宗教文化说透了是人类从野蛮蒙昧走向文明的精神史，崇拜圣人先哲，崇尚英雄主义，追寻正义力量的化身是宗教的内核。试问，宗教中的哪一位神佛圣主都不是人间圣贤先哲、忠勇仁义、仁慈博爱之士的化身呢？宗教应该说是民间精神家园的重要组成部分。

会宁历史以来就是一个宗教比较隆兴的地方，中华人民共和国成立前光县城之内就有好几座庙宇，内城之中东有关帝庙、南有观音阁、西有孔庙大成殿和城隍庙，北有万寿寺等。内城之外东有东山东岳庙（后移建于西岩山，据说是因为和王姓家族的家庙王家三爷庙争山场而不得不移址）。南有桃花山佛教庙场，北有无量寿佛庙。可以说东西南北四关之内关关有庙宇。这些鳞次栉比的宗教建筑艺术从美学和艺术的角度熏陶着人们的艺术视角，感染着人们的心灵。至今犹存的关帝庙还是观音阁的斗式木结构牌门，在我的心里有着深刻的印象。原来移作县文化馆的门楼，古色古香有一种传统文化的气息，总是在心中留有一份美好。可惜后来县文化馆拆建把门楼移作了北关的庙门，也应该说是“物归原主”了，只是总觉着现在的文化馆不像是文化馆，倒像是一个商业的经营场所了。我总觉得文化场所还是有一点文化气息比较好。

会宁历来也是一个文化昌达的县，自明太祖洪武十八年（1385年）到清光绪三十年（1904年）中国最后一次科举考试落下帷幕的519年间，会宁籍的考生光北京殿试就有二十人考取文武进士，曹铭、张勋、栗在庭、焦腾汉、柳迈祖、刘庆笃、秦望澜、杨思、苏源泉等等，这些彪炳史册的名字其实早就活在一代代会宁人的心里了，并以他们为荣为榜样；县志编纂从明神宗万历五年（1577年）知县高拱辰第一次主持编修到清德宗光绪二十八年（1902年）前后编修九次。明神宗万历七年（1579年）知县高拱辰主持维修增补城廓，取东门叫“东胜”、西门曰“西津”、南门称“通宁”、北门为“安静”，这些富含文化韵味的城门名至今还在人们的口碑中流传，只是城门早已不在，只有西津门因1936年10月中国工农红军三大主力的会师而得以保存，并改名为会师门。深厚的文化底蕴，古代成熟的私塾教育，使会宁百姓深受教益。清光绪五年（1879年）知县萧汝霖于北街万寿寺东侧设立的枝阳书院，也为会宁的近代文明开启了一扇窗户。

会宁传统文化根基深厚，民间艺术经久不衰，这种活在民众心里的艺术形式，真正具有强大的生命力，其实，我想会宁这方土地上不在出了多少文化名人，重要的是潜藏和活跃在民间的那些文化根基——社火、民间戏剧、剪纸、皮影、口述故事等，这些才是涵养了这方土地上的人们的精神富矿，世世代代永远在民间传承。坐落在会宁杨集乡陇西川的明代乐楼就是最好的明证。名人只是这条文化传承轨迹上的座标，培育深厚的文化氛围或叫做文化气场，那才是人才辈出的动因。所以我们应加大培育文化气场的投入，努力创造人才成长的人文环境。

## 小 语

小语辄止，大意微言。

说起会宁的话题，我想几篇短文是远远说不了的；要说想说透彻会宁的话题，非得几部大书才能说完。要向民间汲取一些活的民风、民俗、民间情话，这样文章才会更加生动鲜活。

半亩方塘一鉴开，
天光云影共徘徊。
问渠那得清如许，
为有源头活水来。

民间活的文化源头，是文学艺术取之不尽的鲜活的艺术素材。生活是文学创作的富矿，民间艺术是滋养浇灌心灵的清流。会宁淳朴的民风，展现着人性中最美好的一面，会宁厚德包容的操守，凸显了中华传统文化的博大。会宁是一块很养人的地方，五谷杂粮养育出靓女俊男，圆润厚道的黄土山塬教化出许多人杰俊才，一个“穷”字既说明了经济的贫穷落后，又道出了一种无法穷尽的力量源泉。人，物质的贫穷并不可怕，可怕的是精神的贫穷，会宁人精神并不贫穷。

沿着那个历史的起点——两千多年前设置的祖厉县我们一路走来：祖厉，祖居，会州，粟州，枝阳，会宁等等，历史的沧桑瞬间即逝，如果不用时间的概念来计算，而是用纵向层次的方法来观察，这样的积淀那该有多厚啊，这样的高度能与世界第一高峰珠穆朗玛媲美了吧，文化就是在这样的一层一层的积淀升华中把我们引领到了现代。古代、现代就是在这种重叠中盘升着。会宁——一个从远古到现代叠加了许许多多说不尽的人文故事的地方，你能说她的历史、文化、民风、民俗不厚重吗？

沧海横流，
物是人非两千年，
更迭平凡。
走马间，
阅尽人间冷暖。

红旗会聚，
铁流滚滚过六盘，
高歌凯旋。
一挥手，
神州换了人间。

陇中新奇，
状元故里佳话传，
续写新篇。
遥望处，
谁敢说会宁贫寒。

此文获中国作家协会第三届金秋之旅征文大赛优秀奖

# 无远弗界——老家的端午

五月端阳老家有事，于是回会宁县城小住。每日清晨登东山而晓青岚，练太极而采正气，真是气定神闲，回归自然。吉家坪上，万寿寺前，一片开阔，县城气象尽收眼底；桃花山下，石虎山旁，南川一望，良田嘉禾养育家乡。正如民谚曰：出南门，桃花山，大小豹子，南一川。

端午节的一天我起了个大早，五点从家里出发直奔东山。一路小跑来到吉家坪上的万寿寺，上了第一炷智慧之香，便径直向峰顶攀登。晨练是家乡人的好习惯，这时山路上已经有三三两两缓步登顶的人。晨曦中的东山杏树林，也是郁郁葱葱，笼罩在清凉柔软的晓岚之间，恰似凤凰翠绿妩媚的羽毛。昂首的凤凰，顾盼着家乡，护佑着家乡，使这里的人们有一份安适的生活。

等我来到山顶的烽燧，这里已经聚集了好多人。五月初五登高山的风俗是一种文化的风俗，就在民间被这样传承着，世世代代也不会遗忘。

人们在烽燧上点起了篝火，驱赶邪恶，寄托希望，迎接一年的幸福。我也拾了一把干枝，为幸福加薪。看着充满快意和幸福的大人孩子，我心中忽然萌生了一句话：

佛用无量智慧浇灌世间每一朵需要润泽的花儿！

也许这正是佛的昭示。

2010-07-02

# 古镇平堡印象

想写黄河古镇平堡已近一年了，但我一直迟迟未动笔。是懒怠、还是胸无成竹？情性之中总是时不时地想起古镇，脑海中时不时地闪过古镇老街、古民居的光影，心海中时不时地走进一个人的身影，走进他思绪的微澜，和他促膝而谈。在盛夏正午骄阳的烘烤中，他引领我参观拍摄古民居，介绍古镇的人文历史。此前，我和这位老人、这位已退休十多年的人民教师从未谋面。正是他的那一份热情，一个古稀老人的执着感召着我，让我重拾旧梦，寻找黄河文化的根脉。

去年麦春的某一天，应四龙生态园之邀，和一帮摄影发烧友去了一趟四龙，为生态园拍摄推介宣传片。之后，过黄河去了河南岸的平堡，确切地说是去了古镇东面的堡子山。时间的关系，大家只在城堡寺庙拍摄后，便匆匆离开。路过古镇老街时，我从车窗掠到街两边的古民居门楼，本想下车拍摄，碍于集体行动也就作罢。事后，老街的身影时时在我脑海里出入，勾引着我的访古情结。于是，两周后的一个礼拜天，我背起照相机，乘坐城乡公交又一次去了平堡，应该说是开始了一次真正的访古寻幽。

属于甘肃省白银市靖远县的平堡古镇，是黄河岸边、丝路古道上的历史名镇之一，黄河古渡从远古至今把中原文化从这里向北方渐次延伸，甚至不惜用战争的方式。平堡古镇是古代中原农耕文明、儒家思想、军事建制在黄河南岸边塞要隘的神经末梢，是探向北方游牧民族的触角。通向西域中亚的古丝绸之路，把文明的火种早在汉代就播撒在这里。羊皮筏子的涛声，传扬着古渡生命的壮歌，演绎着一代代黄河儿女不屈不挠的慷慨悲壮和勇于奋斗的精神。

暗淡了刀光剑影，

远去了鼓角争鸣。
湮没了黄尘古道，
荒芜了烽火边城。
……
历史的天空闪烁几颗星，
人间一股英雄气在驰骋纵横。

（《三国演义》片尾曲）

古代边防要地，军屯合一的平堡；明朝以来，四十八门军户驻守的平堡。把黄河战鼓擂得山响的平堡。如今仿佛还能听到隆隆的战争鼓角，如今还能听到催人奋进的“黄河战鼓”。平堡是戍边守疆的军事堡垒，历史上也是处在与北方少数民族你争我夺的拉锯战中。起于元代的平堡站，也脱不了北方少数民族政权在军政上对中原地区的控制。到了明代的平滩堡，也不例外是中原汉民族政权，对北方少数民族的抵御、用兵、渗透。这块黄河岸边的平畴沃野，在历史上从来就没有走出过战祸的袭扰。它总是与军事、匪患联系在一起，什么哨马营、红柳滩、平滩驿站、平滩堡。斑驳的城堡，石板的老街，依稀可辨的古渡口，无不诉说着所谓文明的血泪史。东山之上古城西北角瞭望楼或晨钟楼的残影，还有从晨钟楼上引过的电线，就好像时光老人为历史和今天穿针引线，告诉我们今天的人们乃至我们的子孙后代，不要让文明的种子撒在荒芜的沙滩上，更不要让文明的种子浸泡在苦涩和血泪中。

中原农耕文明、儒家思想濡染着的平堡；民风淳朴、耕读持家的平堡；尚武崇德、人文荟萃的平堡。白、梁、王、吴、杨五大姓氏，更迭着平堡的富庶，也体现着这块传统文化孕育的土地人才辈出，书香悠远。白氏家族至今在堂屋的门楣上，还悬挂着清光绪三十四年钦赐白正理“耆宾”匾额。白世儒、白绍林（清华生），现在正在上中国人民大学的后辈新生，这是一个家族的荣耀，这是一个地方引以为豪的文化精神。梁琰、王家声、吴应炳等等，他们已成为文化的符号，已成为激励后人的文化根脉。

古镇遗存的白吴两家清代古民居、元代古亭（乡人俗称“蜂窝亭”）、清代跨街灯山楼、城隍庙等古建筑至今犹存。雕梁画栋、古色古香，传统古建筑的叠山榫卯结构和砖雕艺术十分精美。其实，在东西走向的老街上，跨街楼共有三座，依次为文昌楼、灯山楼、菩萨楼。三楼始建于清康熙年间，但屡建屡焚。菩萨楼最后一次焚毁是二十世纪八十年代。据说二十世纪八十年代，当地老百姓出于对毛主席的敬仰，就在菩萨楼塑上了毛主席的神像，一时间香火旺盛，十里八乡的人都来供奉，特别是农村妇女更是虔诚。一次庙会上人声鼎沸、香火不断，不经意间不知谁人烧起的香表飞上重檐，顿时火光四起，菩萨楼转眼间化为灰烬，这也应该说是人算不如天算吧。据说早年间平堡排灯甚是壮观，以灯山楼为中心，向东西街一直排到头，正月十五夜月灯会的景致也是红遍了黄河两岸，可惜这种人文的好风景，现在已经很少有人知晓，更无人问津了。平堡的古建筑遗存，应该在文物部门的指导下，本着修旧如旧的原则，有序地进行修复保护，给子孙后代一个文化根脉的留存和熏陶。

平堡吊索桥是平堡农民的杰作，是农民在黄河上建起的第一座吊索桥。是平滩堡农民搭建在黄河上的一道美丽彩虹，是平堡农民走向富裕的桥。从二十世纪八十年代起，平堡的百姓告别了羊皮筏子的惊涛骇浪，完成了和黄河的又一次生命对话。

黄河臂弯里的平滩堡，亿万年的黄河冲积形成了你，乌金峡的浪漫成就了你。塞上江南，黄河岸边的“小上海”。剪金山挡住了北去的黄河，驯服了狂奔不羁的黄龙，冲积扇的滩涂，形成了太极的港湾，无数先民的耕耘造就了富饶的平堡。真是先有平滩堡，后有四龙口。不管从自然、还是人文的角度说。平堡是黄河的儿女、是大自然的杰作。

一位古稀老人的感召，总是让我不能忘怀；一位德望家乡的老师，总是让我感恩。他对家乡的讲述，他对他的婶娘和老师的敬重，

也让我对他肃然起敬。杨国材——他就是一位退休的人民教师，一位捐书集资兴学、热爱家乡教育事业的老教师。他和我的缘起，是文化的因由。是出于共同有的对家乡的热爱，对传统文化、古建筑艺术的传承有一份担当。

平堡，山野的杏子很酸甜，

平堡，杨国材先生家的杏子很香甜，

平堡，黄河岸边的“小江南”，处处绿意盎然！

2013-6-4

# 哈思道上

初夏的早晨，天气晴好。我们一行七人乘坐日产丰田面包车，从靖远县城出发，沿109国道向县城东北黄河右岸的哈思山行进。这座距县城85公里的天然林区是当地独一无二的。

哈思，山名。寓意如何，不得而知，只知哈思是蒙古语。有地方名士说：哈思意即“烂泥”也，思之再三不得其解，遂不信。但这是一种文化的渗透、融通，却是确信无疑的了。

出城东门，是黄河千年改道淤积而成的一马平川。时值初夏，沃野绿浪。银色的塑料大棚与黄色的油菜花畦相间其中，一股清馨的气浪扑面而来，催醒了我久居城市的麻木神经，挑逗了我呆滞的眼神。于是，心跳也加速了，思维也活跃了起来，话也多起来了。难道这是一个情结，一个真正的情结——爱恋自然？

我回家了……

## 走马法泉

正值农历四月初八佛祖释迦牟尼的诞日，一路去法泉寺的大小客车络驿不绝。骑单车的、步行的乡民接踵而至。法泉寺内摩肩接踵、人声鼎沸，把个山山沟沟塞得满满当当。如果有佛，真不知佛作何想。其实，佛是大智慧，佛只是一种法门、通向智慧的法门。去掉伪善，揭开了面具，佛性就在每个人身上，何必要求助于偶像呢。

## 拜谒遗址

过了法泉，便到了靖远县的开发区——银三角。109国道由此东而向北延伸，靖远火电厂就坐落在这个特殊的位置上。离电厂不远有

一块地界，据说是西秦时的鹳阴古城和柳州古城遗址（县文物部门立有遗址碑）。于是，我们便停车一观，城池不大，约百余亩地，开北东西三门，北门前有一条沙沟直通黄河岸边。东门外建一瞭望台，台上可看清任何方向的三十里以外，视野开阔。传说，在很早以前，有一农户迁至遗址旁居住，出现了一种奇特的现象：每天晨曦将启或夕阳西下的黄昏时分，就有大队的人马从废城里出出进进，打扫、运水，等到太阳冒花或夜深人静时，显象就消逝了，废城就越发地空落、寂寞。真让人琢磨不透，或许是自然信息的蓄存，抑或是自然界高超的摄像。

看着这些斑驳的颓垣断壁，不禁发问，一千六百多个春秋难道真是时空一瞬？我们和古人就在同一跑道上，起跑线只有一条，就如同体育运动中的接力赛，人类文明的接力棒就这样传递着。文化——人类文明的本质将最终走向“大同”。在同一中表现不同，不同孕育于“大同”之中。我们能否跑好这一棒呢？

看着城址和遗址内郁郁葱葱的庄稼，我思绪万千。地里的农民正在除草，神态很祥和、很平静，就像天空飘过的一片片云……

## 沙河情话

走出遗址，继续北上，过了水泉，车子离开了公路，沿着一条宽阔的沙河行驶，一时自然的景致又跳入眼帘：满河床的鹅卵石，蹦蹦跳跳从我们身旁舞过。星星点点的紫色小花，一簇一簇。像流动的绣球，抑或是鹅卵石的礼帽，向我们点头微笑。它们在显示生命的活力吗？它们在显示生命的顽强吗？它们在张扬着、兆示着什么呢？就在和它们擦肩而过的同时，我分明听见有一个清亮的声音：去吧，去感受自然吧，那里的音乐是天籁，那里的诗行是绝峰，那里有哲学的富矿——易在山林。

河床缓慢地退去了。两面的山向我们走来，款款地走来；高大了，越来越高大了。于是，就感觉有一点拥挤，有一点透不过气来。

我们陷入了谷底，车子像甲虫一样爬行着，山却鲜活起来了；色彩也丰富起来了，但没有树，没有草，是山石的本色。左面的山峰瘦峭嶙峋，清奇雄宏，或佛坐、或鹰飞、或鱼跃、或猴蹲。层岩突起、斜飞的情状把远古自然造化的情景显示无余。一座翡翠绿的山峰横卧其间，后面的火山岩红红火火。小时候看一些画家的山水范本，总以为他们在乱画，山哪里有绿的、红的。后来见得多了，又觉得他们的色彩竟是那样单调、苍白，远不能写尽自然的美。难怪大师们总说："师法自然"，禅宗倡悟而不立文字，其意自明了。

太阳在天空朗照着，白云是她的面纱吗？雨丝织成的绿毯，是为了夕阳的休眠，还是为了晨曦的壮美？

透过车窗，看见不远处的谷岙里有"烟村四五家"，虽无小桥流水，景致别有风味。山野人家，平静淡远，恍若世外。村侧独独四棵柳树，长得挺拔丰茂，体态婀娜。再三观之，飘飘然，恰似模特儿，却又毫无造作之态。这样胡思乱想着，就听有一位同志说："看了这山再看那黄土帽山，圆隆隆、平遢遢，没有一点气势，真没劲。"听这话，回头再看右面的山峦时，却正是这种体态。不过，如果说山有阴阳，山有男女的话，那这种山，就是山中的女人了。你看它圆润丰满，体态雍容。毛绒绒的绿草似它的肌肤，丰润光泽，富有弹性。表露出淡淡的、平和的、幸福的柔态，或许它更有包容性。噢，我明白了，那沙河里的鹅卵石是它们珠玑般的情语？抑或是情歌跳动的音符，那紫色的小花是它们会心的、甜蜜的一笑。一定是的，一定是的。

过了"烟村"，前面便是裴家堡。裴家堡庄口不大，也就四五十户人家，座落在两山形成的一道腰岘两侧，路就从腰岘口经过。老向导说："过了腰岘，我们就到古代西夏国的地界了。"紧接着有人就说："我们出国了。"

## 哈思妙韵

翻过腰岘，前面的山外已看见了哈思山的山巅，青色的山岚笼罩

着，朦朦胧胧的，感觉是“犹抱琵琶半遮面”。

二十分钟后，我们来到了哈思山林场，此时已是上午11时整。林场的同志十分热情，一位姓强的同志主动担任上山的向导。我借来了林场一位同志的球鞋换上，我们就马不停蹄地开始上山了。离开林场驻地，绕过一个山嘴，便来到了哈思山脚下。驻足抬头，哈思葱茏，峭然若立；山风习习，抱岳缠林。顿觉，神清气爽，飘然域外。

沿铁沟往上，路渐渐陡起来。年深日久的枯枝败叶积得很厚，走在上面软蓬蓬的，像走在厚厚的海绵上。一涧清澈的小溪欢快地跑着，像在追赶什么。叮叮咚咚的妙韵，是溪底的石子弹的，流动的是一架永恒的仙琴。清凉的山风把我们包围了，顿觉似换了季节。山风响起来了，但又感觉不到风吹。哗——哗的松涛声，像是山在说话，又像是万马奔腾。也不知漫过了多少个世纪，横扫六合，鼓荡环宇。风是马的精灵吗，长啸是厮杀的涛声。传说成吉思汗曾在这里屯兵养马，可惜我们听不懂了，让缠绵、曼妙的靡靡之音软化了，骨子里缺钙、缺盐。

从沟里上山，真是“目光短浅”。天是斑斑驳驳的碎片，树团结成了天幔。我们如要逃出罗网一般，又如溺水者想奋力顶出水面。眼看着脚下，急急地赶。一张脸对着另一个人的屁股，不是一叶障目，而是一屁股遮天。于是，我们改道山脊。

上到山脊，已是海拔2200米的高度，眼前豁然开朗，峰岳相拥，麓野伸延；川如棋盘，远村点点。一泓明镜镶嵌于不远处的沟壑里，泛着银银的白光；透着冷冷的寒意。拟是仙人的梳妆台，更是黄山睡美人。强同志说：“那是一汪清泉，冰还没有融化呢。”看来自然的纵横，也显示着层次的不同。松涛声此起彼伏，像是在头顶，又像是在脚下。《听松》的味道便从漫山遍野飘来的紫丁香中闻见了：悠悠的、淡淡的、嘈嘈的、急急的，绕身不绝。再往上，便有了一片不大的开阔山地，绿草茵茵，黄花星星。四周的松树林，却密密匝匝，墨绿墨绿的。天蓝蓝的，不时有一两朵白云飘过。松树的姿态或苍劲挺拔，或古拙清丽。虽无黄山松的奇秀，泰山松的壮美，但也不失为一方灵秀。我不由放声长号，旋即就有四山的“崖娃娃”回应。尖锐的回声撕破了松涛，掀起了朵朵浪花。真到了物我相融，回归自然的佳境。

其实，登山不仅是体力的检验，更是意志和毅力的考验。松树的造型再美，那只是外观的。更美的则是它不屈不挠的生命力，不为环境所迫奋力向上的意志张力。我不欣赏那种扭曲的、畸形的美，它虽能给人以启迪、哲思，但却成不了栋梁之材。那么，它们是自然界中的思想者、哲人吗？或许是吧，只可惜我们很少或很难参悟罢了。

上山能登上山顶者总是少数，我便是这少数中的一个。为了领略“无限风光在险峰”，腿疼一点又有什么呢。“志眇眇而临云”，精神的神游畅达那才是愉悦。

沿铁岭而上，登上峰顶已是下午3时。瞩目远眺：黄河如带，波光闪闪；远山连绵，若隐若现；哈思如洲，阡陌相连；一抹烟云，驻足其间。自然的浩渺和人生的瞬间，形成了许许多多的聚焦点，留给后人照看、观瞻。歌德说：“不知道三千年的历史，就没有未来可言。”

我想，哈思山只是山中的一个景点，一个小小的景点。人类智慧的巅峰，恰如山脉绵延，一贯于其中，我们就踏着这条“龙脉”，去探寻“潜龙”腾飞的机会吧。

哈思山，我还是没有识透你。哈思何意，就留给我们的语言学家去探究吧，我只记述这迷人的哈思山之行。

## 涛涌风信

松涛声又起了。涛声依旧，风却不同。

# 瞭高山前

2004年的冬天是一个暖冬。

初冬的白银乍暖还寒，秋还没有完全消退，冬的脚步就急急忙忙地挤了进来。在这个秋和冬相互拥抱，相互交融的时节，《白银文艺》编辑部和西区管委会共同举办了一次别开生面的文学采风活动，邀请了省上、市内的文朋诗友，要为西区开发放歌并增添一抹文化的亮色，这着实让作家、诗人们激动不已。以经济建设为中心的时代，文化建设往往是滞后于时代步伐的，这无疑为国民素质的提高和思想道德建设埋下了不利的因由，也为经济的发展带来了一些思想上的羁绊。而西区的开发者能从文化建设方面考量，无疑是“以人为本，与世界精英共创未来；以德治区，为天下客商开辟乐园”的立区理念的具体体现，也是西区乃至白银市人民的一大幸事。

沿着东西走向的十里北京路一路走来，街灯辉映，流光溢彩；车水马龙，繁华似锦。

“凤之韵”的雕塑就矗立在西区中央，她既是“开拓者”创业精神的继承，又是新时代白银人民不断进取，科技创新意识的传神写照。从“开拓者”到“凤之韵”，在地理上只不过十里长街，然而，历史的脚步却走了将近半个世纪的时光。循着“开拓者”深沉凝重的目光，来到凤翔神舞的“凤之韵”，我再一次看到了“开拓者”奋进的身影。中华民族的图腾之鸟，精神之鸟，文化之鸟——凤，寄托着一个辉煌腾飞的文明之梦。经纬交错，文呈化愚的构想，吸引着多少妙手、巧手在这片土地上描绘纺织着一座崭新的现代文明之城。犬牙交错，峰峦叠嶂的群山环抱着这片热土，瞭高山不再孤独。山下一条通衢的阳光大道横贯南北，连接着通向未来的高速路。这就是被誉为白银第一通道的诚信路。从这里我们穿越时空隧道走进白银，走进白银的历史，走进自然、人文景观独特的寿鹿山、哈思山、铁木山、桃花山、黄河石林，走进汉、唐、北魏，直至历史的纵深起点新石器时代，用红军长征的精神去体味自然、历史的美妙和文明。用红军长征的精神，用“白银速度”来开创我们美好的未来。

文化是人类走向文明的重要标志，一个没有先进文化的民族注定是走不远的。来到市民广场你便会油然而生一种气度恢宏的感觉，一种文化的氛围扑面而来。历史的浮雕，经营大气，理念新颖，环境优雅这一切相映成趣，给市民一个文化熏陶、休闲娱乐、精神享受的活动空间。透过这一“窗口”，以人为本的思想得到了充分的体现。在广场中央音乐主喷泉的两侧，两幅壁画式青铜浮雕分别展现着白银农耕文明的历史和白银有色金属工业基地的创业历程。贯穿南北的广场中轴甬道，喷泉吐雾，流水潺潺，让游人流连忘返好不惬意，甬道两侧的十二根方型生肖大理石浮雕柱，在东西两块大面积的绿草坪的映衬下，愈发显得气势超拔。她不时地提醒着人们——这就是一种文化，承接历史，面向未来。经济承载生活的富裕，文化传达精神的文明，历史永远以文化作为其传承的载体。

注重环境绿化应该说又是西区的一大亮点。是人文意识不断提高的表现。以经济建设为基础，文化建设为先导，环境绿化为主要任务的整体推进战略，为西区发展绘制了美好蓝图。环西区大绿化带、街道绿化带、公园绿化，小区绿化等将从根本上改变区域自然气候条件和投资环境。一个天蓝、水清、地绿、鸟语花香的西区必将展现在人们面前。绿色是生命的象征，活力的象征，缺少绿色就缺少生机，没有绿色就引不来百鸟朝凤、英雄竞逐。漫步广场那绿茵茵的草坪，透着诱人的清香，一种愉悦温馨的激情顿感溢满全身。真有“春风又绿张家岭，一片真情在西区”的感觉。

西区作为白银“第一窗口”，她必将透出诱人而美丽的风景：

阳光大道
莫说君来早。
将军岭前春意闹，
风景这边独好。
西区城外山峰，
巅连直接黄河。
商贾指看铜城，
更加郁郁葱葱。

2004—12写于易林轩

# 单身楼前的新疆银叶杨

秋天的气色，把单身楼前经久岁月的一棵新疆银叶杨，晕染成了金子的颜色。高大阔厚的树冠，在温暖秋阳的怀抱中，闪烁着耀眼的光芒……

二十四年前，我在这栋市府的单身楼居住的时候，楼前长着一棵不大的新疆银叶杨，这棵不知道什么时候生长在院子里不起眼的小白杨。那时，树干最多只有牛肉面碗碗口那么粗，树冠高也不过丈余，生存在一片坑坑洼洼的砂岩岗上，周围寸草不生，但它却生长得十分旺盛。是砂岩层下富含水分？还是它自身坚毅的生命品质？我是也未可知了。只是它确实成了我这个从乡下来的农村娃晨练压腿、晚饭后散步纳凉的好去处。三年在单身楼的生活，它成了我的“朋友”，成了我的“知己”；我成了它成长茁壮的亲历者和见证者。

岁月流转，告别单身。二十多年坚持晨练，二十年的太极问道，我也走过了人生“五十而知天命”之年。如影随形的白杨树，也在蓬蓬勃勃地开枝散叶，也在长粗、长高，吸收着大地和天空的营养：

高举头颅仰天承正气，

敞开臂膀冠盖大地情。

包容着飞来飞去、叽叽喳喳、攀枝登桠的鸟雀，豁达面对着东西南北时不时刮起的阴风暗流。这就是树的情怀，这就是一棵团结挺拔向上的新疆银叶杨的精神。

今天，当我放慢生活的脚步，当我以闲适超然的心态审视生活的时候，才真真切切悟道，生活的幸福美好就在这些平平凡凡、琐琐碎碎、杂七杂八、婆婆妈妈、散慢悠然的闲适中。当我有时间回望的时候，单身楼前的新疆银叶杨又出现在我的眼前，二十来年的光阴，它

成熟了，它长成了参天大树。它冠盖浓荫，两个人才能合抱的树身，分长出五大主树干，五大主树干又向上分长出无数的枝丫。像大地伸向天空的手，承接着雨露和阳光。在秋天的绿草坪上，撒下一片金子，这是叶子对根的诉说。高大壮观的新疆银叶杨，它闲适地站在那里，它悠然地站在那里，它不卑不亢地站在那里，它伟岸地站在那里。它是一棵真正的白杨树，一棵能成就美丽风景的白杨树，这是它金子般的品质所决定的。

“礼自无暇璧，妙相大千容。”其实，我早就想写写这棵曾经与我风雨同行的新疆银叶杨了，看见它就像看见了久违的亲人，抑或是我前世的故友，今生以另一种法相与我晤面。使我心中总不免油然而生激动，想起一些前世今生的缘起。

银叶杨，它的叶子在春夏之交完全展开时，叶的背面充满了纤细的银毫，风儿劲吹的时候，绿叶舒卷，沙沙作响，犹如一曲悠扬高亢的萨克斯风，闪耀着银光点点。春如翠鸟翻飞枝头，夏有银波涌浪其冠，秋如金子纯粹耀眼，冬似金刚铮铮铁骨。新疆银叶杨，难道你是胡杨的兄弟姐妹？是顺着春天北方而来的季风，飘零到了这个和你一样有着银铃般声音的地方。莫非你要学戈壁中的胡杨，活着一千年不死，死了一千年不倒，倒了一千年不朽！在这坚硬贫瘠的地方，修成万年的菩提正果吗？这个我不知道，我确实是不能知道，因为我还没有参透这天地的玄机。我只是说说而已，实在是想把“知己”——新疆银叶杨对我的启示说出来而已。这大概就是不吐不快吧。

菩提本无树，
明镜亦非台。
本来无一物，
何处惹尘埃。

2012-10-12

# 练 摊

朋友殷从天津购来正宗“龙嘴大铜壶”一把，正赶上星期日市场开放。

古人云：“识时务者为俊杰”。我的这位朋友可算是把握了上下一致“下海”弄潮的大好时机。虽说是西北的旱鸭子，但毕竟是鸭子的同类，先天禀赋与“水”有缘。

为了品尝和欣赏“龙嘴大铜壶”的油茶风味和壶的神韵，星期日我来到了市场。在西南角找到了朋友殷。

“正宗的天津‘龙嘴大铜壶’油茶，尝一尝啊，当年乾隆爷微服私访最喜欢吃的天津地方小吃，尝尝。不要钱，尝了一碗你还想吃第二碗。”大腹便便、西装革履的殷站在那里吆喝着，一腔小贩的声调，和他学者加领导的身份有点不大和谐。果然，品尝的人确实还不少。

“老朋友，生意蛮红火嘛。”我喊了一声。

“哎哟，明清老弟大驾光临有失远迎，失敬失敬！你不是怕‘下海’喂鱼吗？怎么今天敢到海边走走，不怕大鲨鱼跃上来把你吞掉？”

“哪里的话，这浅海滩头很少有大鲨鱼，只不过有些虾兵蟹将而已。”我开玩笑地说。

“来来来，先坐下尝一碗。”殷说着把我拉到了摊桌前，盛上一碗油茶，又去招呼其他的顾客。我喝着热气腾腾的淡黄色油茶，里面配以芝麻、杏仁等佐料，味道倒也清香浓郁。天津的正宗油茶我没有尝过，不知和本地的油茶有什么两样，所以不敢妄加断言。不过我还是觉得有点东壶装西茶，只要包装亮豁就能蒙人的感觉。“金玉其外，败絮其中”，我认为这不是商之正道。

这个能装30斤左右的正宗“龙嘴大铜壶”，确实不同凡响，我还

是生平第一次见到做工这么考究的天津铜工艺品。硕大的“肚皮”上缠绕着一条腾云吐雾的青龙，抬起的龙头仰天长啸，似有潜龙预飞之势。龙嘴便是壶嘴，大概“龙嘴大铜壶”就由此而得名吧。整个壶身又像一尊盘腿而坐、双臂环举、笑口常开的弥勒佛。

观赏之后，我以为“龙嘴大铜壶”确实有点屈就，选错了主人，使其名和实不能相符。因为它的价值是由它的内容油茶实现的，失去了内容它可能是一件十分精美的工艺品，但，就不是享誉域内的天津“龙嘴大铜壶”油茶——吃文化的一部分。

说起我的这位老朋友，人确实不简单。他在市某重点中学任校长，高级教师。学生最喜欢他讲语文课，因为他备课、讲课一丝不苟，且课程内容具有启迪性。可我万万没想到他还有“下海”捞鱼的本领。虽然是工作之余和星期天摆摊，但毕竟是人过中年精力有限，能不能捞着大鱼我不敢肯定，可误人子弟、影响百年大计或多或少有那么一点。你说会不会有“夏德海”之后？我看也未必不会。昏头县官有的是，“夏德海”也大有人在。

感悟之余，我以为需要为正宗“龙嘴大铜壶”正名，让它能发扬地方风味的特点，还其吃文化的本来面目，实现自身价值和社会价值，也该是当务之急。“下海”弄潮毕竟不能包罗三百六十行一好百好。

# 我所珍爱的《散文》杂志

清爽淡雅的《散文》，一直保持着她清新的本色，不管从内容到装帧都是那么质朴，这实属难能可贵。素洁的封面和淡泊的正文总是寄托着一种深沉的生命底色，不急躁、不浮华、不随波逐流，读来能让人感知生命的从容，人性的光焰和自然的温润。这种生命的本真、自然的真诚是时下的人们很难坚守的，时代的风潮把一切都变得浮躁了起来，而人正是这种浮躁之风的策源者和纵容者。

《散文》能始终吹拂着清醇、清新的熏风是与办刊者的宗旨，编辑人员的素质不无关系的。坚守人文思想的根基，观照生命背景的变异，给心灵一份安慰，给精神一个支点，把对人的观照作为办刊的终极观照，始终想着给灵魂安顿一个宽慰的鹊巢。

《散文》既是传统的，又是创新的，说她传统是她恪守人本的思想；说她创新是她又能始终把握时代的脉搏，关注时下的人性。正如《散文》第七期“卷首语”中说的：“文学有制造迷雾的能力，但制造迷雾却不是文学的目的，好的文学总是能引领我们穿越迷雾。”《散文》正是本着一种不“制造迷雾”的原则，艺术地再现着一种生命的原色和文学的简约，“引领”着我们的精神—— 一种人文精神。清新的文风总是能让人赏心悦目、精神为之一震，总能让人穿过“迷雾”找到生命的真诚，从容地应对纷繁复杂的社会。这种直指人性本质、探究精神家园的风格，是时下许多刊物所不具备的，而这正是《散文》的独具匠心、朴素典雅所在，也是许多读者情有独钟的原由。打开这样的刊物，读着这里的文章，便有了心灵与心灵的交流，精神和精神的对话；有了促膝谈心的感觉，有了说心里话的快慰。文学是要说心里话的(不管哪一种文学体裁)，心里话是人类对情感的真诚交

流，对精神的无私安慰，对生活的真实体验，对生命的真切感悟。尽管它可能一时不能成其为真理，但它总是在一步步走向真理，至少在现实的生活中具有一定的道理。更主要的是心里话包含着人类浓浓的情、厚厚的义，而这才正是人性中最美好的东西。科技文明的高度发展始终代替不了人类精神、情感的需要，这种永恒的、原质的人性需求，始终是需要用“心里话”来沟通和抚慰的。《散文》的这种保持生命原质、直击人性本来的精神，为我们输送着纯朴的、在时下更应该坚守的人文精神，为沉淀浮躁的世风吹来了和煦的春风。

我珍爱《散文》，我更珍视《散文》素雅、质朴的人文精神。

# 春天的问候

打开春天的扉页，品读春风的轻柔，扑面而来的是春潮般的笑脸。初春的气息带着温暖，把问候和祝福吹进每一个人的心田。不要说路途遥远，不要说阻隔千山，心灵的距离不受时空的羁绊。春天的邀请，我们谁都不能缺席；春天的问候，我们谁都不能不理。春风已经拨动了心弦，心河里流淌着爱情的波澜。今天，我把问候和祝福寄语春风，让春风继续春节的亲情和温馨，让春风梳理您一冬的疲倦，让春风爱抚您寂寞的双肩。卸去一冬的慵懒，轻装上路，捡拾人生的精彩，提炼生活的香甜。

春天的问候，就从今天开始，一直延续到永远。因为，我们每个人心里都有一个春天。春天在人生的旅途中，已经不是一个季节的概念。春天是人生永恒的青春活力，是勤劳、播种、充满朝气和阳光的人生态度。春天永远属于和春天一起早行的人们，她不分老少，不分男女，只要您有一颗年轻的心。

把您的右手放在心口，把您的心意交给春天。朋友，请不要说有什么不对，落雪的日子总会有寒流经过。生长温暖的季节，本来就是从雪花飞舞的某一天受孕、萌动、发芽；然后，突破冰封的重压和包围，播种又一季的新绿，回答苍生的叩问，打理来年的收成。

春天的旋律，会鼓舞你我走出蜗居的冬季，扬帆起航，走向人生更辉煌的明天。“碧玉妆成一树高，万条垂下绿丝绦。不知细叶谁裁出，二月春风似剪刀。”就让我们和着春天的节拍剪裁云锦，放飞希望，增进友谊，倾注关爱，把春意遍撒人间。

2009-02-11

# 春天的语言

东风不压枝　一花一世界

岁月周复始　人面桃花红

春天的语言，自然纯朴，热烈奔放。让我们在宁静中感受春天万物的情窦初开；让我们从稚嫩的柳树芽中触摸春天阳光的天真无邪……

春天的语言，让我想起十九世纪法国画坛杰出的后印象主义三杰之一保罗·高更，也想起了他的一首很能代表他艺术思想、并对后世世界画坛印象深远的小诗：

我离开是为了寻找宁静，
摆脱文明的影响。
我只想创作简单、非常简单的艺术。
为了达到这个目的，
我必须回到未受污染的大自然中，
只看野蛮的事物，
像他们一样过日子，
像小孩一样传达我心灵的感受，
使用唯一正确而真实的原始表达方式……

# 那一份梦境

我不知道到哪里去了。

我只看见两位老人，好像是一对老夫妻。出了门，似在呼唤着什么：“他到哪儿去了，天起风了，该回来了？”老头儿说。于是，朝河里扔了个石子，河水泛起了涟漪，河里就有了三条水牛，三条不一般大的水牛。好像是老大老二老三，体格都特别健壮特别大，但却不见牧童。

河水很清，河底的鹅卵石像在镜子里一样。水牛像是并排从水底游来的，从高处往下看，轮廓很清楚，它们依次上了岸。

出门来的还有一位银发的老妪，她很瘦、很单薄，右手里拿着一把撅头，左手好像也拿了一样东西，我没看清，大概是树苗吧。她边走边说：我要在门前这面坡头上栽一棵树，长大了好让我的孩子们乘凉。说着她就动手栽起来。我看见她栽得很吃力，看着看着，她好像没穿裤子，连内裤都没有穿，只穿了一件深灰色的旧式夹棉袄。腿跟干柴一样，栽树的时候还在尿尿。我看着看着，心里就很苦、很苍凉。我倒头便拜，心里好像悟到了什么，但又不很清楚。那就是爱吗？那就是一份无私的爱吗？有了那一份博大的心境你还需要什么呢？你还有什么不满足呢？我拜得很虔诚，前额都触到了地面，磕得很响。这是我愿意的，我感觉大地也很亲切、很温暖，我连连地叩着头，泪如泉涌，泪如雨下……

醒来时，枕头上湿了一大片，眼窝里还留着泪痕。

# 重走六盘山

当历史老人回首翘望的时候，六盘山您是一座不朽的丰碑。当时间溯源寻找永恒的时候，六盘山您是草鞋、皮带铸成的魂。当现实与您聚焦的时候，六盘山您是长征的精神——高洁无华。

## 1

重走六盘山，天还是那么高远，云依旧淡淡。长缨仍在手，问苍天：情何以浓遍赤县？红军精神燎原。我不想说六盘山的苍翠，也不想说六盘山的伟岸。

苍翠是历史老人的长髯，伟岸是红军将士用鲜血和生命凝成的精神峰巅。我只寻找这种精神与现实的契合点——继承发展。

## 2

重走六盘山，汽车代替了草鞋，情绪也不在波澜，可我分明感受到草鞋的亲切和温暖。一个高亢激昂的声音：“六盘山上高风，红旗漫卷西风，今日长缨在手，何时缚住苍龙？”犹如还在耳畔。这声音超越时空，树起了一个民族的尊严。

## 3

重走六盘山，鲜红的血液里，涌动着瑞金的血源。遵义——我们再生的摇篮，契机就从这里出现。赤水河的水一直流到了今天，滋润了华夏儿女的心田。乌江天险、雪山严寒、草地沼泽、泸定铁索、腊子峭峰插云天……锻造了钢铁一般的信念。为了朝圣——拯救一个民族的苦难！

啊，六盘山，“不到长城非好汉，屈指行程二万。”1934，1935，每一个365天都是血与火的洗礼，生与死的考验。真理与邪恶的较量，四万万民众是坚不可摧的力量源泉。血浓于水的情感，至今，让人思念延安小米的香甜。“凤凰涅槃”，革命由此推开了新的局面。

## 4

重走六盘山，我在寻找，寻找失落的精神家园。是那座山顶的四角亭吗？还是掩映在苍松翠柏中的英灵？是的，又不尽是，因为精神的高度永存在心间。我真想拥抱这一片红色的热土，感受肌肤摩挲的温存。让我的灵魂透明，让我的精神升华——和您的峰岳融为一体，拥有蓝天。

我在丰盛豪华的宴席间没有找见您，我在纸醉金迷的歌舞中没有寻见您。我知道您不会在这里，您绝不去那种奢侈的地方。于是，我去了会宁、去了六盘山……沿着红飘带的方向；去了田间，去了车间……去到一些很朴素的地方。朴素的地方便有了“草鞋”的根，有了“小米”的家，有了真实朴素的情感。

## 5

重走六盘山，我不再感到空虚，我不再感到缺憾。就让我的精神大树在向天空拔节的同时，把根再延伸深扎，汲取丰厚的养分，继承“草鞋”的精神，让枝枝叶叶升向蓝天，亲吻太阳的容颜。啊，六盘山，东方巨龙沿着您的脉络走来了，跨过了苦难深重的二十世纪初，飞越沸腾的五十年，向着二十一世纪的曙光来了，为了一个信念、一个人类共同而美好的信念——和平，走来了——为了地球这个人类唯一的美丽家园！

# 玉背砧板可以休矣

日前在某报看到了这样一条照片新闻：“杭帮菜”“敦煌菜”兰州斗妍，说的是“入选中国美食节新八大菜系的‘杭帮菜’和‘敦煌菜’在兰州举行技艺交流大会”。新闻说，“杭帮菜”的“玉背当砧板”绝技，“为兰州餐饮市场增添了一道亮丽的风景线”。看后我不由得要说上几句，这种让女性光着后背，并当众表演在其背上动刀剁菜（双刀）的做法，实为对女性人格的不尊重。这种带有浓厚封建色彩的东西，能在当今出现，绝非偶然。

人非物件，厨师的刀功再好也不能把人当物来使。显示厨师技艺的方法很多，为什么偏要以践踏他人的人格和尊严来彰显呢？这种做派应该是文明社会所不容、不倡、不应效仿的。

“玉女当砧板”，不用多说，当我们将此两者排在一起看的时候，真不知道这是一道什么样的“风景线”！这种所谓的“绝技”又亮丽在哪里？你能说这是一种美与艺术吗？你能说这是一种高超的“绝技”吗？我看不能，这只能是一种粗俗而拙劣的以色相为诱饵的雕虫小技。这种俗不可耐的“餐饮文化”，要为大众传播什么，又能为大众传播什么，问题是不言自明的！这种不健康的垃圾文化是否还充斥着某些领域呢？这些都是需要我们认真思考并在文化上给予坚决反对的。文化领域的反封建、反腐朽，仍是一项艰巨任务。

发表于2002年1月3日《中国文化报》百家横议栏目

# 别让足球“超载”

第十七届世界杯足球赛正如火如荼地在韩国和日本进行着，有关足球的话题在媒体热炒及街谈巷议中不绝于耳。去年，国足的提前出线，着实让国人为之振奋。结果，对哥斯达黎加、巴西的两场球就让我们傻眼了，这个被媒体、记者、球迷们吹起来的“球”终于“水落石出”。其实，冷静思考一下，我们对足球的理解能有多少，球员对足球的理解又能有多少？足球究竟给我们带来了什么，又能为我们带来什么？赢得亚洲区出线或“进16强”难道只是为了一种荣耀吗？足球事业抑或整个体育事业更多的是代表人类对自己极限的一种不断挑战，是人类开掘自身潜能的一种有效手段，是人类智慧和文明的象征和标志，是一种轻松的愉悦。正如米卢所倡导的“快乐足球”一样，它需要运动员热爱足球（这是前提），战胜和超越自我（这是动力）。只有热爱足球运动，你才能和“足球”融为一体；只有战胜和超越自我，你才能冲破来自你自身的种种羁绊。这种战胜和超越不仅表现在球员个人的技术和战略战术的层面上，更多还表现在运动员的心理、意志的强弱上。米卢的技战术训练如何，笔者无从谈起，但米卢对足球的这种认知和指导思想，却值得我们重视。

“快乐足球”这是一种多好的足球文化理念！从运动员的角度来说，踢球是一种心灵的享受，他不是精神上的负担，不是压力，而是一种内在的驱动力。足球不需要负载过多的它自身所不应负担的理念。我们更没有必要把有关“足球”的话题说得那么沉重、悲壮。本来关于足球和有关足球的话题就是一种快乐和愉悦，他首先是要给人带来愉快和激情，只有这样，运动员的心里才不会平添“莫须有”的压力，而是轻松地踢球，国人和球迷们也不会因输几场球而垂头丧

气。从文化背景的层面上来说，足球文化是竞争文化、锋芒毕露的文化，在球场上它只讲规则，不讲礼貌。中国队之所以总是踢不好球，除了技战术、体制和心理上的因素外，其根源恐怕还在文化背景和体育文化、体育精神的某些欠缺上。

我不是一个足球迷，但我热爱足球；我不是一个足球迷，所以我不迷信足球。足球就是足球，它不应有过多过重的负载。足球就是一种快乐——一种勇猛、顽强、酣畅淋漓的快乐。它为运动员带来的是身心的全然打开，技艺、意志、毅力、潜能地尽情发挥；它为球迷带来的是一种力的张扬，团队协作配合的美感和勇往直前、百折不挠的精神启迪。除此而外，更无别的，也不应再有别的。

发表于2002年6月13日《中国文化报》百家横议栏目

# 从学雷锋想开去

为了不能忘却的纪念，是民族精神传承的一种方式，但是，纪念并不是精神本身，真正的精神是熔铸在灵魂里，流淌在血液中的。

雷锋早已死了，雷锋永远活着，死去的是物质（转化），活着的是一种精神（传承）。其实，在五千年的文明史中，雷锋只是一个小小的精神“驿站”，传承光大的任务就历史地落在我们这些“驿马”身上。

八十年代中后期乃至现在，总是有人这样说：“雷锋出国了，中国现在不需要雷锋那样的傻瓜了”。不过不管是“出国考察”，还是“出口国外”，吾以为都是好事，毕竟雷锋精神应属于全人类。可是国人不能忘记雷锋，更不能没有雷锋精神，因为雷锋精神是中华民族的“血脉”。’虽然，时空的变幻淹没了许多许多，历史的脚步也不会在一个点上驻足。但是，徐洪刚、张鸣歧、孔繁森等这些原本很平常很平常的名字，在中国大地却不胫而走，这些都源于一种精神，一股正气。诚然，学习他们是全体公民都要做的事，而作为人民的公仆更多的是从自身做起。雷锋精神在公仆身上发扬光大更具感召力。源于群众，融于群众，为民众办实事，办大事，身教胜于言教。

雷锋是高尚精神的典范，学雷锋不仅仅是组织几次形式上的花架子，需要的是像孔繁森这样的实干家。形式过滥只能给人一种华而不实，抑或在民众中产生一种负面效应。从本质入手，不流于形式，公仆身先垂范，注重培养教育人的良好思想素质及人生观、价值观、道德观，这更为重要。钱为用，文明为本。经济的发达是建设两个文明的前提条件。否则，温饱问题不解决，文明从何谈起，经济发达了，精神文明抓不好，一个民族的生存权、凝聚力、爱国心以及为全人类

做贡献的理想就很难实现。雷锋精神的传承或高尚精神的形成绝不仅仅是用金钱可以堆起来的。

人性具有多元的复杂性，人本身就是一个矛盾体。既有善良美好的一面，又有恶与私(自然生存本能)的一面，抑或许多面。但是，向哪方面发展，教育就显得十分重要了。我们的公仆如能少一点官僚腐败，多一点雷锋精神，其效果就会更好。焦裕禄证明了这一点，孔繁森、李润五等再一次证明延伸了这一点。

发表于1997年3期甘肃省文联《文艺之窗》报

# “智慧”石

不知道什么时候爱上了石头，或许是天性吧——走路寻石，见了石头拾石头，来到黄河边玩石，甚至睡觉时梦石。好像爱就在石头里，美就在石头里，根就在石头里。石头里有生命的隐语、自然的写真吗？

偶然得到了一块石头，形状酷似人的大脑，我谓之“智慧”。也有文友一再说“你应该写点东西，这石头太有意思了。”我俗念太多，凡心太重了。石头和你怎么沟通呢，明明中间隔了一层幕帐。

禅语曰：“一默如雷”，何以言说，是它的包容，是它的无声胜有声，还是它“生命”的本真？总之，语言在这里是很苍白的。那么，“智慧”石它想向我昭示一些什么呢？又要我说些什么呢？或许什么也不必说，只是为了启蒙：点化迷雾，接通信息。

人们往往很重视儿童的启蒙教育。蒙者，物性的迷障。世俗的偏执，有意识的“执著”。只有“无意识”才能调动人的潜能，洞开悟性，透辟真理。毛主席说：“不破不立，破字当头，立就在其中了。”“破”是为了破旧立新，“立”是真理的洞见，“破”与“立”是辩证法，“破”是通向真理的法门，只有破“蒙”而出，才能“立竿见影”。

就这样和“智慧”石静静地相对着，好像说了许多话，又什么也没说。这时候，它是石头，我也成了石头。于是，石头就有了禅者的风范，禅者的神态，禅者的顿悟。

有“破”无“执”大概就是“智慧”石的隐语了，反正我是俗人，似懂非懂。

发表于1996年11期甘肃省文联《文艺之窗》报

# 论知足常乐

“知足常乐”，人们说消极保守。

“知足”，《现代汉语辞典》释：“满足于已经得到的(指生活、愿望等)”。有所谓不思进取的疑义。

吾以为“知足常乐”是实事求是，是有自知之明之谓也。何以见得，主要者不在“足”，而贵在“知”。自知就不会做过激、超越自己实力的事。否则，就不会有“乐”，而只能带来痛苦甚或灾难。

《说文解字》解：“足”，人之足也，在下从止口。“口”象股胫之形。故“足”是实力，是股胫的实际承载量，引申为人之实际能力；“知”，自知也。“知足”就是认识、了解自己的实力。若不自知，步子跨得太大，岂不要崩裆？所谓“满招损”就是这个意思。

“知足常乐”是实事求是的生活原则，是有自知之明的人生哲学，绝不是什么“满足于已经得到的”，不思进取的消极解说。错误的释义，只能导致思想的混乱；思想的混乱，就会给社会实践带来无法弥补的缺撼。“大跃进”就是最好的例证。

“知足常乐”更是辩证法。既要知己，也要知“物”。爱惜物力，勤俭节约，就是按事物的“实力”办事，把握能量的临界值。这既是一种美德，又是按客观规律办事的原则，所谓不能“竭泽而渔”是也。奢华无度、浪费物力绝不会显示其人之“派”，只能说明有些人愚蠢的物欲本能和好大喜功的自我膨胀。艰苦奋斗、勤俭节约才是文明，它并不是要人们过苦日子，而是要珍惜物力，自知、知物。这也是人类之所以区别于动物的文明之意识之一。

生活中，有些人不知道“知足常乐”，因而常常带来痛苦、烦恼乃至灾难；有些人由于错误的理解，而产生消极、厌世、玩世不恭的生活态度。这既是物欲过极使然，更是错误的人生哲学的误导。由此可见树立正确的人生观、价值观，是人生幸福与否的关键。把握“知足常乐”的真正内涵，是指导我们生活实践的方法论。知与不知、理解与不理解或错误的理解，得出的结果是截然不同的，这就是文化的作用，这就是文明的意义。人类只有正确的运用文化，正确的理解文化，开拓文化的新意，而不囿于某种僵化的文化桎梏，社会才能得以和谐进步，文明才能得以发展和提高，个人才会有幸福“常乐”。

“知足”是因，“常乐”是“果”。认识自我，把握好自己的实力，积极进取，这恐怕才是“知足常乐”的真意。

“天行健，君子以自强而不息”，“乐”就在其中矣。

1998-4

# 新世纪的开场白

走过多灾多难而又辉煌绚丽的20世纪，人类已跨进了新世纪的门槛。

千年对于生命个体或人类社会来说，都是一个漫长而遥远的过程。然而，对于浩渺的宇宙乃至地球这个形成于约45亿年前的生命温床和文明的承载体来说，那只是物理世界演进的一瞬，人类之于自然真是太渺小了。尽管，今天的科技已把人送入太空，原子进行了再一次的解构，人的遗传密码得到了进一步的破译，克隆生命成为现实。但是，人类的精神空虚，道德滑坡，甚至在文明掩盖下的野蛮战争，时时还困扰着我们。一幕幕惨不忍睹的悲剧，在呼唤着人类良知的觉醒和真正意义上的精神文明。

如何建构21世纪人类精神文明的宏伟大厦，这是每一个有良知的文化工作者所应思考的问题。人类精神家园的破败，道德标准的无序和价值观念的日趋功利化，更加助长了人作为动物的本能的一面。人们把文化对精神的观照，道德对行为的约束，已经放到了脑后，或者只作为一种欺世盗名的工具。物质文明的高度发展，科学技术的突飞猛进，并没有从真正意义上填充人们精神领域的空虚。思想没有明确的目标就会迷失方向，正如有人说的："无处不在就等于无处所在。"各种封建沉渣的泛起，"法轮功"的张狂，黑社会的猖獗，黄赌毒的泛滥，都在揭示着没有精神文明，就没有真正意义上的健康社会。在这个多元文化交错，精华和糟粕并存的现世，人们的精神'世界何依何归是盲目的，无所适从的。只有功利的驱动，而缺乏道德的提升。精神世界的苍白，使人的心灵无驻。16世纪的法国思想家蒙田说："骚动的心灵产生的不是疯狂，就是梦幻。"时下亲情、爱情、人格、良知都可以用金钱来交换，人性中阴暗的一面得到了潜滋暗长。人类就这样一次次地在这种无助的挣扎中体味着精神的无奈和痛苦，寻找着精神可归依的家园。在这种寻找中蜕变，在这种蜕变中经历着精神的剥离和升华。文化作为人类社会文明的标志，既具有历史的延续性和继承性，又需要我们后人去开拓去发展。撇开了对历史文明的继承，我们的文化就成了无根之树、无源之水。没有开拓和发展，先哲的经典也会成为废纸一堆。优秀的文化总是领导着时代的潮流，规范着人们的行为准则，陶冶着人们的情操，使文明真正在人的心灵深处扎根。所以，新的文化体系的建构，新的道德标准和价值观念的树立，就历史地摆在了我们的面前。

有人说21世纪是东方的世纪、中国的世纪，我想这首先是从文化的层面上说的。因为中国有五千年连绵不断的文明史，有在历史上占统治地位的儒家思想。其实儒学也经历了几次大的变革，从孔子孟子到董仲舒、朱熹乃至王阳明，尽管曾有过特别是宋明理学对人性的压抑，使中国在其后的一千多年里死气沉沉，一蹶不振，逐渐走向衰微。但是，这并不能说明儒家思想就没有我们可继承的，或没有它的经典部分。相反儒家思想至今仍有其光彩照人的一面。我们应逐本溯源，分其清浊，探讨其流变，要理解现在，就要返观过去，返观初始选择——文化的突破。然后继承发展为我所用。祖先给了我们精神，历史给了我们一面镜子，文化的观照，才是人性归于文明的根由。人类可以没有航天飞机、没有洲际导弹，但是，人类须臾也离不开先进文化的导引。人类正是在这种文化的积淀中提升着自己，发展着文明。

当我们跨进新的世纪、新的千年的时候，应该继承些什么，抛弃些什么，是该进行一番反思的时候了。人在反思中走向成熟，社会在反思中得到发展，历史给了我们这样的机遇，时代提出了这样的要求。今天的中国也正处在社会的转型期，无疑也是需要先进文化来引领的。只有自成体系的先进文化架构，才能使我们的国民素质进一步

提高，社会主义精神文明得到进一步的发展。

以文化人，以德感人，是任何一种文明的社会体制所应重视的问题。人类的物性本能，注定了人类在走向文明时的漫长而艰辛。人类也正是在这种一次次的精神剥离和阵痛中，挣脱腐朽文化的羁绊，走向理性的成熟，到达文明的彼岸。

2001-3

# 由称呼老师还是不称呼老师说起

起这样长而别扭的一个标题，实属出于无奈，无奈的是要找准表达清楚这样一层意思的简约题目，我还真的犯了些难心。难心之余，暂且由它去吧。

在一次所谓文人聚会的席间，有位平日少于交往的同龄文友呼我老师，旁有一人十分惊讶！言：何以称师？说之人虽在我身背小声，却犹如五雷。

应该说我不是一个欠修养的人，我只会把此语当做鞭策，当做惊堂之木清脑明心。人不称师必有不称师之理，甚至小看也是一种理由，感谢他对我的提醒。人世倾轧，势利当先，真诚又不当饭吃，人生挚友又当几何？其实这位朋友还是很真诚的，是值得一交的。阴险的是冷面而笑，背后放暗箭的人；事事能行，事事都不想让你顺心的人。子曰："巧言令色，鲜矣仁。"

清醒之余，细细想来，为人之师还真要有为师之道、为师的品德、为师的人格、为师的胸襟、为师的学养。有时我在想真诚也是一个人的德操修养到了一定程度的表现，真诚对人，真诚亦可为师。由此我想对人对事还是真诚更好，这就叫人心换人心，不隔生面皮。如此而已，释然如处子。

利益的需要恭维为老师，心中也无师；人品学养的高深，口不称师，行为尊重有师。师之道贵在达，达信、达礼、达仁、达天下。这决不是些许小聪敏所能参透的。中国人的虚伪让自己活得很累，同时还要拉拖别人跟着他一起累。

在文学艺术圈里相互称呼老师更多的是对对方的一种尊重，没有

多少实际的内涵，称呼一声老师也把对方抬高不了多少，更把自己贬低不了几分，不要让这些虚套把心累着。有内涵那似乎更多的就要有利益。有利益是中国人的处世原则，功利是自己的，真理是社会的，道理是讲给别人听的，或者更直接地说是愚弄蒙蔽人的。所以，你很难讲真诚，你要真诚，别人就会说：你看，那个傻子。

但是，作为人师你必须真诚，不真诚你何以为师，那就有违“人类灵魂工程师”的称谓了。甚而，贻误后学、贻误同道、贻误国风。如是说来言不称师无谓，师不真诚道废。道之败坏，乃国民素质下滑；滑而不济，民何以言富，国何以言强。

故，师之道不可不察。

# 也说“捐款门”事件

最近网上的热帖“捐款门”批评，成了余秋雨先生的“尾巴”，如影随形，让人匪夷所思。作为文化名人的余秋雨怎么能和道德层面的不诚信联系上呢？这不是嘲笑“国学”吗？诚信是讲给别人听的，道德是愚弄大众百姓的，自己掩耳盗铃。

真是无风不起浪啊，既是补捐了，后期证实了，也是有失诚信。谁让你爱说大话，把名人的牌坊乱立。北方老百姓有句俗语叫：扎堆卖的东西，并不一定都是好东西。这绝对不是酸葡萄效应。文化名人一定要自珍、自重、自觉、自省，要随时叩问自己的灵魂，不要让精神的支点沉沦。劣质文人及其作品是要被大众和历史淘汰的。作为文化名人，不但要重视公众形象，而且，要有发自内心的良知，不能为作秀而作秀。文化名人应该是社会道德的精神支点，如果自己失去了内心的真诚和良心，那很快也会失去在大众间的公信度。

我以为真正文人的艰辛，就艰辛在不跟世俗同流合污，这就是真文人的气节和骨气。不做御用文人，不做媚俗文人，不做流氓文人，不为金钱而变节。扎根民间，接近草根，从生活中汲取思想和艺术的精华，并把你的思想和艺术回馈给人民。

“捐款门”事件，如果发生在普通大众身上，那可能是件小事；但发生在余秋雨先生身上，就有点影响了。因为，余先生是文化名人，文化名人在某种程度上讲，那已经是特定时期的文化符号，一个时期的文化符号发生了“变异”，那岂不是要潜移默化或误导大众的思想和行为方式吗？这就叫一个老鼠坏了一锅汤。难怪诚信在国人的理念中很难确立，这可能就要在传统文化中存在的那些伪文化、伪道学里寻其根源。所以，文化的失真绝不是小事；文化名人的失信，更

不能小视。沉舟侧畔千帆过，病树前头万木春。作家阎延文的认真，不能不引起我们的思考。说到底，我们不害怕余秋雨先生的失信，我们害怕的是文化领域某些方面学术风气的失真，社会文化氛围的失真。鲁迅先生的骨头是最硬的，但今天我们缺少鲁迅。

功利是自己的，真理是社会的，道德是讲给别人听的，面子是大过一切的，这就是现实。

2009-6-21

# 从穿衣说起

穿衣是人类进入文明时代的产物，也是人区别于动物的一个重要方面。衣食住行人之生活中最基本的四要，衣首当其冲，何以如此，食为何不放在要一呢，毕竟食对生命的成长延续更重要，衣排“老大”岂不有本末倒置之嫌。然而，我们要说人之所以为人，就是因为人有别于动物的要件。人不能不食，但食并不是人的根本目标，人之穿衣犹月之借太阳发光，月如无光那就失去了月的高洁，人不穿衣岂不与动物无异。故，穿衣事大，穿衣表人之文明形象矣。

自人类社会进入文明时代后，穿衣就成了人类精神文明的有机组成部分。它象征着文明，代表着社会的进步。它与一个民族的文化紧紧相关，或者说是文化的一种表现形式。从古到今特定的历史时期都有本时代具有代表性的服饰，各个阶层的服装又显示出各自的不同特点。

当今的人们总是爱穿美艳华丽、笔挺潇洒的服装，以显示女人的柔美、男人的飘逸洒脱，尤其是女性更喜欢穿紧身、有一定透明度的棉、麻、丝，质地松软、纯朴自然的服装，这是趋向表现自然美的标志。

透明与封闭，显然透明能明晰地根治时弊，扬自然之美；封闭只能包脓养疮，掩盖龌龊，贬抑高尚。触及到人的灵魂深处则形成一种表里不一、口是心非，注重表现意识以哗众取宠，而不从思想上解决问题，金玉其外，败絮其中。对某些极少数个体形象来说，外表的“文明”并不能代表其心灵的高尚，我们更不应让表象的“文明”掩盖某些个体内心的肮脏。在今天的中国就有那么一些人惯于在这层文明外衣之上再给自己披上所谓“清政廉洁”“公而忘私”“关心群

众”等等的“袈裟”，来沽名钓誉，这些人道德败坏，却往往大谈其道德，俨然以道德家的面目自居。他们干的是挖国家、吃人民的强盗事，装的却是“正人君子”的面孔，一副“慈善家”的笑脸，一片做人民“公仆”的诚意，他们在演“戏”，在装“花脸”，但又不是称职的角色，真可谓洋相出尽，

人总是要穿衣服的，因为文明不能倒退。但是，对某些穿着“隐形外衣”的人，我们应该擦亮眼睛，用自己的心去辨别真伪。

# “千手千眼佛”的无奈

在今年央视春节联欢晚会上，一道“佛光”照亮了华夏。《千手观音》，无疑是这届春晚上最大的亮点，是耀彻神州的一道绚烂风景。也可以说是历届春晚演出以来最亮丽、最美艳、最具震撼力、最富艺术水准且思想与艺术高度统一的艺术经典。得到了广大受众的一致好评，并获春晚特别奖。

然而，随着三月份中国残疾人艺术团就该团编排的舞蹈《千手观音》在北京版权保护中心进行了作品自愿登记后，却引出了一段有关《千手观音》究竟是谁原创，谁更应该拥有《千手观音》的版权、署名权和演出权的争议。争议的双方是春晚《千手观音》的编导张继刚和原甘肃艺术学校校长、现为名誉校长、受聘于北师大艺术系兼职教授的年逾七旬的高金荣教授。《千手观音》这一舞台艺术源于甘肃这是不争的事实，早在20世纪六七十年代甘肃的舞蹈艺术家们根据敦煌莫高窟壁画的《敦煌手姿》，1998年在北京龙脉温泉旅游度假村演出时，接受舞史学家王克芬先生的建议，改名为《千手观音》《丝路花雨》等，当时就在甘肃乃至国内外舞台演出并屡获大奖，这在甘肃是家喻户晓的事情。高金荣教授就是这一舞台艺术的主创，张继刚先生创作《千手观音》是在2000年之后，虽然他1996年就萌生了创作《千手观音》的想法，但开始具体创作是在2000年之后，这也是不争的事实。这里我不想就他们之间的谁是谁非多说什么，自有事实为证，自有法律会作出公断。我只想就由此而引出的道德问题做一些思辨。

道德是法治的基础，缺少雄厚的道德基础，法治往往就会被狡诈和利欲熏心所利用。我们固然要有特色文化的品牌意识、知识产权的

版权意识，但更应该具备良好的道德素养。道德是法治的基础，基础的不和谐和混乱是演奏不好法治社会这部大乐章的。艺术家必须遵循艺术的基本规律，艺术的良知和艺术的道德操守。所谓“德艺双馨”正是讲的德与艺的辩证统一。德是操守，艺是技能；德是艺术的统帅，艺是艺术的士兵。只有高度和谐的统一，才能演奏出天衣无缝的艺术，才能散布很远的香气，如兰之馨。一个版权的注册，居然要否定《千手观音》舞蹈艺术的历史沿革，居然要限制甘肃敦煌舞系列的“百花齐放”，这显然是不科学的、不符合法治精神的，是不利于艺术发展的。只有艺术家的“德艺双馨”才能使艺术之树常青。版权的拥有决不能说明对艺术的拥有。它更多是经济上的效益，而不能说明艺术就是你的私产，真正的艺术最终是要为广大人民群众所拥有。不要让自私和狭隘蒙蔽了艺术的双眼，不要用艺术来沽名钓誉。艺术需要开放的眼界和宽阔的胸怀，艺术需要的是脚踏实地，并且要遵循艺术规律。

法制社会需要道德的支撑，艺术需要道德的检验，艺术家需要道德的涵养。没有法治就没有社会公平，没有道德就没有社会秩序，艺术领域抑或如此。缺乏道德支撑的艺术和缺乏道德涵养的艺术家最终是要为人民所唾弃、为时代所淘汰的。艺术是真善美的升华，艺术是对假恶丑的鞭挞。对艺术和艺术家来说，始终存在着一种道德上的判断。

# 爱，贯穿人性本真

## ——谈曾维群先生的散文集《淡泊无悔》

今天曾维群先生的散文集《淡泊无悔》首发，市文联组织召开这次曾维群作品研讨会，也是贯彻党的十八届三中全会精神，推进我市文学艺术事业繁荣发展的重要活动。

曾维群先生的散文读来情真、意切、淡定，娓娓道来的恬静，蕴含着深深的爱。爱是曾维群先生散文的主旨，爱人、爱自然、爱社会、爱这个国家。他由爱而真而大爱。这就是真诚的曾维群先生及其真诚演绎出来的真文章。下面我从真、诚、爱三个方面谈其人谈其作品：

一、真爱：曾维群先生是一位有真爱、真性情的汉子。爱是一切作为的原动力，爱是一切作为的始发站。有真爱，才有发自内心的关爱、关注、关怀。才会有目标，才能高瞻远瞩，由爱而真，而发之于文章。“昨夜西风凋碧树，独上高楼，望尽天涯路。”（耐得住寂寞）

二、赤诚：曾维群先生童心不泯，诚信爱仁。由爱而诚而有赤子之心，执着地追求目标，执着地把爱诉诸文字。“衣带渐宽终不悔，为伊消得人憔悴。”（执着，百折不挠，艰苦奋斗）

三、大爱：曾维群先生把爱放大，把爱延伸。放大到关注社会，延伸到他认为所应关怀的每一个人。大爱无我的淡定，使他的散文读来安静舒适，融化你的心灵。“众里寻他千百度，蓦然回首，那人却在灯火阑珊处。”（淡泊无悔，豁然开朗，妙手得之）

曾维群先生的散文集《淡泊无悔》是爱的结晶，由爱而衍生的文章，读来温暖清新，爱是其作品的主线，爱是人性走向光明的主线。

字如其人，文如其人。爱也是其散文集《淡泊无悔》大放异彩的主题。文章者，有爱才真。真、诚、德、信、仁是人文、人性在人身体上心灵中的纹身。思想有多深邃，德行有多高尚，其文章就有多深邃，有多高尚。“蓦然回首，那人正在灯火阑珊处。”只有那些“入乎其内，出乎其外”具有高尚境界的人，才能看到、欣赏到，才能渐入文思华章之佳境。

所以，文人的精进、文人的自我修炼、自我修养是第一位的。不然，为什么说文人是人性的一面镜子，文人是社会的良知。人性是多面性的，本来就有爱、恨、情、仇、善良、残酷等，就看每个人自己培植什么、延伸什么、放大什么。这既与文章有关，更与幸福有关，那就要看一个人的修为了。我想一个缺少真爱的人，他是绝难成为真文人的。

我曾看过我的一位西藏寺院博友的博客文章后，有这样一种爱的感动，在我的博客里我是这样写的感言：文学的空灵，是尘世的寂寞。纯正的爱意，把三界穿透。爱，永生永世，从不轮回。忘记佛祖，是佛祖的初衷。爱，就是佛的全部。

2013-12-10　11时

# 诗的断想

诗是自然的语言。诗更多的不是诗人的智慧，而是来自诗人对自然的、社会的细微观察和感悟。

诗是诗人捧起的一朵浪花，只要你有勇气走进浪里。

诗是诗人用心捡来的一块灵石，只要你不小看了它。或许，掷出去没有多大的声响，可击起的涟漪，会成为震荡宇宙的波光。请不要歌颂诗人，去赞美自然吧，只要是真正热爱生活的人，谁都可以拾起她，不管你用什么形式表现她。

我欣赏泰戈尔的这段话："我的诗人的虚荣心，在你的容光中羞死。呵！诗圣，我已经拜倒在你的脚前。只让我的生命简单正直得像一枝苇笛，让你来吹出音乐。"

伏羲、文王画卦，观天、地、人之象以成《易》。屈原的《离骚》、刘勰的《文心雕龙》、陆机的《文赋》，杜甫、李白的诗穷自然之理于笔端。即使人类的建筑艺术、科技尖端等无不源于自然的启发或人类本身潜能（人也是自然的一部分）的延伸。

穷自然之理，操生命之源，晓人生之道，明社会之进退，应成为诗的发端。

# 跟随“直播台湾”游台湾

从四月十八日开始，中午十二点三十五分在中文国际频道播出的“直播台湾”是我每天必须看的一档节目，哪怕是中午不睡觉。这不是唱高调的事，确实是发自内心的感动——很亲切。二十天的时间，只能说是走马观花，是远远不能说透台湾的人文、自然、历史和中华民族传统文化的积淀的，宝岛台湾真的让人心旷神怡。

历史走到今天，成熟的、有远见的、为中华民族真正负责任的政治家，都知道天大地大大不过民族大义；党亲、主义亲亲不过民族一家亲。在民族大义面前我们没有迈不过去的坎坷，因为中华民族是具有大智慧的民族。台湾同胞对中华民族的认同，从他们的表情、从他们的话语、从那些老荣民的泪光里、从雾峰林家的家训中都表现得那样浓烈。尽管在一部分人的心中还有一些误解、甚至对历史的埋怨。难道我们不能给他们更多的理解和包容吗？相信血浓于水的亲情是能包容和理解的，是能溶化任何的心灵坚冰。

伟岸的郑成功、一心保台的刘铭传、几代抗击外侵的雾峰林家、在民族大义面前绝对高瞻的两蒋政府，更有勤劳吃苦、善良正直、敢于打拼、爱国爱家的2300万台湾同胞，因为他们都是为了民族的复兴，因为他们坚信中华民族一定能够复兴。林氏家族的后人说：我们林家一支在台湾，一支在福建；一边是家，一边是国，家国情怀是我们永远的血脉！

走进大台北，让我们把宝岛的风光览胜；缅怀邓丽君，让两岸人民的心灵相通。

台湾，就让我们尽情地拥抱吧！

2009-05-07

# 从阎崇年教授被打所想到的

“无锡事件”的发生绝不是偶然的，它从一个侧面说明了国民素质的有待提高。看到了一些博友在郭翔鹤记者的博客里的评论，我不以为然，这种纵容野蛮的言论，不应该是我们今天的文明人所为。对于学术的观点，应该以理性的态度来对待；以开放的心态来批评，打人是解决不了学术争论的。对历史的评价更应该客观、理性，不能信口开河，要纵观历史、民族、以及当今的中国改革开放的大好局面。任何狭隘的民族主义、大汉族主义都是所不能容忍的，是必然要被唾弃的，不管是所谓的专家或一般的学术探讨者。

当今的世界是一个开放的世界，经济大融合的时代，没有人想把自己困在旧观念的桎梏中。我们既要正视历史，更要放眼未来。过多地纠缠历史是一种累赘，不重视历史是一种忘本，文明又何以延续。是的，我们的历史中有很多束缚人的东西，必须把它扬弃，封建礼教地糟粕有时还在一些人、甚或一些所谓的专家的头脑中作祟，这是不言而喻的，但这只不过是蚍蜉撼树。时代的洪流会荡去一切沉渣和污垢，难道今天所发生的这一起打阎崇年教授的事件，不是历史的污垢吗？

2008-10-08

# 浪漫是一片无边的风景

走进婚姻的殿堂，人生便从实实在在开始。

柴米油盐酱醋茶、房子、票子、孩子，一切都需要你脚踏实地地去努力、去挣扎。童年的稚趣、少年的轻狂、青年恋爱期的浪漫，似乎都荡然无存。好像婚姻让人生走进了单车道，掉头是不可能的，除非你“违章”。走进“围城”，就好像走进了人生的狭窄地带。神，可游八极；行，不能越雷池半步。当“围城”里的风景由你尽情遍览之余，单调、麻木、烦恼就随之而来。婚姻的新奇神秘随着“果实”的成熟和时间的推移，失去了起初的光环而显得平淡、乏味。那么，婚姻真的是爱情的坟墓吗？浪漫与婚姻是否就真的无缘呢？

我想谁也不会轻易说这样的话，除非他（她）是傻瓜。其实，步入婚姻的爱情只是少了几分狂热和轻浮，多了几分平和真实而已。潜藏的童趣、蛰伏的少年轻狂、游移于心间的青春浪漫，总会时不时地给你带来一份惊喜、一份甜甜的“口感”。夫妻间会心的一笑，心领神会的一个眼神，举手投足都传递着一股爱的暖流。被生活琐事掩盖着的表象平淡，并不能说明他们内心深处的情感已平淡了。关键在于相互间的关怀中、体贴中、理解中增进这一份情感，而不是冷落她、淡漠她。

进入“围城”的你既要欣赏风景，更要设计风景、营造风景，用你的情之液去浇灌、滋润，让风景在你的设计和营造中不断变化。浪漫的婚姻需要夫妻双方去培植，给你的婚姻园地多栽几棵浪漫之树吧，多营造几处园林景观吧。这样爱情之树就会永远常青，浪漫之惠风永远环绕。

浪漫之于婚姻贵在恰到好处，把握分寸。浪漫之于婚姻是不可缺少的，它会使你的婚姻更加稳固，爱情丰富多彩，把单调和乏味赶出你的被窝。

浪漫还是婚姻的“调味品”。只要调配适当，生活就会有滋有味。关键是夫妻双方要了解对方的“口味”。

浪漫是婚姻园地里的花朵，适时开放，显示出生命的活力，五彩缤纷，让你迷恋于这一片无边的风景。

# 为文友岱海明月取书名

文友岱海明月——李慧女士，要我为她的散文集斟酌书名。朋友之托岂敢怠慢，只是余为人鲁钝，浅于学识，怎敢班门弄斧。然，朋友仰承再三，不应何谓朋友矣！

李慧女士出生在内蒙古大草原，辽阔而绿茵茵的牧场，高远而深沉的蓝天白云，养育了她蒙古族长调般悠扬旷远的深情，岱海清波滋养着她的女儿梦，也把她对家乡和亲情的牵挂，赋予了这一泓明月般风情万种的岱海。因此，我为她取书名曰：《岱海叠影》。

之所以取名为《岱海叠影》，是因为“岱海”这个带有象征意义的地名，早已成了作者的精神符号，一种心灵的慰藉。它既是现实的存在，又是浪漫的音符，更因为月总是故乡明。故乡的风物、亲情、乡情，总是斑斑驳驳地烙印在明月的心头，流淌在岱海的波心；走不出的岱海，走不出故乡的月影三叠。那是童年时银玲般的一串笑声，那是少年时父母亲爱抚的眼神。这重重叠叠、密密匝匝的月影，萦绕在明月的周围，沉淀在岱海的心房。这涟漪般爱的波纹，渐渐地扩大、渐渐地延伸向四周的远方，把一些同场的记忆唤醒，把一些有缘的朋友聚集。而这样的延伸、这样的聚集，又是新的一轮叠影，映照在岱海的明月里。

于是，一切就这样延续着，延续着真、延续着诚、延续着情、延续着人间的大爱！

2010-7-9　16时草就

# 关于幸福

幸福既是一个生活的理念，更是一个哲学命题。生活需要经济基础，哲学需要灵魂的高尚，幸福总是与物质和心灵的丰富多彩相一致，自然达观就是一种最基本的幸福理念。

幸福更多的来自心灵，来自于你对待生活对待人生的态度。幸福既是生活的，更是观念的。

净化心灵，崇尚自然，大度豁达，博爱爱人，幸福就会如影随形。

2007-04-06

# 和周国平对话

无意间走进周国平的博客，看了他有关成人要向孩子学习的观点，十分欣赏这位哲学家的思考。童心未泯，良知犹存。应该说我是周国平的忠实读者，早在十三四年前，我就已经和周先生对话了。比如《迷者的悟》（1995年3月由陕西人民出版社出版）。

其实，人的一生都在延续童年的梦，不管人们成年后怎么自以为是。

2009-05-31

# 七月，我的北京之行

一次偶然的机缘，我稀里糊涂地去了一趟北京。

事情原本是这样的，妻子的学校利用暑假组织了一次到北京培训的机会，本来是她带上高考结束的女儿一起去北京玩，火车票都买好了，七月十二日下午六点十分的车，可临行前四十多分钟她单位突有要事去不了了，没办法只能我陪女儿一起去，所以说是在我既无物质准备更无心理准备的情况下急急忙忙上的火车，你说还不“稀里糊涂”吗?

不过也好，这让我再一次重游北京，感受首都厚重的人文历史和西方文明融合下的现代感。这次北京之行，距我上次北京游已经过去整整25年，二十五年，真是弹指一挥间。

从北线（兰包线）去北京和现在的高铁相比真是老牛拉车，跨越五省一市（甘肃、宁夏、内蒙、山西、河北、北京），行程几千公里，用时一天一夜还多，真是十九世纪的速度。西部大开发，何时才能乘上高铁的快车。火车过了包头的时候，我们迎来了十三号的晨曦，我急忙端起相机，记录下这河套平原的黎明。

迎着东方的朝阳，火车过内蒙、跨山西、去河北，到北京时已是晚上的十点多了。

今年的夏天酷热难耐，北京也是高温连连，加之渤海湾的海洋气候影响，北京更是湿热难耐，不像我们西北的干热，这点一下火车就感觉到了。后来我身上竟然起了热痱子。

还是闲话少说，让我从前门说起吧，前门这个处在紫禁城、天坛龙脉中轴线上的地界，自明永乐大帝朱棣在北京建紫禁城并后来迁都北京的那一天起，这块燕王的昔日福地就开始热闹起来了。从此，北京六百多年的烟雨风尘，起起落落，演绎了多少人间大戏，应运而生了多少民间的情思。岂止是明王朝的热闹，北京的热闹可以追溯到元大都、金燕京，乃至古燕国的都城。我不考据历史，我只是抚摸一下历史的源头。北京湾这块冲积扇平原，三面环山，面向大海，沧海桑田，历史悠久，源远流长，不知上演了多少人间的悲喜剧。真让人感到自然的伟大、人类的伟大和个体的渺小。孙中山先生说："世界潮流浩浩荡荡，顺之者昌逆之者亡。"毛主席当年在开国大典上喊出了："人民万岁"！个人在社会这盘大棋局中不过也是如此而已。这使我不由得想起了歌唱家李谷一演唱的京韵大鼓味儿十足的《前门情思大碗儿茶》：

我爷爷小的时候，
常在这里玩耍。
高高的前门，
仿佛挨着我的家......

如今我海外归来，
又见红墙绿瓦。
高高的前门，
几回梦里想着它。
岁月风雨，无情任吹打，
逾见它更显得英姿挺拔，
叫一声杏儿豆腐，京味儿真美。
我带着那童心，
带着思念么，再来一口大碗儿茶。
世上的饮料有千百种，
也许它最廉价。
为什么，为什么它醇厚的香味儿，
直传到天涯，它直传到天涯。

其实，现在的前门大街是为了方便拍影视剧而新建的一条仿古街。前门以南有天坛、大栅栏、古玩字画艺术品一条街琉璃厂，有名的荣宝斋就在这里。以北便是正阳门箭楼、毛主席纪念堂、人民英雄纪念碑、天安门广场、天安门、紫禁城等等。总之，北京的皇城文化就围绕在这一条龙脉中轴线上,也是中国古建筑艺术、易经、地理文化荟萃的地方。

到了北京，有一个地方是一定要先去的，那就是毛主席纪念堂。毛主席在中国人民心里是谁也替代不了的，他老人家为中国革命、中国人民鞠躬尽瘁忘我奉献的精神，是中华民族永远的精神财富，毛泽东思想是我们永远的指导思想。

绕过前门，毛主席纪念堂就坐落在天安门广场的南口，每天早八时到中午十二点为瞻仰时间。从前门的背面纪念堂的南门这里排队，四列的队伍一直逶迤延伸到纪念堂的正门北门，无论中国人还是外国人，人们每天络绎不绝地来到这里缅怀他们心中的伟人—— 一个让中国人民从此站起来了的伟人！一个让世界人民从此感受了中国的伟岸和包容宽厚的圣人！

那个人潮涌动的场景，至今让我感动不已。每天如此，每天成十万的瞻仰者，毛主席，这就是我心中最敬爱的毛主席。一个在国家困难时期拒绝吃红烧肉的国家主席，一个穿着补丁睡衣、看见人民有困难就落泪的人，一个把中国历史翻了个透的人——毛泽东！

在纪念堂的门口我买了一束白菊，我和女儿一人一枝，献上我们的敬意。此时我眼里的泪花已经止不住了，其实，二十五年前我看望过他老人家，想不到今天依然这样激动，依然是止不住的泪花。我努力不回头，努力不让女儿看见，我深深地鞠了三个躬，随着不能停留的人流走出了纪念堂。

此时，不知怎的我忽然想起了我的老父亲，一个为了儿女被榨干了油的父亲，一个为了拉扯十几口之家而饱尝辛苦早早离世的父亲。人间有大爱，父爱重如山，毛泽东又何尝不是如此呢？他把最疼爱的

儿子——毛岸英，献给了祖国，献给了万古长青的中朝友谊。

走出毛主席纪念堂，我们就在天安门广场照相留念，广场上人山人海，特别是外国人很多。女儿好奇要和外国人合影，便追着用英语和外国朋友交流，并邀请他们一起照相，外国朋友很热情地就答应了。我赶紧端起相机为女儿留下美好的瞬间。也把这位伊斯兰妇女美丽而甜美的微笑和她的儿子天真可爱的快乐，定格并传递给所有热爱生活的人们，这就是一种发自内心的幸福。

过了金水桥，便来到了皇权威仪的天安门，这个紫禁城的大门，不知承载了多少历史的金戈铁马、人间悲欢。从公元前一千多年的蓟到秦统一后广阳郡的行政中心，再到唐幽州、金中都、元大都、到明永乐始称北京。明成祖朱棣成就了一番辉煌的霸业，迁都北京，阻断北方的袭扰；修建皇城，承载中国古典建筑的辉煌；编纂《永乐大典》，成就中华文化的不世之功；郑和下西洋，开拓中国海洋文明。这个被后来的史学家称为大帝的中国帝王的精神肖像——朱棣，却也是在历史的烟云中沉浮。

一九四九年的礼炮还原了天安门的人民性，一九四九年十月一日，毛泽东在天安门城楼上向全世界宣告：“中国人民从此站起来了”“人民万岁”!

今天我也要循着领袖的足迹，亲身感受人民的伟大，感受祖国的繁荣富强。我和女儿拾级而上，登上了天安门，极目远眺间，胸中荡起了层云!

走进午门，那就是真正踏进了紫禁城，步入了皇城的核心区。太和、中和、保和三大殿是皇权威仪的象征，可是在现代文明的辉映下，故宫的荒芜、凋敝、苍凉，不是现在的游人如织所能掩盖的，虽然我们置身其中，却总感觉与这个环境格格不入，它的冷峻和高高在上，始终让人有一种仰视的感觉，他告诉你平等在这里就根本不存在。脚下的老砖诉说着昔日紫禁城皇权的封闭禁锢和血泪沧桑，高高在上的皇权麻醉了这个民族的个性张扬,而且，还总是残存着一些奴性文化。所以，我们在欣赏古代建筑艺术的同时，一定要认清这种专制皇权下滋生的奴性文化，以及它对人性的腐蚀和侵害。我们决不能做皇城里的雀儿——自以为金碧辉煌。唯有劳动人民用智慧创造的古代伟大建筑艺术，才让人折服、钦佩并继承发扬。

鸟雀飞去，枝头无痕，只有大树凌风歌。

斗拱琉璃，石上血泪，总留人民智慧情！

这富于质感的石雕真让人叹为观止，微妙神态，游于水中。

出故宫北门即神武门，向西不远就是北海公园。到北海公园门口的时候，天空已经飘起了雨滴。雨中游北海公园别有一番情趣。起初雨并不很大，只是雾气朦胧，荷花朦胧。后来雨越下越大，眼前的雨帘朦胧了一池高洁娇羞的荷花。荷有了雨中之美态，人勾起雨中之雅情。此时手中的相机再没有停下，荷花一直牵引着我的情绪。情景交融，便有了北海公园的雨中赏荷图。忽然，宋人周敦颐的《爱莲说》跃入我的脑海："水陆草木之花，可爱者甚蕃，晋陶渊明独爱菊。自李唐来，世人甚爱牡丹。予独爱莲之出淤泥而不染，濯清涟而不妖。中通外直，不蔓不枝，香远益清，亭亭净植：可远观而不可亵玩焉。予谓菊，花之隐逸者也；牡丹，花之富贵者也；莲，花之君子者也。噫！菊之爱，陶后鲜有闻。莲之爱，同予者何人？牡丹之爱，宜乎众矣！"

观赏荷花的雅致高品，真是能提升人的品位，荡涤你不洁的灵魂，难怪修佛要打坐莲台。

莲蓬有蛙鸣，
竖耳听禅机。
大千呈五彩，
万象生太极。

雨中信步恭王府，
府邸花园呈奇趣。

三路五进棋局布，
三绝一宝福中取。
和珅奕䜣成轶事，
廊庭荟萃花木聚。
谁知半部清朝史，
留与后人赏玩去。

我们参观的时候，在恭王府中的嘉乐堂，正举办国务院前副总理李岚清先生的篆刻展。即兴参观，篆刻汉风浓郁，端重丰腴，填满字格，若“国”字之风。大雅志趣，文质彬彬。

雨中的恭王府，更增添了几分神秘、几分富丽堂皇。

畅游在我国现今保存最完整的一座皇家园林——颐和园中，这座具有北方雄奇大气、江南清丽婉约、小桥流水人家，且容“宫”“苑”功能于一体的皇家办公休闲场所，真是金碧辉煌，让人赞美之余不由思绪万千：

清漪谐趣颐和园，
皇家气派冠北南。
万寿巍峨镇京西，
昆明如镜扬船帆。
十七孔桥飞彩虹，
落在湖上引游仙。
石舫雕梁又画栋，
摆渡世人悟彼岸。
婉约江南丽佳人，
邀月长廊顾影怜。
宫苑留香慈禧座，
物是人非过云烟。
徽汉二调京皮黄，
始有国粹美名传。

走进圆明园遗址，亲历那段近代史上的屈辱历史遗迹，那种切肤之痛油然而生心间。西方所谓文明掩盖下的野蛮昭然若揭，在那些西洋式建筑的残垣断壁间，流淌着一个民族的血泪史，揭示着所谓西方文明的欺世盗名。

1860年火烧圆明园的元凶——英法远征军，1900年打进北京烧杀抢掠的八国联军，都已成为人类文明史上19世纪西方帝国主义最野蛮、最横行霸道、被全人类所唾弃的强盗，被钉在人类历史的耻辱柱上。然而，在二十一世纪的今天，一个同样在标榜文明、民主、自由、以世界领袖自居的美国，也在做着同样野蛮霸道的世界强盗的勾当，这不得不使全世界人民擦亮眼睛。

在游览圆明园遗址的过程中，看到要修复圆明园的告示，这真是“画蛇添足”，一个封建皇权的腐朽写照，一个以百姓的血汗为慈禧一人的福寿而建的乐园，难道我们还要虚耗人民的纳税钱？还要把民族的屈辱史抹掉？把对后人的警示抹掉？我们应保存最真实的历史遗迹，它是民族屈辱的切肤之痛。它最能激发民族之情感，激励民族之奋进，鼓励民族复兴的不屈不挠的伟大精神。

三百年来圆明园，
金碧辉映康雍乾。
一朝慈禧垂帘后，
封建朝纲坠乾元。
强盗横冲破门入，
园圃践踏体无完。
科学民主西来风，
推翻帝制有中山。

不到长城非好汉。到了北京不游长城好像是个缺憾，于是我们一行18号一大早，就在前门参加了一个旅行团。不到九点半两辆大巴人已坐满出发，一路上大家又说又笑憧憬着长城的雄姿，大巴沿八达岭高速经海淀过昌平很快到八达岭长城脚下。一行人除我之外，都是第

一次登长城，特别是我女儿，尽管前一天雨中步行游京城磨破了脚，但还是跑得比谁都快，转眼间已登上了长城，我相信这次北京之行是她最好的18岁成人礼，登长城将是她攀登人生起步的真正开始。

长城的雄伟是我们中华民族的骄傲，而由此衍生出来的精神长城——不到长城非好汉，这才是我们民族巍然屹立于东方的不二法宝。

从八达岭、十三陵回来已是下午的五点多，顺道游了最后一个景点奥运村，等回宾馆时已是灯火辉煌。

北京一周游就要结束了，可恼人的高温天气还没有要结束的念头。

北京再见，北京拥挤的交通再见，北京还不是太规范的旅游环境再见。但愿下一次到首都的时候，交通畅达、旅游环境幽雅、天更蓝、空气更宜人。

2010-11-28

# 青海互助北山纪行

2010年的夏天是一个酷暑难耐的季节，气温高达三十七八度，是一九九九年后西北的又一个高温天气。

继七月中旬的北京之行，我又于七月末去了一趟青海互助县北山国家级地质森林公园，此行可谓是避暑采风兼得的一次很有意义的活动。文艺界的朋友都十分活跃，旅游大巴车上大家是又说又唱，美声、通俗、民族、花儿；秦腔、京剧、豫剧、黄梅戏，全然没有了平日里你低我高、争风吃醋、文人相轻的劲头，气氛是那样和谐融洽，心情是那样开朗放松，思维是那样活跃敏捷。我们过黄河经兰州一路西行逆大通河转而北上。越往北城市工业的污染越少，大通河的水越清，河的欢歌和我们的说唱交相辉映，真是其乐融融。

过了甘肃永登县连城林区吐鲁沟的地界，我们渐次进入了青海境内，大通河一路和我们相向而行，此时的山更绿了，水更清了。在路的西侧是青海的青山，河东是甘肃的秃岭。自然界的差异竟是这样大，近在咫尺，恍若两重，甘肃真的是有点干。车行到引大入秦的第一泵站的时候，我们离北山景区已经很近了，对面是甘肃天祝县的地盘，始建于唐朝初年的天堂寺就坐落于此。到景区的时候已近吃晚饭的时间，车就停在一大片优雅的白桦林旁，白桦林旁是跳跃奔腾的大通河源流，捧一捧清流，甘冽爽口，一股凉意直冲百会。松软的山间草场镶嵌在涛声依旧的松林间。大家便忙着在白桦林中拍照，我们中间不乏好“色”之徒，都抢着取景。我也是一个好“色”之人，但设备不成，水平欠佳，只能是赶着鸭子上架，拍摄一些自己还觉着满意的片子。我们就住在白桦林旁山坡间的土族农家乐，饭菜是地道的绿色食品，鸡是土鸡，酒是青稞酒。清醇的青稞酒和土族山民一样清纯

厚道，真让我酒不醉人人自醉了。淳朴的民风少了城市里的尔虞我诈，使人顿觉心里轻松舒畅，饭后的散步也是那么惬意，在这天然的氧吧里，听着松涛声声，看我这张旧船票还能登上谁的破船，哈哈！散步回来已是华灯初上，夜晚林间的气候潮湿清凉，倒没有了酷暑的裹挟，俨然是到了神仙洞天。院子里已经燃起篝火，锅庄舞的乐曲悠扬，有人已经被悠扬的乐曲牵引着翩翩起舞，一个两个、三个四个，牵手的圆围着篝火旋转，旋转在这夜色苍茫的森林中，旋转在融洽柔情的氛围里。紧接着，烤全羊上来了，我们都大快朵颐。

一夜无梦，一觉醒来的时候，阳婆已经走过山尖洒在白桦林上，白桦林金枝玉叶般灿烂。大家匆匆吃完了早点，上车向第一个景点浪士当瀑布出发，车行不多时就听到了飞瀑的泉鸣；再行，眼前一条白练从天抛下，犹如仙女的飘带，细雨蒙蒙扑面而来，大家沉浸在自然的爱抚中。此时人们真正成了自然中的一员，走出了社会形态的人，一切都是那样自然美好。

北山森林公园最精致的景点是三道沟：即浪士当、下河峡、扎龙沟，而扎龙沟是精品中的精品。我们走马观花地看完了浪士当和下河峡的流泉飞瀑，便驱车直奔扎龙沟。来到山门停车购票，我们便要徒步进入沟中，这样就给了摄影人信马由缰的自由。沿大通河的主源流逆流而上，风景旖旎，流水潺潺。摄影人的相机犹喜鹊登枝，此起彼伏的“喳喳喳”声，遍地的不知名野花、绿苔吸引着我的视线，各种奇石或站或坐或躺或卧或嬉戏水边或沐浴溪中，有仓颉造字有甲骨奇文有龟蛇竞游有太白遗靴。扎龙沟的瀑布流泉真是美不胜收，更有沟垴的药水泉飞瀑流珠，似亿万珍珠倾泻，真不该叫药水泉，而应该叫珍珠泉或珍珠瀑。我用相机定格瞬间留住美丽，也把爱护自然，保护生态的理念长留心间。那扎龙沟的高山草场、那大片的马兰花，更有那漫山遍野的白桦林、红桦林以及那高处定胜寒的松柏，那是我的深情，那是我的爱恋，那是我深深地呼吸，那是祖国的肺叶。

回程的途中我们专门去了天堂寺，一河之隔，天堂寺周围的山上还是光秃秃的。有着一千多年历史的天堂寺，是汉藏建筑的杰出艺术，宗喀巴殿中高达二十六米的宗喀巴大师塑像是天堂寺的象征，素有“天堂八百僧”之称。引大入秦第一泵站就在此处，路过时我回眸行注目礼，大通河您又要滋养白银几十万的儿女了。两天的青海互助县北山国家级地质森林公园采风游就要结束了，我的愚鲁岂能尽数美景，就让我为大家奉上拙照以补缺憾。要尽兴还望有兴致的朋友们去北山尽情一游，我要说，山里游一日，城市陌生看，喝口药水泉，心里滋润大半年。

北宋政治家、思想家、文学家王安石《北山》诗曰：

北山输绿涨横陂，直堑回塘滟滟时。
细数落花因坐久，缓寻芳草得归迟。

注释：北山：诗人王安石说的北山即今南京北面的紫金山。王安石晚年筑室隐居于此山山腰，自号“半山”。

2011-10-16

# 和春天一起出发

今天，春光明媚，春的柔风拂过面颊，围绕着全身。这样晴朗的春光，我一定是要和春天一起出发的。早晨八点半随行者居骑行群准时出发，出水川十字，穿过高科技园，经沙川村、月亮湾村三社，东行投到白银去水川镇的新公路石崖湾段。

胯下“枣红马”一路南行，新公路路况很好，上得一段慢坡向西南行，便是水川镇的桦皮川村。再行，一座高架桥赫然眼前。过桥就是一段沿黄河北岸而行的沙石土路，西行不远到水川湿地公园。过水川镇继续西行，过水川镇桥，沿黄河南岸而行，来到千年古镇——青城。到青城镇时已是中午十二点半，群主村支书（这是他的网名）招呼大家各自联合，自主吃饭并休息，两点在城门楼下集合继续沿黄河南岸西行（这时一位骑友的车胎破裂在抢修）。过苇茨湾，传说中的李自成——李闯王墓就在此地。

几位群友在黄河边拍照玩耍，我也乘兴指点江山，还有群友石缘、香雪儿等。这个季节的黄河水清得透明，真是清凌凌的黄河水来，蓝格莹莹的天。

苇茨湾的左手便是大峡水坝。这里我们又过桥到黄河北岸，左手关家沟，穿红湾隧洞，经莺歌湾到水川镇上白榆公路一路向北骑行在回银的路上。到白银市区时已是十七点半左右，全程骑行89.42公里。虽然人困马乏屁股疼，但还是意犹未尽，我想骑行一定是一项锻炼毅力、开阔眼界、饱览祖国大好河山且很有意义的事情，我一定会坚持做下去，把祖国的大好河山收入眼中。

2016－3－22

# 单骑武川行

4月2日，无事。照常晨练太极，毕，在亿佳园吃牛肉面。已是早晨八点四十，今日群里无他人骑行，天气多云，倒也凉快，那就我单骑武川吧。收拾停当，九时准点出发。从西区盘旋路出发，一路北行，上黄茂井立交，就是省道217线。过西北铜不远即是红沙岘。红沙岘上世纪八十年代的老商店、小学，现在已是什么科技合作社，只有一条狗在把门。

到武川乡，过武川乡政府街道。这里是我今天的骑行折返点，此时已是十一点半，我稍事休息，喝一点水，即刻返程。骑行到红沙岘，忽想到白银市供水的水库一游，于是，就转北行又东行东涧沟。却库区无人，悻悻而返。行至东涧沟村，有老者夫妇在种田，我下车修整，吃点带的食物，也跟老者攀谈。老夫妇都七十过的人了，还在种地，不过身体倒也硬朗。他们正在种胡麻。他说，现在农村的年轻人都不种地了，不知道将来吃啥？老太太蹲在田埂上深情地守望着老伴的身影。我有些心酸，给老两口打了招呼，急急返程。

武川乡二十世纪七十年代末的老旧商店还在，上面赫然写着："发展经济，保障供给"。

2016-4-3

# 骑行蒋家湾

4月3日，清明节，天气晴，无风，几朵白云在头顶悠闲地飘过。

今天行者居要骑行水川镇蒋家湾。我闲暇无事，与他们一起骑行踏春，虽然前一天骑行了武川乡有点累。

时间照常还是早晨八点半，这次集合的地点在银光十字，人马比上几次少，只有十五人。我们还是走城乡快速通道——白银到水川的新公路。一行人骑行出郝家川、崖渠水，向南上新公路，一路经梁家窑、方地湾、牛角岔、阳湾、石崖湾，上大坪蔬果科技栽培实验基地，继续向南下坪便是蒋家湾了。早春的蒋家湾杏花初放，柳树杨树刚刚发芽，环抱在黄河与北山之间的蒋家湾，绿晕笼罩，恍如世外桃源。

清明前后的黄河水清冽透亮，鱼翔浅底。这里地处乌金峡的入口，河面波平浪静，犹如一面天镜，保持着原生态的淳朴自然。据说这里要搞旅游开发，恐怕这里的生态系统会遭到破坏，经济意识的渗透也不全是好事。

我们骑行过蒋家湾里的陶家弯地，上乌金峡口，仰观音大士，一直向峡里骑行，直到新硬化的路不能再通，大约不到一里的路程。峡中的景色别是另一番洞天。复出乌金峡，过五柳村，参观陶家弯地国学馆孔子学院，在馆里我写下：“而亲人”，我想亲近百姓平等待人应该作为新国学的要旨。参观毕，我们几人继续骑行水川镇，途中我拍了黄河河心岛。

中午一点多在水川镇上吃了饭，稍事休息，两点骑行返程。到白银已是下午十六点三十分，此次骑行来回全程约六十七公里。

2016-4-7

# 又骑行水川、青城镇

4月16日，农历三月初十。天气，阴，有浓云翻腾。昨晚下了雨，凌晨合节的春雨还在淅淅沥沥地下着。说好的，今天白银的骑友要为法国国际PBP200公里骑行赛兰州站去加油，白银市有四位骑友参加赛事，并将200公里折返点设在白银市水川湿地公园。

早晨九点在高科技园西加合加气站集中即出发，沿白榆公路一路南下。刚过月亮湾路口，雨又噼里啪啦地下了起来，幸好雨不是太大，下了不多一会儿就停了。路上有白银市一中的学生徒步水川湿地公园，由老师们带领着。我以为这样的活动很好，既锻炼身体又培养意志力；既开阔眼界认知社会；又增强体能开发智力。

下水川的路大部分是慢下坡，所以刚刚十点我们就到了湿地公园。到了PBP骑行赛签到点，因时间尚早，大家绕湿地公园骑行，帮助接待点穿旗布置场地。十二点二十分左右，骑行赛的第一批队员到达签到点。他们签到后，补充饮水，吃一根香蕉旋即上路。它们都是年轻选手，第一个签到的只有十五六岁。由于从兰州出发时下着瓢泼大雨，他们一个个成了泥人。

这些意志坚强的人们，这些朴实无华的人们，真的感染了我，感动了我这个年近半百的人。

送走了几拨参赛队员，我们有几位白银骑友继续在站点帮忙，我们一行五人继续骑行青城古镇，返回白银，回来时已是十七点三十分。

2016-4-19

# 环城骑行记

4月23日，早晨小雨。稍后，云层逐渐散开，天分外的蓝，远山的肌肤褶皱清晰可辨。春天的光景就是这样通透明澈，像玉一样温润，也像玉一样养人。

老家有事，说好的要回去一趟，结果一打电话是我把时间记错了，这样我也把骑行景泰黄河石林的活动错过。于是闲来无事，坐在窗前就着季春的阳婆乱翻起书来，早上的时间就这样消磨过去。

下午我就开始了一个人的环城骑行，说是环城，其实只环行了半城。出天津路，拐行市委党校十字，过市人事局路口，向南骑行到王岘乡的红星村后湾社。

有田间春绿，园圃小景。农妇在地里除草，蚕豆苗正在茁壮。孩子们难得有周末的闲暇，在大自然中尽情地玩耍。和他们闲聊一会儿后，从南二环骑行走银西工业园，过矿业学院。北上去景泰的路，从张家岭公园东侧经铝厂福利区返回。

2016-4-25

# 骑行青城镇黄崖口村谒黄崖口寺庙

5月7日，礼拜六。早起天空阴云密布，似要下雨的征兆。前一天，下了立夏后的第一场雨。天气十分凉爽怡人，是骑行的好天气。今天骑行者有三十人，目的地就是黄崖口村，以及南山腰的黄崖庙。

早晨八点三十分在城乡公交车站集合，还是出高科技园，过月亮湾，经桦皮川，到水川湿地公园。此时，乌云四散，天空湛蓝，白云幻化出各种神态，恰合了我闲散飘逸的心情。骑友们在此稍事休息，在水川渡口坐船渡河，进入黄河南岸的南山腹地。我们分两批坐铁皮机动船渡河，上船后我竟发现早上换骑行服忘记带钱了。这时有骑友便主动给我交了船费，真的很感谢他们——这些纯朴善良的人们。

过河后向东是荷花池的方向，再向东就是南山山麓，黄崖村就坐落在南山山口，黄河贴山脚流过，绕蒋家湾，进入乌金峡。乌金峡的阻拦，南山的折冲，使黄河在这里缓慢流淌，波平浪静，泥沙淤积，亿万年孕育了田园秀美富饶的蒋家湾。南山岙里的青城黄崖村，有黄崖庙在南山腰间，黄崖庙里供奉的是这里的主神——金花圣母娘娘，还有观音菩萨。庙里有五六百年的四棵古柏，依然苍翠伟岸，见证着黄崖口村、黄崖庙至少近千年历史村落和庙宇的沧桑变化。庙里正在建一座新殿，村民们说是为了缅怀毛主席而修建的纪念堂。金花圣母宝殿后的崖壁上有一眼清泉，泉早旺、午淡、晚歇，绿苔鲜嫩。显示着这一方土地的灵秀，显示着这山中道场的灵气。此时我忽然有悟，神佛的道场固然要顶礼膜拜，神佛宽阔如大海的智慧和博爱慈悲的精神更要在现世中力行。黄崖口村黄崖庙，黄崖庙在南山中。金花娘娘若慈母，山民幸福母怀中。黄崖口村的村民们把她们的金花圣母娘娘

供奉在现世，供奉在庙堂之上。而我在母亲节到来之际，只能把我的母亲供奉在心里，供奉在我宇宙的中央。

前行黄崖口，右拐荷花池进入南山黄崖沟口，道路全部硬化，一直到南山腰的黄崖庙。崖畔有山野鹿角刺花次第怒放，野山榆在山道旁摇曳着北方迟来的春天。拾级而上，庙隐约还在上头，有村民在台阶边砌集雨水的小坝。石上凌霄，观音殿就在眼前。四棵五六百年的古柏，挺拔云霄。我们到时已是十三点过了，泉水已淡，我虔诚地接了圣水。

北望，大河中流。水川青城，沃野平畴。殿旁有鹰隼石上回眸，细看石隼项间有真鹰飞过。

今天的骑行到此就要回程，在水川镇吃过饭已是十五点过了，大家即刻踏上返程的路。回银已是十七点二十分，骑行全程近八十公里。

2016-5-8

# 探访六盘山东麓古道城寨

7月3日，星期天。天气，晴。据报兰州高温在36度。

前一天有朋友——王承栋者，约一起考察宁夏回族自治区海原、西吉二县之火石寨、大石城及沿线古道古城池遗址，担心高温中暑我还一再敦促承栋老弟是否改程，但他说野外不会太热，于是我欣然应允。

晨曦中我们从白银出发，初东方鱼肚，始红晕一抹，观远山涌上霞光。迎着早霞一路向东，说话间已是三滩大桥，桥的南北，黄河的东西两岸水稻绿油油的，似万亩绿毯。晨光中泛着银银的白浪，仿佛和黄河欢快地交谈着什么。很快我俩在平川的新墩下了高速，与平川会州拾遗考古群的友友会齐，吃过牛肉面后，东南而行，过平川打拉池、马饮水、屈吴山、黄峤乡。进入宁夏海原县，在这里我们请到了一位回族年轻的同道——网名林漫，他也是会州拾遗群的友友，更是一位保护古遗址古文物、有一定建树、在宁夏有一定影响的民间考古者。他是海原本地人，由他领路，我们一切不用多虑，只做走马观花的考察而已。

从平川一路走来，我们始终和六盘山相伴而行，什么天都山、南华山、西华山、米缸山，全是六盘山的别称或其中某一座山峰的名称。过海原县城不远，公路西侧山梁上就是塌城梁遗址，车停在路旁，我们徒步而上。群友林漫激情涌来，躺在风吹草低见牛羊的山坡，和大自然来一个亲密的拥抱。

塌城梁遗址人类活动的痕迹似乎很早，大家发现了汉或汉以前的绳纹和类似不规则格纹的陶片，余有北宋及宋以下的瓷片。

金佛沟唐代石窟，坐落在一个相对比较封闭的山沟中，沟中却比

较开阔，有世外桃源般的美景，只是石窟破败，早已了无香火。唐代佛雕已朦朦胧胧，模糊了大唐的丰满和雍容华贵，只透露出大唐强盛和多元文明的信息。

大石城遗址抑或火石寨，作为明朝成化年间（1468）满四之乱事件遗迹，且叛乱存在不足十个月，只不过是在历史的长河中，跌入史册的一点污迹。只有自然的丹霞地貌给人以独特的大自然鬼斧神工的奇妙享受。这里独特的地质地貌，始于六盘山系的地质年代，也与处于西部地震带有关。民国九年（1920）的海原大地震就发生在这一带，震中就在名曰定戎堡的干盐池，那次地震世界知名。

回程中朋友的“宝马”出了一点状况，所以我和朋友不得不在海原县城住下，这样也好，有了我们从容看柳州州城的时间，柳州城在海原县城的西南不足十公里处，依天都山麓而建，城开南北二门，各有瓮城。北宋、西夏、元的瓷片俯拾皆是，有友友还捡到北宋铁钱两枚，我也捡了一些宋元瓷片。夕阳下的柳州古城，一片静穆，金黄的麦浪徐缓的摇曳着，几位来自民间的所谓考古人，打破了这里的宁静，撕开了夕阳的面纱，他们在仔细地、目不斜视地、时而缓步时而蹲下地寻找着什么。夕阳中，有一“西夏”女子正在牧羊，金黄的麦浪，金黄的夕阳，金黄色的羊群，金黄色的残破城廓，一位边关的、镶着金边的牧羊女，一切那样的似曾相识，真好像我们穿越了时空，走进了西夏，走进了大宋纷乱的边关，在一片寂静中，分明听见战马嘶鸣寒风萧萧。锅碗瓢盆，人声鼎沸，市井热闹非凡的场景。

回程中路过海原县境内的西安州州城、以及墩墩梁、干盐池（定戎堡）等遗址。

“山高太华三千丈，险居秦关二百重。”米缸山是六盘山的主峰，古称“高山”，又名“美高山”，海拔2942米。《山海经》中有记载，“华山西七百里曰高山（六盘山）。其上多银，其下多青碧、雄黄、其木多棕，其草多竹。泾水出焉，而东流入渭，其中多磬石、青碧。”

此次访古，多有收获；反复琢磨，偶成一首。视作文轴：

六盘帝王象，
南华元昊宫。
天都旺龙脉，
柳州寓东隆。
牧野接河套，
可汗真身冢?
宋元辽金夏，
黄河分西东。
关寨连堡城，
百姓顺天从。
塌城梁上城，
边塞汉唐宋。
西安州海原，
帝都白鹿琮。
米缸据中央，
古道战场宏。

2016-7-8

# 1993年2期刊头絮语

物换星移，《白银文艺》已经走过它芳华烂漫的五周岁历程，它扎根白银，而其新鲜清雅的香泽，早已飘遍水瘦山寒的陇右大地。

然而，我们也清醒地意识到，在各个领域都充满了矛盾冲突和探索进取的世界上，尤其当今我国文学界正经历着一场深刻变革。我们这只初泛“文海”的小舟处于孕育着新观念、新方法的突破和进一步扩大自身影响的非常时期，作为刊物的编辑，我们骚动的灵魂也正期待着文艺领域一个新的更高层次的审美境界的呈现。

“下海”的热风把今年的夏日吹得更加酷热红火。《乔先生》虽然蹒跚来迟，但它的脚步却早已从封闭、愚昧的山沟沟走出。而《大四爸置家业》却又是那样的过于贪婪、霸道。这不禁使人想起“巴尔扎克”笔下的《高老头》。相反，在“金钱万能”的今天，也不是所有的人都会被“金钱”收买灵魂，他们更注重爱人、育人。让《魂兮归来》《长天飞凤》带给您另一种精神境界，相信我们的读者会从中品味出人生的真谛。《父亲》的“爱”永远是一种宽厚、仁慈的爱。《月落何处》无清波，处处落月动情人。

您细细品味吧，当这期刊物摆在您面前时，不一定尽随人意，但总能给您带来几点或欢乐、或安慰、或思索，总之您要咀嚼，咀嚼才能品味出人生的酸、甜、苦、辣。才能体会出“爱”的重要。

五周岁的《白银文艺》更需要各方面的支持，就像五岁的孩子，需要大人正确的引导、支持，需要新知识的启蒙。我们编辑部的全体同仁有信心和读者、作者及支持者们一道办好这个刊物，让她能茁壮成长；德荫乡里，播誉四方。

好了，就让我们一起打开刊物，去浏览作者们笔下的世界吧！

# 寄语春天

春风书卷，翻开2013年初春崭新的扉页，走笔白银丝路、黄河、红色文化的春天，耕耘播种又一茬充满希望和诗意的四季，我们一起上路。

近日，甘肃省建设“华夏文明传承创新区”获国务院批复，以建设“华夏文明传承创新区”为平台整体推进文化大省建设的序幕已经拉开，重点是围绕“一带”，建设“三区”，打造“十三板块”。“一带”就是东西横贯甘肃境内1600多公里的丝路文化遗存带。“三区”就是以始祖文化为核心的陇南文化历史区；以敦煌为核心的河西走廊文化生态区；以黄河文化为核心的兰州都市圈文化产业区。“十三板块”就是文化遗产保护、民族文化传承、古籍整理出版、红色文化弘扬、文化赛事会展举办等十三项工作。

白银市地处古代三边之地，是丝绸之路进入河西走廊的唯一必经之要冲，是古丝绸之路从长安出发的起始东段。丝绸之路上的古驿站、原始生态及古韵遗风遗存丰富；黄河文化也为这里带来了深厚的中原农耕文明、儒家思想和明清古建筑艺术；红色文化、中国工农红军长征会师精神在这片土地上生根发芽。

历史总是把古代文明的遗风留藏在民间，镶嵌在历史纵横交错的坐标中，让后来者去探索、去发现，更给永远是今天的人们以启迪！

新的一年《白银文学》在继续办好已有栏目的同时，也想拓展新的空间，以介绍、展示、继承、发展这片厚土上的一切古文明遗存。寻幽探微，为推进文化大省的建设服务，为白银市文学艺术事业的春天播撒新绿。为此，我们将试开辟“丝路古驿”“方志探微”“红楼梦笔”三个新栏目，以响应甘肃省建设“华夏文明传承创新区”的号

召。希望新老作者也在这几方面小试牛刀，大展身手。既有理性的思考，又有浪漫的诗情。栏目将本着有稿即开，无稿抱本的原则。

《白银文学》的春天是我们大家的春天！

《白银文学》的灿烂是我们大家的灿烂！

# 槐 说

槐生北方，
有花奇香。
白银有槐，
五月怒放。
香兮甜兮，
蜜质汤汤。
白兮亮兮，
碎玉漾漾。

五月，北方绿意渐次，唯有槐，绿叶冠盖路的两旁。槐就是北方春天的先觉，槐就是白银人追赶春天的绿浪潮头。槐的绿，亮眼白银的大街小巷，角角落落。赶跑了人们一冬的慵懒，鞭策着赶春人的脚步。

五月，白银槐花飘香，碎玉般的槐花挂满枝头。甜甜地槐花酿成蜜、做成汤、蒸成馍、烙成饼。入口香气四溢，化食浑身经络开窍。

北方的槐，白银的槐，疑是《江南绿》，疑是《庐山思》。

北方的槐，白银的槐，是诗人的情人吗？白银的槐树花，是诗人写满枝头的、写给情人的、长长短短的、哀哀艳艳的诗行。是《弦歌大雅忆恬园》的高财大风，是《心觉艺道》的闲庭信步。

槐生北方，
春歌早唱。
白银有槐，
暖我心房。
吼兮唱兮，

花儿棒棒。
疼兮爱兮，
两情长长。

2013-6-5
《白银文学》二期卷首

# 风 说

风唤醒万物，那一定是春天的暖风。

风摧枯拉朽，那一定是强劲的罡风。

风引领一个时代，风有时也会败坏一个时代。

自然的风有春风、季风、东西南北风……风送风调雨顺，五谷丰登；清风、凉风、阵风、窝风、狂风、海上陆地龙卷之风……风涨云卷云舒，六合清气。

文章之风气，是一个时代的罡风。端道德，正世风，开良知，化民主。率纲纪之先，领时代风潮。文风之新，多元生长；启示民智，催生民主；修剪精神，涵养心灵。

采历史之风，以弘扬国粹；采人文之风，以彰显社会之文明进步；采民情之风，把情同百姓融洽；采民俗之风，把俗同百姓欢乐；采浩然之风，以树天地之正气。北宋大儒张载曰："为天地立心，为生民立道，为往圣继绝学，为万世开太平。"道之附，以学光大，以文传扬。作家要为大道传言，要成为民本的载体，心灵的牧师。

榴月，"中国梦、黄河情、白银行"甘肃省作家、摄影家白银采风讲座活动，给酷热的夏天，给铜城躁热的文坛吹来了一股清新、柔美的习习凉风。

著名诗人阳飏先生，作家、甘肃儿童文学八骏之一赵剑云女士，作家、我省著名散文家习习女士，浪漫主义诗人、散文家沙戈女士应邀讲座，并全程参加了黄河文化采风活动。这对活跃提升白银市的文学创作水平、引导文风起到了极大的基础性促进作用。

几位作家积极惠稿《白银文学》，支持引领白银文学界。这是《白银文学》的骄傲，也是白银市文学作者学习借鉴的一次良机。

清风徐来，弥漫复苏拔节的大地。
秋天的硕果，等待我们共同收获！

2013-9-6
《白银文学》三期卷首

# 冬 雪

一冬无雪。

今年的冬天气候特别干燥，干燥的气候腐蚀着人性，也让人心特别干燥。干燥的暖冬，使细菌汗漫，更让雾霾猖獗。

我们需要雪的盈润。

我们需要“北国风光，千里冰封，万里雪飘”。

冬季理应是雪花的舞台，可是今年却一冬无雪。

雪压冬云白絮飞，万花纷谢一时稀。

高天滚滚寒流急，大地微微暖风吹。

独有英雄驱虎豹，更无豪杰怕熊罴。

梅花欢喜漫天雪，冻死苍蝇未足奇。

这首诗是毛泽东同志在庆祝自己七十岁生日时所作，写于1962年12月26日。全诗形象地反映了当时的国内外复杂政治形势，在今天仍有极强的时代意义。值此毛泽东同志诞辰120周年之际，重温这首《七律·冬云》，让人心潮澎湃，怀念伟人。梁维荣读毛泽东诗词的感悟文章《毛泽东诗词是中华大地永恒的民族精神》，正是缅怀伟人，纪念毛泽东同志诞辰120周年的真情体现。

在2013年的岁末，《白银文学》将隆重推介一位中国作家协会的新会员，他就是以写小说见长、散文创作也不落俗套的，我市知名作家毓新。毓新的小说扎根黄土地，关注底层小百姓——特别是面朝黄土背朝天的农民，还有他所稔熟能详的校园生活。不管是《羊腥》的酸楚，还是《绿如蓝》的奋斗、艰辛和坚持，一切的一切都把根深深地扎在生他养他的这片黄土地上，从憎恨想离开，到爱上乃至深深地眷恋这片生他养他的黄土地，他的根终于在这片深沉、厚重、忍耐、

奉献的土地上发芽了。他终于寻找到了适合自己的文学苗壮生长的园圃，以及这畦园圃给予他文学的营养，在光合作用和园丁的精心培育下结出了丰硕的果实。他真的读懂了这片生他养他的黄土地；他真心地爱上了这片生他养他的黄土地；他在用爱抒写着陇中黄土地上的新传奇。

一冬无雪，山河邀约山舞银蛇；

三冬有暖，大地尽显原驰蜡象。

2013-12-21

《白银文学》第四期卷首

# 春天，以另一种方式

春天，以另一种方式。

把问候和祝福寄语春天，让春风继续春节的亲情和温馨，让春风梳理你一冬的疲倦，让春风爱抚你寂寞的双肩。卸去一冬的慵懒，轻装上路。捡拾人生的精彩，提炼生活的幸福。

春天的问候，就从今天你们打开《白银文学》扉页的一瞬开始，一直延续到永远。因为，每个人心里都装着自己的春天。春天在人生的旅途中，或许已经不是一个季节的概念。春天是人生永恒的青春活力，是勤劳、播种、充满朝气和阳光的人生态度。春天永远属于和春天一起早行的人们，不分男女老少，只要你有一颗年轻的心。把你的右手放在你的心口，把你的心意交给春天。朋友，请不要说有什么不对，落雪的日子总会有寒流经过。生长温暖的季节，本来就是从雪花飞舞的某一天受孕、萌动、发芽。然后，突破冰封的重压和包围，播种又一季的新绿。回答苍生的叩问，打理来年的收成。

春天的旋律，会鼓舞你我走出蜗居的季节，扬帆起航，走向人生更辉煌的明天。

碧玉妆成一树高，
万条垂下绿丝绦。
不知细叶谁裁出，
二月春风似剪刀。

就让我们和着春天的节拍，剪裁云锦，放飞希望；增进友谊，倾注关爱，把春意遍洒人间。

2014-3-18

# 秋天，沿着季节的河流

沿着季节的河流，我们一路走来。

春天，春雨滋润，春水勃发，复苏沉睡一冬的大地。

夏天，夏雨丰沛，大河澎湃，灌溉咝咝拔节的万物。

秋天，秋雨缠绵，秋水湛蓝，落霞与孤鹜齐飞，秋水共长天一色。

恬淡静谧的秋水，深沉而清澈，婉约而端庄。内涵丰富，穿越四季而绝不浮躁；内心平静，经历俗世而绝不起波澜。秋天的雨是牛毛细雨，秋天的雨是天空对大地的绵绵私语。在娓娓的叙述中，渗透大地，渗透人们的心田。

层林尽染的秋色，万类霜天竞自由。缤纷而沉稳，跃动而练达。色彩纷呈，积淀岁月的年轮；格调高雅，竞放自然的芳华。秋天的丰收，秋天的富足，让我们温暖过冬，守望又一个富裕幸福的年景。

2014年岁末的一期《白银文学》将特别推出我市青年实力派小说作者王庆才的小长篇《没有河流的岸》。小说以农民工进城打工为题材，反映走出土地、走出家园的农民在城市生活中的不适，甚至盲目盲从等社会问题，也关照了农村土地的荒芜以及粮食问题。这是一条失去方向感的河流，是的，没有岸的河流只能是散漫的盲流。没有河流的岸，就没有生命停泊休整的港湾；没有岸的河流，女人就成为了生命宽慰休整的唯一港湾。小说结构严谨，语言有方言的诙谐幽默，且以细节的铺排描写见长。

沿着季节的河流，我们一路走来：

秋色　秋景　秋韵　秋意年年不同，

文章　文风　文脉　文运时时大观。

2014年3-4期卷首

# 文学，循着传统文化的流

五月的白银，百花齐放。
五月的白银，文采飞扬。

文化的民族性，正是体现世界的多样性。近年来文学界出现了前所未有的繁荣景象，涌现出了一大批文学新人新作。发表出版的文学作品之富，刊物的数量之多，确实是“五四”以来所想不到的。但是，同时也出现了一些不应该出现的“脱离生活，背离了大众方向”的作品。对于这些背离了中国特色社会主义方向的现象不能等闲视之。处在中国特色社会主义的当代文学，要学习借鉴国外的艺术手法、艺术技巧，汲取好的文艺思想，为我所用。但是，这种学习借鉴、汲取不是无目的的，他必须是有目的的，有所用的，他必须结合我国当前的实际，我国还处在社会主义的初级阶段，生产力远远落后于发达的资本主义国家，经济发展极不平衡。“我们这个民族有数千年的历史，有它的特点，有它的许多珍贵品。对于这些，我们还是小学生。今天的中国是历史的中国的一个发展；我们是马克思主义的历史主义者，我们不应当隔断历史。”（毛泽东《中国共产党在民族战争中的地位》）中国有中国的文化特点，中国几千年的传统文化，是形成我们民族特色（也是民族形式）的“脊梁”所在。民族性便是这一民族在特定的民族条件中，由于政治、经济环境的制约，社会风尚和文化传统的影响，所产生的民族共同感情心理所显示出来的民族特征。中国文学（包括诗和散文）以抒情胜，作为形象，强调的更多的是情感性的优美（阴柔）和壮美（阳刚），而不是宿命性的恐惧或悲剧性的崇高。这是为中华民族的民族素质，文化心理结构所规定的中华民族的美学特征。先秦的美学著作《荀子·乐论》便认为“夫乐者，乐也，人情之所必不免也。”晋陆机在《文赋》中也说：“诗缘情”，刘勰在《文心雕龙》中发表的“为情而造文”的看法，白居易所谓的“诗者，根情”这些都反复表述了这一美学思想，具有较强的稳定性和持续性，这是对中华民族传统文化的美学特征的正确揭示。从我国的第一部诗歌总集《诗经》开始，到汉代贾谊的《过秦论》到现代鲁迅的杂文《“友邦惊诧”论》，从诗歌、散文到小说、戏剧无不贯穿这一民族的美学思想，抒情风格。

“中国作风和中国气派”归根到底是民族形式和民族风格的问题。民族风格的形成，标志着一个民族的文学的成熟。当一个民族处在半开化状态、当一个民族的文化还带有朴野性质时，还不能说形成民族风格。民族的社会生活条件高度发展了，经过长期的艺术实践，民族文化传统形成了，就为民族风格的产生奠定了雄厚的基础。民族风格是历代作家反复不断地提供艺术经验，共同创造出来的。民族风格形成后，能使它和外民族的文学产生显著的区别，使本民族的文学具有鲜明的个性。民族风格就是这样像人的面孔一样，成为一个民族的文学标志。

其次，塑造富有民族特色的人物形象。鲁迅和果戈里分别塑造了狂人形象，区别在于鲁迅在狂人身上寄托的忧愤要深广得多，而且鲁迅的狂人在中国封建压迫下迸发出来的勇猛斗士精神，和俄罗斯的狂人有不同的民族色彩。社会风俗是某一民族在长期的历史发展过程中形成的具有一定民族历史、文化传统、习惯风气和共同心理。它那特有的情景、气息、氛围是其他民族所没有的。民族的生活气息浓郁，民族的艺术风格非常鲜明。

民族风格在形式方面，首先是民族的语言特色。语言是民族形式的“主要的起决定作用的”因素。不同民族在自己的历史发展过程中和特定的居住地域内，有逐步形成规范的民族语言，这是文学风格最鲜明的标志。中华民族的文学语言，有它特有的概括力和表现力，尤其有不可比拟的精炼。这种传统应该为我们所积极学习和研究。

中国气派与西方文学。提倡民族的文学风格，不是搞闭关自守的关门主义。一个有魄力的民族，总是能开放眼光，善于学习别的民族文学风格上的长处，溶进本民族的艺术中来。我国唐代就是如此。汉民族和少数民族以及邻近国家政治交往和贸易的发展，“丝绸之路”的通畅、“胡商”云集长安，不仅带来了大量商品，也使音乐、舞蹈、美术源源涌入，这都对当时民族艺术发生了很大影响。同时，思想领域内的宗教，诸如汉魏时已传入中国的佛教在唐代高度发展，波斯的拜火教，阿拉伯的伊斯兰教等也被引进，促进了思想活跃，影响了哲学界、文学界，对作家们创作思想的发展和民族风格的丰富，都起到了重大的作用。但是，吸收其他民族文学风格上的长处必须有个消化和提炼的过程，正如毛泽东同志在《新民主主义论》一文中所说：“中国应该大量吸收外国的进步文化，作为自己文化粮食的原料……但是一切外国的东西，如同我们对于食物一样，必须经过自己的口腔咀嚼和肠胃运动，送进唾液、胃液和肠液，把它分解为精华和糟粕两部分，然后排泄其糟粕，吸收其精华，才能对我们的身体有益，决不能生吞活剥、毫无批判地吸收。”“中国文化应有自己的形式，这就是民族形式。”鲁迅在《坟·看镜有感》中说：“凡取用外来事物的时候，就如将彼俘来一样，自由驱使，绝不介怀。”表现出了文化上的高度自信心和坚持本民族优秀传统的坚定态度。许多外来形式和艺术手段的大量引进并没有销蚀本民族的风格光芒，而是起到滋养、丰富的作用，使之更有异彩。

再次，“成为我们认识事物的基础的东西，则是必须注意它的特殊点，就是说，注意它和其它运动形式的质的区别。”（毛泽东《矛盾论》）当代文学就其性质来说是具有中国特色的社会主义文学，它产生于社会主义的历史阶段，与“五四”以来的我国现代文学相比，有着显著的区别。就其主流来说，应起到为缔造中国特色社会主义物

质文明、精神文明、政治文明、生态文明，为社会主义经济建设服务的作用。三十年代的左翼文艺运动和四十年代延安文艺座谈会后文学艺术事业的崭新发展，取得了伟大的业绩，使中国文坛灿然改观。善于从悠久历史传统中汲取有价值的思想和艺术养分。当代的艺术家们，不但要勇于创新，更应该从我国优秀的古典文学中汲取有价值的思想和艺术的养分。继承和发展祖国的民族风格，使它更宜于社会主义的建设，更宜于提高广大人民群众的文化艺术水平，更宜于文明的进步和全体国民素质的提高。

2014-5-6

二期特刊卷首

# 评论报告文学

# 周繁漪“雷雨”性格刍议

《雷雨》通过上世纪初二十年代，中国社会一个带有浓厚封建色彩的官僚资产阶级家庭里的夫妻、父子、兄弟、主仆之间的复杂关系和尖锐冲突的描写，暴露了封建伪道德的残暴与虚伪。并且为一群被侮辱与被损害者提出了悲愤的控诉。在《雷雨》这出悲剧中，作者对周繁漪复杂性格的刻画是最成功、最能反映《雷雨》戏剧特色的一个。本文想就周繁漪的基本性格及其复杂性作一粗疏的探究。

《雷雨》的主要戏剧冲突，是在“周公馆”内部进行的封建专制与反封建专制的矛盾斗争。而围绕这个矛盾冲突的主干又展现了复杂交错的枝枝节节。这里有周朴园和繁漪、与侍萍、与鲁大海、与周萍、与周冲的冲突；有繁漪与周朴园、与周萍、与四凤的冲突；有周萍与四凤、与鲁大海的冲突；还有鲁家成员之间的冲突。这众多的矛盾交织、纠葛在一起，构织成一个以主干为纲，以这些枝枝节节为经纬的矛盾冲突网。作者就是把周繁漪放在这样复杂交错、相互作用的矛盾冲突之中，淋漓尽致地刻画了她的性格，不仅她的基本性格得到了鲜明的表现，并且性格的复杂性也得到了充分的展示。作者在第一幕中的一段舞台提示就很能说明这一问题：“她的脸色苍白，面部轮廓很美，眉宇间看出来她是忧郁的。郁积的火燃烧着她，她的眼光时常充满了一个年轻妇人失望后的痛苦和怨望。她经常抑制着自己，她是一个受过一点新的教育的旧式女人，有她的文弱、她的聪慧——她对诗文的爱好。但也有一股按捺不住的热情和力量在她的心里翻腾着，她的性格中有一股不可抑制的‘蛮劲’，使她能够做出不顾一切的决定。她爱起人来像一团火那样热烈；恨起人来也会像一团火，把人烧毁。然而她的外形是沉静的，她像秋天傍晚的树叶轻轻地落在你

的身旁，她觉得自己的夏天已经过去，生命的晚霞就要暗下来了。”作者不正是通过这段补白说明了他的倾向吗？（对周繁漪的同情）寥寥数笔为我们刻画出了一个被封建专制压得喘不过气来“很美”而又“忧郁”充满着“痛苦和怨望”的年轻妇人的形象吗？

繁漪不满封建专制的压迫，要求生活的自由和家庭的民主，这是她反封建的一面。而周朴园却以封建家庭的冷酷、严厉，要求她循规蹈矩，“替孩子做服从的榜样”。开始她把不满之火郁积在心里，以烦躁、怨恨和桀骜不驯的方式发泄着。后来逐步升级，由侧面到正面、由消极到积极地进行反抗，愈演愈烈，愈来愈不可遏制。她当着周萍的面一针见血地指出：“周家的罪恶我听过，我见过，我做过”，“我做的事，我自己负责。不像你们的祖父、叔祖，同你们的好父亲，偷偷做出许多可怕的事，外表还是一副道德面孔、慈善家，社会上的好人物”，“你父亲是第一个伪君子”。尽管繁漪对周朴园的专横、冷酷，有时还显出很大的懦弱，斗争的方式也往往停留在厌恶、痛恨。但是我们应该看到在她的身体里却包装着一颗不屈服的心，在那样的时代和那样的环境：她不是弱女子，而是一个新女性；尽管她的反抗和破坏像“电火”一样的“短促”，但在那郁闷、窒息一切生命的环境里，她反抗的火花仍然照出了那罪恶社会和家庭的黑暗，她的破坏力也起到了捣毁传统秩序、促进宗法家庭败落的作用。繁漪和周朴园的正面冲突在第一幕就开始了。人们都不会忘记周朴园逼繁漪喝药的那个场面。周朴园的逻辑是：我的话就是法律，说你有病你就有病，让你喝药你就得喝药。彷佛他的冷酷、专横变成了一种“关心”和“爱护”，充其量也只能是一种威严，而绝不是残暴。冠冕堂皇地说是恩威并施，这便是周朴园性格的一个突出方面——伪善。他以为自己是一个好丈夫、好父亲、正人君子，是社会上的“名流”“贤达”，其实他已坏到了家。繁漪呢，不想喝。因为她的病并不是光吃药就能治好的。“吃药”这场戏，是周繁漪和周朴园第一次正面交锋。正确解释，准确表达繁漪的这一行为，对解释她的思想、性格，甚为重要。周朴园首先是自己“劝”繁漪吃药，要他当着孩子的面不要任性，把药吃下去，繁漪不听他这说教，气得发抖，“我不想喝”拒绝吃药。她对周朴园是反抗，对他奉行的那一套礼教是厌恶的。一“劝”失败了；周朴园又叫周冲“劝”母亲吃药。繁漪疼爱冲儿，忍让一步，要求周朴园允许她留着晚上喝。而周朴园要她替孩子们做服从的榜样，立刻吃药。繁漪不能容忍：“不，我喝不下去！”繁漪对周朴园的愤恨，超过了对冲儿的疼爱。二“劝”又失败了；繁漪一再反抗，周朴园步步紧逼，这个专横的魔王，再叫周萍跪下“劝”母亲吃药。周萍内心矛盾，走向繁漪又转向周朴园求恕。然而，在周朴园的严厉斥责下屈从了，痛苦地望着繁漪，祈求谅解与解救，在他正欲跪下时，繁漪急促地：“我喝，我现在就喝！”颤抖地端起药碗，满面泪痕地望着苦恼的周萍，她不得不忍着苦痛喝下了那口苦药，她经不住周萍的这一跪呀！因为在周萍面前，她这个母亲是带引号的。繁漪是为了解救周萍独自承受了周朴园的折磨。她的这一行为，既体现了对周萍超过一切的爱，也体现了为了爱她能牺牲自我的精神。她没有亲人，没有朋友，没有人同情她，没有人理解她，像是掉在枯井里。但是，她不愿意渴死，所以，她要反抗。然而，她的反抗性尽管很强，也只是繁漪式的反抗，只是被动地抵御招架，是消极防守，最后屈从。她虽然受了新的教育，但曾是在封建家庭里长大的；她不完全是一个旧式女人，但又不完全是一个新式女性。她的反抗的思想基础是个性解放，反抗的目的是得到人的感情，得到爱。可是，她的这种反抗，是为她的“家庭”所不容的。所以，最后必然遭到失败。真正悲剧性的灾难，应是悲剧人物行动的结果。这种行动，在本质上是合理的，正义的，但在实际上却成为非法的、有罪的、不可能成功的，因此要遭到毁灭。她和周萍的关系，本身就是一场悲剧，是必然要走向失败。她操纵着全剧，他制造着悲剧，而她自己也不自觉地走进了悲剧的角色，似乎有些玩火自焚的味道。

繁漪不满她与周朴园的不合理结合以及周朴园的假道德，追求个性解放和婚姻自由。而周朴园却用传统的封建道德和教条，要求她做一个“贤妻良母”、掌中玩物。而繁漪不愿意做假道学的附属品，无声无息地死去，她要求作为人的强烈的爱和欢乐的笑。所以，在周萍的引诱下，在同她年龄差不多的周家大公子给她以热烈的感情时，她便像在将要窒息而死的时候抓住了一颗生命的草。于是不顾一切地把一切交给了他，她轻而易举地成了周萍的捕获物。毫无顾忌地破坏了人伦关系，破坏了周家的尊卑长幼的道德尊严。然而，周萍却是一个自私、虚伪、犹豫、怯懦的家伙。他像他父亲那样自私、冷酷，但已没有创业期资本家的“作为”。他父亲鬼混了大半辈子，到了五十岁才忽然改邪归正，变成典型的“慈父”和“模范家长”。这种父辈的遗传基因在他身上起了作用，他的灵魂肮脏、卑鄙，是他在这个家里“闹鬼”，主动勾引繁漪，把家里搅得乱七八槽。于是，他要一走了之，临行前的晚上又去玩弄四凤。他最大的特点是怯懦、荒唐、颓废，在矛盾和悔恨的苦闷中寻欢作乐。他的性格与繁漪大胆、热情、为了爱可以牺牲一切的性格也是鲜明对立的。当他精神的寄托转移到少女四凤身上的时候，就无情地抛开了繁漪，极力想把她甩掉、离开她。周萍的由热变冷，使繁漪陷入了比在枯井中等待死亡还要痛苦得多的痛苦之中。她发现自己得到的不是爱情，而是欺骗、是侮辱。她愤怒地斥责道：“我恨我早没看透你！”“一个女子，你记着，不能受两代人的欺侮！”她爱，她恨，在痛苦的挣扎中她的爱和恨交织在一起，使她一刻也不能平静，终于这一座压抑了十八年的火山彻底爆发了，她要把她怨恨的丑恶世界同她自己一道烧掉。她恨周朴园、更恨周家。对周朴园表现出更不顺从甚至反抗的态度。在大庭广众之中，毫不顾忌地公布了她与周萍的关系，使得周朴园当场出丑，受到打击，从而彻底败坏了周公馆这个“诗礼之家”的“圆满”和“平静”。

明慧美丽、高傲倔强的繁漪怎么会爱上周萍这“一个感情矛盾的奴隶”，这“一棵弱不禁风的草”？作者回答说：“热情原是浇不息的火，而上帝偏偏罚他们枯干地生长在砂上”（曹禺《雷雨》序）。繁漪有一定文化素养，“五四”前后接受了一些资产阶级民主思想，追求“人格独立”“个性解放”。“五四”前后那个时代，这种资产阶级民主思想，在伦理关系中较多的是从婚姻、爱情这些方面反映出来。繁漪也是这样，她是一个感情丰富、有着对真正爱情执着追求的女性，她希望有人真挚地爱她，也希望有她真正爱的人。但是，她在周家这块干枯窒息的土地上，却找不到一个真正蓄爱的地方。她和周朴园年龄、性格、思想感情差距很大，可谓同床异梦。她要追求的，在周朴园身上不仅得不到，而且还被看成是有碍他的尊严，触犯了他的家规的异端行为，并加以防范和斥责。繁漪在周家，犹如在“阴沟洞里”，内心火炽的热情煎熬着她，她落在周朴园的魔掌里，本来不存在什么理想和希望，只是“安安静静地等死”。但是，周萍突然从乡间来到了周公馆这块荒凉而阴冷的土地上，来到她身边，继而闯入了她的心田，他们相爱了。正是周萍的到来，犹如给繁漪孤寂郁闷的生活吹进了一股清新的气息。周萍是个多面体，正如作者所说，当他冲动起来的时候，他的热情，他的欲望，也会像潮水般涌来，也就是在他这种热情奔涌的时候，他赢得了繁漪的心。繁漪能在周朴园的家里爱上周萍，反映了她感情上的空虚及对爱情、幸福生活的热烈渴望和追求；也反映了她处境的悲哀和忧伤；更显示了她的勇气和胆量。这，便是她的“雷雨”的性格，由此可见作者以“雷雨”命名，其“雷雨”的化身就是繁漪，这是值得同情和称赞的。

那么，有些人会说，为什么繁漪“不在家庭之外去寻求安慰”？却待在深院高楼“活着像死去一样”地受罪？繁漪曾痛苦地说“我逃不开”！是的，在周朴园的专制下，周家禁绝着一切正常的见解和正常的行为，扼杀着一切生的气息、活的生机，阻碍着一切合理的正当的要求。正是这个环境的禁锢性，使得她这个原本活泼的金丝鸟被活活困住了，不能逃去；还有剥削阶级奢侈、腐朽的寄生生活，也蜕化了她远走高飞、搏击风云的翅膀。她的出身教养、家庭环境决定了她既没有觉悟和决心背叛她所属的阶级走林道静那样的光明大道，也没

有勇气和胆量像《斯巴达克斯》里的爱芙姬琵达那样公开地到社会上去追求自由、幸福的所在，甚至连周萍那样消极地逃避家庭的愿望也没有。她只能孤独地徘徊在个人的小圈子里寻求生路和爱情。所以，一当周萍要抛弃她时，她就只能悲叹衷诉："撇得我枯死，慢慢地渴死。"她只能等着渴死、枯死，而不能走上其他的反抗道路。

也有人认为她是一个资产阶级生活方式所摧残、损害的形象，甚至说她是一个不识人间羞耻的女性。作者回答说："诚然，如若以寻常的尺来衡量她，她实在没有几分赢人欢喜的地方，不过聚许多所谓'可爱的'女人在一起，便可以鉴别出她是最富于魅惑性的。"当然，繁漪所追求的并不是一种美丽、高尚的爱情，她自已也认识到她在这样一个环境中所作所为是不允许的。她责怪自己，当周冲死时，她说："冲儿你该死、该死！你有这样的母亲。"但是，她这种乱伦行为，是一个被侮辱、被损害的妇女对那个致使她堕落的吃人的罪恶社会的畸形反抗，这也说明了僵死的封建统治在半封建半殖民地旧中国的资产阶级家庭里，致使一个资产阶级的女性发了疯，逼得她发出最愤懑的抗议和自暴自弃的反抗，起来捣乱这个家庭的秩序，而没有丝毫调和的余地。因此，当有人把繁漪的悲剧说成"是资产阶级女性的堕落"时，他们正是忽视了禁绝一切自由呼吸的封建势力的窒息杀人的力量。所以，不搞清繁漪悲剧的社会根源，就掌握不准评价这个艺术形象的分寸。简单地把她看成一个所谓"自甘堕落"的荡妇，就断送了这个剧本的生命。当然，我们并不是说繁漪的这种性格就是绝好的反抗旧社会桎梏的办法和力量。

作者曾经指出："她的生命交织着最残酷的爱和最不忍的恨，她拥有行为上许多的矛盾，但没有一个矛盾不是极端"，她把周萍看成唯一慰藉自己的人，只要不破坏她的这种"自由"和"幸福"，她是安于这种母亲不像母亲，情妇不像情妇的地位的，只要周萍爱她，周家这闷死人的房子也会使她留恋。然而周萍却遗弃了她，繁漪失去周萍，不仅是情人的失去，也是她赖以生活下去的一线希望的破灭。所以当她看到四凤和周萍亲昵地偎依在一起时，她脸色“惨白发死青”，她“发出深深的叹息”，（曹禺《雷雨》序，文化生活出版社1963），和“痛苦地不出声的苦笑，泪水流到眼角下……”（曹禺《雷雨》第三幕舞台指示，文化生活出版社1963）她被妒恨、痛苦和失望深深地折磨着。然而，就那么无所作为地走开，不是繁漪的性格；大吵大闹不符合她的身份和当时的处境。于是，她有气无力地、十分坚决地扣死窗户，对欺侮她的周萍进行了无可奈何的反抗和惩罚。这一行为甚至深刻地表露了繁漪的性格，她在知道要周萍离开四凤不可能时，转而恳求周萍带四凤来一块生活，只要有周萍她可以安于那种虚伪的不正常的关系，但又遭周萍拒绝。这时，繁漪一反常态，不再怕扩大事变，拖出周冲，继而唤出周朴园，企图依靠周朴园的威力阻止周萍出走。繁漪的这种变态行为不是情欲所致，而是希望的破灭，精神崩溃后的无所顾忌的反映。诚然，这种种行为确实令人厌恶、可怖。然而，深入地想想，这不正表现了她经受沉重打击后，那渴望改变生活的决心和坚决挣扎到底的精神吗？这不进一步揭示她对周萍深切的爱和寄予他的希望，以及对周朴园的深恶痛绝吗？这不正是在她那“不可爱”之处，反映了她的可爱吗？她对侍萍、四凤有着善良、朴素的同情，四凤走时，她对侍萍说：“我有一箱子旧衣服可以带着去，留着她以后在家里穿。”“如果钱有什么问题，尽量到我这儿来，一定有办法，好好地带她回去，有你这样一个母亲教育她，自然比在这儿好的。”但是，为了阻止周萍、四凤的离去，她不惜利用周冲对四凤纯真的爱，把周冲糊糊涂涂拉入这场斗争的漩涡之中，挑起其兄弟之间的矛盾。她，成了悲剧的导演者，她的“雷雨”性格爆发了出来，以至于对这弱女四凤倾泻。这在第二幕她和四凤的一段对白以及第三幕繁漪扣死鲁四凤的窗子这些情节中，就足以说明这一问题。四凤的介入促进了繁漪雷雨性格的发展。繁漪的这种狂热、极端、充满矛盾的性格，都是植根于她的资产阶级个人主义、人道主义世界观和阶级的偏见。资产阶级的人道主义使她对侍萍、四凤有着善良的同情；但

剥削阶级的偏见，又使她瞧不起四凤的低微出身。显然，繁漪是一个具有资产阶级女性的思想感情、欲望要求，在这方面的优点、缺点、长处、短处都非常鲜明。

作者通过她的所求、反抗和失败，无情地揭露了封建专制主义的罪恶，也现实主义地揭示了繁漪这种个性解放、人格独立，爱情自由等资产阶级民主思想的自私、狭隘和空泛无力。作品的这一倾向，从情节和主要人物——周繁漪的形象中自然地流露出来了。《雷雨》这出悲剧，从社会根源来说，不可置疑的是周朴园代表的封建恶势力造成的。然而，就剧本所写的戏剧冲突来说，却是繁漪的悲剧性格造成的。她是全剧矛盾发展的动力人物。是她，死死地拖住周萍，是她把鲁侍萍招到周公馆里来，是她关住了四凤的窗子，最后在周萍与四凤将要一同出走时，又是她夜半叫来周朴园完成了这出悲剧。她有反封建家庭的精神和坚强性格。但是，她本身又是封建罪恶家庭的构成者。在那个时代，她这样的女性不仅不能获得有效的斗争手段，而且必然在封建家庭被暴露的同时揭露她自己，在封建家庭摧毁的同时被淹没在废墟里。她的失败是无法避免。正如恩格斯指出的："历史的必然要求，和这个要求不能实现之间的悲剧性冲突"。（恩格斯致斐·拉萨尔《马克思、恩格斯选集》4卷）繁漪的性格是那个时代特定环境里的必然产物。这一形象是被半封建、半殖民地社会里的封建家庭扭曲的特殊典型，她的遭遇值得同情，她的反抗应该肯定，她的失败，诚然令人惋惜。但更能使人惊醒和深思，从中获取教训。这一悲剧形象，是能给予我们以启示的。

**参考文献：**

《曹禺选集》人民文学出版社　1978年

《中国现代文学简史》黄修己著　中国青年出版社　1984年

《中国现代文学史》林志浩主编　中国人民大学出版社　1980年

《中国现代文学名作简介》刘滋培编　甘肃师范大学科研所　1979年

# 温情脉脉　首途神明

——读温首明诗集《独处》

真正走进温首明我是从他的诗集《独处》开始的。以前不是说没有读过他的诗，但读的确实很少，和他本人更少晤谈。如果说有交往那也只是一种神交——只因了诗的缘由。

首明有一颗炽热的诗心、一颗真正的、自然纯朴的诗心。“诗缘情”，情真诗之本也。他没有给自己戴光环式的“紧箍咒”，而是在战胜自我，超越自我，“自胜者强”。

读首明的诗能读出骨气，很有硬度。如在《风吹也不误走路》中，诗人写道：“西北人像西北的沙漠／风吹也不误走路／尽管活得可以像拧条／韧中带刚不乏岩石的劲道……”同样，在《裸岩》《黄土汉子》等篇目中，诗人赞颂的都是一种顽强的生命力，一种西北人特有的生命张力。是诗人对生命历程的一种深沉体悟。在这里没有一点的造作，有的只是诗人真诚的慨叹。

读首明的诗能读出志气，很有力度。在《给冬天的风》等诗作中，他这样写道，“我不是一面旗／我无法以哗啦啦流水般的言语／去展视你的力度和威仪／但我却敢于面对你挺直腰板／像一棵塔松傲然挺立/……我甚至还敢解开我仅有的两颗纽扣／露出我鼓鼓的胸肌／让你寒气的游刃去割／让你冰冷的拳头去击／就这样，我要让你知道／在寒流到来的日子里／不是所有的人都情愿回避／也不是所有的树／都必定要落去叶子……”诗人面对“冬天的风”敢于“挺直腰板”，这本身就是一种精神，一种志向的表露。他以最严酷的“冬天的风”来展示诗人面对现实的态度。这无疑是诗人人格的诗化，精神的延伸。正如诗人在自序中写的，这是我“心灵窗口中的一曲歌吟”。

读首明的诗能读出豪气，很有风度：“生活在大西北乳房一样高凸的山中 / 我们贴近裸露的岩石 / 完全身不由己……久而久之 / 我们便依照这种性格开始蜕变 / 在风中受伤的面部 / 岩石味儿越来越浓 / 而搅动风声的双足 / 竟生长出了 / 比岩石更坚硬的征服 / 就这样以岩石为榜样 / 大西北人形成了大西北人应有的风度 / 面对生活的纷争 / 虽默默无语 / 却很顽强、坚定、坦诚……”一股正气贯穿其中，读来很使人鼓舞。明朝李渔在他的《闲情偶寄》中曾有言：“传非文字之传，一念之正气使传也。”文无正气，岂非游戏。首明的诗确有一股正气，像《在戈壁上走了一回》《漠海放线》《云、白亮亮的云》等同属豪放一脉。

首明的诗有一种精神的高度，让你读出黄土高原的粗犷豪放，读出黄土高原博大宏厚的爱。这在《父亲》《母亲的灯》《在麦子的光芒中长大》等篇目中，表现得淋漓尽致了。这就是一个热爱生活、执著人生，且怀抱大爱的人。由此便觉得他的人比他的诗更美好。诗只是他人格的外化，他本身就是一首好诗，而他的人格就是诗的警句、诗眼所在。

诗歌贵在有思想。有思想内涵的诗就如设计精美的建筑，有流动的韵律，有厚重深沉的造型，能给人带来美的哲思。好的思想才是诗歌的核心。首明的诗并没有多少华丽的辞藻，但从生活中提炼的语言，却涵盖面很广，很有张力。以“形”像“意”，以“意”说“形”很是贴切，且富有思想内涵。

诗歌在语言上尤其强调语言的精美，温首明的诗集《独处》处处闪现出精巧的语言特色，但又不是故造华丽。这和他深入生活、细微地观察生活、全身心地体味生活是分不开的。生活中充满着诗情画意，就看你有没有感悟生活的心灵，有没有深刻穿透和敏锐洞察的眼力。温首明就具有这样的心灵，他的诗就说明了这一点，而这也正是他的诗歌具有魅力之所在。

# “功夫”在编外

## ——浅谈编辑的修养

**【内容提要】**编辑作为作者与读者之间的中介性环节，他的作用是举足轻重的，编辑的修养至关重要。编辑工作的性质决定了编辑更多的应该是“博”“杂”“通”的人才，要有良好的职业道德修养，把握时代的脉搏、把握主旋律。

**【关键词】**编辑　职业道德　修养　语言文字

编辑作为作者与读者之间的中介性环节，他的作用是举足轻重的，既要对作者负责，更要对读者、对社会负责。由此而说，编辑的修养至关重要。这不仅仅表现在编辑的专业知识方面，同时还表现在编辑的政治理论修养方面，职业道德修养方面。所以编辑更多的功夫应说是在编外。在当今社会数字化、信息化，且知识更新又快的情况下，编辑要更多地接受、融汇新信息、新知识、新观念，这样才能跟上时代的步伐，才能为社会、为读者提供、推荐好的精神食粮。今天的时代要求我们的编辑更多的应该是“博”“杂”“通”的人才，要熟练掌握电脑应用技能，要有高深的政治理论修养，把握时代脉搏，把握时代的主旋律。而编辑的职业道德修养也是重要的一环，没有高尚的职业道德将会对作者、对读者、对同行带来不必要的麻烦，会对我们的编辑工作不利，本文将就编辑的修养诸方面谈一点自己粗浅的认识。

### 一、关于政治理论方面的修养

编辑工作者对作者的一切文稿将通过编辑过程的审读、加工、润饰而最终推向社会、推向读者。文稿的好坏，政治倾向的如何，产生

的社会效益如何，这些都与编辑工作者的政治理论方面的修养紧密相连。我们是信奉马克思主义的工作者，我们要在中国共产党的领导下建设和谐、小康的幸福社会，编辑工作者正是这一过程的精神文化构建者。因而具备高深的政治理论修养是每一位编辑所应有的。

首先，作为编辑应当学习和懂得马克思主义、毛泽东思想、邓小平理论和科学发展观，用发展的眼光把握当今文艺发展的新动向、新特点、新思维、新方法。

第二，应当学习和懂得党和国家的路线、方针、政策，这是在工作中经常用得着的。

第三，要自觉地遵守宣传纪律，倡导主旋律，提倡多样化。我们的出版物具有很强烈的意识形态性，要把握好为人民服务、为社会主义服务的大方向。坚决抵制一切腐朽的东西，如果模糊了这方面的界限，那是会犯错误的。

**二、关于专业知识方面的修养**

作为编辑工作者在知识方面的修养，必须做到要“博”“杂”，究其慧根，在于他由“杂”到“通”，走的应是一条“学者型编辑”的路。编辑很喜欢自喻为“杂货铺子”或“杂家”，但仅有“杂家”的视野与趣味还不够，杂家不足以承载起新世纪的文化建构，要通过努力逐步成为“通家”。何谓“通家”？随心释之，也许可以理解为高渺、深广的视野加卓识明见的洞彻与妙悟。通家较专家更富有灵性和创造性，更少循规蹈矩的刻板。很显然，由杂到通不易，需才学识兼备，融汇文化积累、选择、创造多种职能于一体。在当今数字化、信息化的时代，知识总量增长的速度很快，更新的速度也很快，编辑要尽量掌握多一些科学文化知识。作为一个现代编辑，他所面对的文稿绝不会是他所熟悉的一个专业的书稿，其内容也是五花八门相当广泛的。编辑要具有处理、鉴别、判断各种文稿的能力，这就要求他具备广博的知识，这是时代和编辑这个行当所提出的客观要求。

我们的编辑要既是“杂家”又是“专家”，更应该是“通家”。当然，要达到这样的要求，应当注意如下几点：第一，对各方面的知识要有强烈的求知欲，要有广泛的兴趣，要像海绵吸水那样不疲倦地汲取各种知识；第二，要注意不断地更新自己的知识结构，不要满足于现状，要以现有的知识为基础，注意新学科的新成果和老学科的新发展；第三，要养成在工作中学习和充实自己的良好习惯。编辑是一个学习和充实自己的很好的岗位，你处理文稿本身就是一种学习和享受。你如果善于找参考书，使用工具书，还可以向作者提出中肯的修改意见，这更是提高和充实自己的大好机会。现在有好些青年编辑不懂得审读、加工文稿是一种学习的极好机会。处理文稿速度倒是很快，但既不看参考书，也不使用工具书，很少光顾资料室、图书馆。这不但影响编辑工作的质量，而且影响自身素质的提高。

**三、关于语言文字方面的修养**

编辑每时每刻都在同各种各样的文稿打交道，要对文稿进行修改、润饰和加工，因此在语法、修辞、逻辑、使用标点符号等等方面应当有比较高深的修养，应当是这方面的专家，这样才能对作者提供帮助和服务，所以也可以说编辑是出版物方面的医生和美工师。

编辑要懂得各种不同体裁的文章的写作方法，对文稿的结构、层次、起承转合等等能够提出设计性或修改性的意见。写作方面的修养还应包括自己也能写文章。我们提倡编辑在完成本职工作的前提下，也能写论文、写书评、写专著。即使不写文稿，你还得写审读意见、加工整理报告等，如果一点写作能力都没有，做编辑工作肯定会寸步难行。必须走出传统的“编而不作”模式。力图以“编”导“作”，以“作”引“编”。

编辑的语言文字修养还应包括古汉语和外语。中国是有几千年文字记载史的文明古国，古代经典特别丰富，完全不懂古汉语在工作中会感到十分困难。

**四、关于组织活动能力方面的修养**

坐在办公室里守株待兔，等着文稿上门的编辑，肯定不是一个合

格的编辑。要想做好编辑工作，需要搜集大量的信息，了解各方面的动态，包括作家们的研究、写作计划，以及图书市场的情况。所以编辑、特别是组稿编辑，应当参加各种各样的社会活动，成为名副其实的社会活动家。编辑不但要有选题开发能力，而且要有组织活动能力。有些大型、成套图书的组稿，不只是向个别人、少数作者组稿，而是要向一批作者组稿。所以编辑不但要有活动能力，而且还要有组织能力，能把一个个创作个体组织起来形成合力，完成集体创作的任务。

**五、关于编辑出版业务知识方面的修养**

作为一个现代编辑，不但应当掌握编辑学，懂得编辑的社会地位、社会责任、职业道德，掌握编辑工作的基本技能（包括怎样搜集信息、开发选题、组织稿件、审阅原稿、加工整理、图书宣传等），还应懂得出版学方面的知识。例如：编辑出版史、封面和版面的装饰设计、校对知识和技能（包括怎样识别字体、字号）、排版和印刷装订知识、纸张和开本方面的知识、计算成本和定价方面的知识以及发行方面的知识等等。总之，一本书从选题到出版、发行的全过程以及同这一过程有关的各方面的知识，作为一个编辑都是应该了解的。特别是在我国已经进入社会主义市场经济体制的新阶段，还要有经营头脑，要考虑出版物的经济效益。应当说，现在对一个合格编辑的要求比以往任何时候都更高了。

**六、关于职业道德方面的修养**

人们生活在社会中，必然形成各种社会关系。道德关系是人类社会的一种特殊社会关系，它所要解决的矛盾是与政治、经济、法律等要解决的矛盾有所不同的特殊矛盾，具有特殊的规范和调节方式。经济关系引起一定的阶级利益和个人利益，各种利益矛盾通过强制性的政策和法律规范来调节。但是，政策和法律规范并不能使人们完全自觉地控制行为，调整相互之间的关系，因而还必须有道德调节。道德调节的特点在于，它不是通过强制性的手段，而是通过社会舆论、风俗习惯、榜样感化和思想教育等手段，使人们形成内心的善恶观念、情感和信念，自觉地按照维护整体利益的原则和规范去行动，从而自动地调整人们之间的关系。

编辑作为社会的人，除了有一个一般的做人的道德修养问题，还有一个有关他所从事的这个社会职业的道德修养问题。编辑的职业道德主要是解决同我们的服务对象、工作对象以及同行之间的道德关系问题。

第一，要具有“为人做嫁衣”的献身精神。编辑工作是一种中介性、服务性劳动，他既要全心全意地为作者服务，又要全心全意为读者服务，所以无私的奉献精神应当成为编辑职业道德的首要的标志。在这方面，鲁迅先生是我们的最好榜样。

第二，应具有大的胸怀、正派的作风。在整个编辑工作中，对待作者和稿件，处理编者合作者的关系，都要公正。对名家、大家，不卑；对无名之士，不亢。邹韬奋先生在这方面为人们树立了一个榜样，他说：“不管是老前辈的或幼后辈的，不管是名人来的或是无名英雄来的，只要是好的就采用，不好的就一律不用。”坚持在质量面前一律平等。以稿件质量的优劣作为取舍的标准，这是作为编辑应时时注意的。编辑不仅要识书，而且要识人。要做识千里马的伯乐，为我们的国家、民族发现人才、爱惜人才、培养人才。可以这样说，所有后来成名的作者、作家，他们的处女作都不会是很成熟的，其中有很多是由于编辑慧眼发现、热心帮助，才逐步成熟、成名的。在我国这种事例是很多的，这是编辑道德高尚的表现。但是，也有完全相反的情况。编辑是书稿的第一读者，对于作者的学术研究专著或文学艺术创作的成果，是第一个接触者。如果凭借这一有利条件，剽窃这些成果为己有，抢先发表或改头换面去发表，或者私下交易卖给别人去发表，都是不道德的行为。这种情况过去是曾经发生过的。

第三，在处理与同行的关系中也有道德问题。在社会主义市场经济体制中，出版社也是市场中的一员，也要参与竞争。新的市场规

则、市场秩序还不是很健全，或者虽然有规则，但不少人由于是新手，免不了不大懂规则；有些人虽然懂规则，但由于心术不正，有意搞邪门歪道，在竞争中往往容易出现不择手段地抢作者，抢稿件，不顾质量地抢占市场，不诚实地宣传推销等等。这是我们应当防止的。在竞争中怎样坚持光明正大、信守合同、以诚待人、平等竞争、以质取胜，建立与国际接轨、市场经济条件下的、新型的同行关系，是我们面临的一个新课题。

第四，要自觉地抵制不正之风对编辑队伍的腐蚀。近年来，社会上的种种不正之风也刮到我们编辑队伍中来了，严重地损害了我们编辑队伍的职业道德。比较轻的是“人情稿”“关系稿”。因为编辑对稿件有生杀予夺之权，而作者又被出书难所困扰，于是对编辑又是请客、又是送礼，甚至塞钱。有些编辑利用自己的职权，甚至与不法书商相勾结，出黑书、出黄书，毒害青少年，破坏社会环境，捞取黑心钱，近乎谋财害命。这样的人是我们编辑队伍中的败类。应当说，这类问题已经不仅仅是道德败坏问题，而且是触犯刑律。

道德是人类自律的基础，是发自人们内心的一种自我约束。我们一方面应当加强职业道德教育，讲清楚编辑职业道德的基本内容，提升每个编辑的自我道德修养，造成一种强大的健康的职业道德的舆论环境；另一方面，对于缺乏自觉，丧失道德自我约束能力、屡教不改的人，则需要运用法律的手段纯洁我们的队伍。在新形势下做好我们的编辑工作，努力构建中国特色社会主义新型文化，构建适宜二十一世纪人类发展的新型道德标准。

# 两厂立项建铜城　白银一爆出新天

在祖国雄鸡版图的中心地带，在腾格里沙漠南缘和黄土高原西北缘以及青藏高原东缘的衔接区域，有这么一块美丽而闻名全国的地方——它就是白银市，这里因盛产有色金属而享誉世界。

白银市曾走过了辉煌而又曲折的历史，就像这块古老洪荒而又沉寂了亿万斯年的土地，它是伴随着中华人民共和国的诞生和成长而建立的，兴衰荣辱休戚相关。中华人民共和国之初百废待兴、百业待振，新生的人民政权需要巩固。基础工业极度匮乏，各行业破败凋敝，真可谓是“待从头收拾旧山河”。郝家川的开发，白银市的设立和建设也正是这一历史大背景下的产物，而“白银厂有色金属公司”“国营805厂”恰是国家“一五”时期催生的共和国“骄子”。

据史书记载，白银的金矿开采和冶炼早在2000多年前的汉代就已开始，到了明朝洪武初年（1368—1398年）郝家川的金银开采提炼已具相当规模。据《兰州府志》和《皋兰县志》记载，最盛时开采金银的矿工达三四千人，矿炉20座，有“日出斗金”之说，当时的兰州也因大量营销金银而得其名曰“金城”。凤凰不落无宝之地，凤凰山的传说无疑给这里罩上了一层神秘绚烂的色彩。相传很早以前，郝家川的山里总是流光溢彩，云兴霞蔚，适有凤凰从这里飞过，被这美艳绝伦的景色所迷，低头环顾间不经意已落在山头，后人便将此山称为“凤凰山”。清朝光绪三十三年（1907年），百姓重修折腰山老君庙，发现其匾额上有关乎凤凰落山的文字表述：“何以凤凰山名也？询之土人，佥谓父老传说，乾隆初年，适有凤凰来集于巅，其山产有金银铜铁矾矿”。这段文字以美丽的传说开头，给人以无限的优美遐思，但也记载了一个事实，那就是这里富藏金、银、铜、硫、铝、锌等有色金属。不过尽管史书有这样那样的记载，有过开采金银的所谓兴盛时期，但总的来说，郝家川一带在中华人民共和国成立之前还是一片蛮荒之地，人烟稀少，寸草不生，零散而不具规模的开采也是时断时续，根本不具备大规模科学化的开采条件。由于北接腾格里沙漠，终年飞沙走石，自然条件非常恶劣，真所谓：

郝家川，野毛滩。

风沙卷，群狼窜。

四山光秃秃，沟壑走白烟。

丘陵纵横千重浪，静漠亿万年。

郝家川这块被人们称为三多三少又三嚎（狼多、风多、蝎虎多；人少、水少、村子少；白天风嚎、夜里狼嚎、吃了苦水肚子嚎）的地方。它的真正苏醒，还是在中华人民共和国成立之后。虽然民国时期，国民党政府对这里曾先后进行过两次粗略的地质调查（1940年前后地质工作者侧重于硫磺和铁矿的调查，1945年，地质调查转入有色金属方面），但由于当时国家正处在全面抗日战争时期，驱逐日本侵略者是当时国之大事。又1945年之后国共两党陷入全面内战，根本无暇顾及关系国计民生的事业，没有对郝家川地区的矿产蕴藏量搞清楚，所以，也就更谈不上开发利用了。历史新的一页注定是要让中国共产党人书写了。中华人民共和国成立不久，中央人民政府就将关于国计民生的大规模建设和重点工程开发项目提上议事日程，对白银矿藏开展了大规模的地质勘探工作，并探明这里是一个大型含铜硫磺铁矿床。在第一个五年计划期间，白银厂有色金属公司、国营805厂等骨干工业项目确定在白银建设，同时白银也被列为第一批新建城市。

## 运筹帷幄绘蓝图

### 一、白银有色金属公司的起步

就让我们跟随作者的笔迹，穿越时空隧道去访问那个如火如荼的年代。让历史的回望，不要因时间的流逝而淡漠；让精神的光芒，不要因现代物欲的膨胀而暗淡。

1951年的这个春天，对于高原盆地的郝家川来说，并没有多少春的气息，春寒料峭，四山死寂，少有绿意。从腾格里沙漠刮来的沙尘总是让人无法睁眼。然而，就在这时，这块土地上却来了一队特殊的人群——用毛驴驮着东西，步行百十里要叩问凤凰山的地质工作者。

5月，国家地质指导委员会(地质矿产部的前身)派出了由宋叔和工程师率领的60多人的地质勘探队进驻白银矿山，勘探铜矿资源。应该说这是白银矿史上一次真正意义上且初具规模的科学勘探，他们克服了常人无法克服的困难，风餐露宿，喝苦水，啃干粮，住帐蓬。在境内交通极不方便，装备极差的情况下，经过半年的艰苦工作，并对古代开采过的老洞进行清理勘探，首次发现了粉末状辉铜矿，肯定了铜矿次生富集带的存在，初步确定该矿可能是一个大型铜矿床。到11月底，完成了矿区二千分之一的地质、地形图各29平方公里，矿区外围的五万分之一的普查填图300平方公里，并进行了矿区槽探、坑探及清理旧矿洞的工作，提出了进一步勘探方案。郝家川这块高原盆地，这块亿万年前地质时代或许是海洋的地方，终于让新中国的第一批拓荒者用他们的刚毅果敢所叩响，历史将永远铭刻共和国历史上的这个第一次。

1952年1月，国家地质指导委员会为地质勘探队继续抽调专业人员，人员由原来的60多人扩大到200余人。在极端艰苦的条件下开始对矿体进行深层层布钻探，到了10月已在折腰山第八行见矿。地质队员们群情振奋，这为国家把白银矿的开发作为“一五”时期重点建设项目奠定了科学的依据，同时也唤醒了这里沉睡亿万斯年的宝藏，为共和国的建设开辟了前所未有的重要资源。

1953年3月，国家地质部641地质队正式在白银成立，队长丛健，副队长宋叔和、卢仁怀。地质队在原有200人的基础上很快发展到900

余人，钻机27台，大队下设钻探、铜场、坑采3个分队。经过近两年的大规模正规勘探，到1954年末，已探明铜储量63万吨，并编制出《储量计算报告》，为国家在白银建设大型有色金属工业基地提供了科学的依据。对此新华通讯社发出了题为《皋兰县白银厂发现大型铜矿》的新闻通讯稿："甘肃省皋兰县白银厂发现了大型铜矿。这个矿的开发，对于我国工业用铜的供给有重大价值。……该铜矿储量很大，初步估计至少和我国著名的云南东川铜矿不相上下。"当时这里被称为中国的"乌拉尔"。

白银的历史从此翻开了新的一页，昔日的荒凉旷野被即将构建的宏伟蓝图所取代。新生的共和国将在荒无人烟的戈壁沙漠上建起一座工业新城，一座有色金属和兵器工业相结合的化工新城。原国家重工业部同年3月很快在西安成立办事处，并在新城成立了炼铜小组，这便是白银厂有色金属公司的前身。在炼铜小组的基础上，成立了白银厂铜矿筹备处。1953年6月，白银厂铜矿筹备处由西安迁到兰州市，办公地点设在兰州市盐场堡坝壕10号。武威专署副专员毕象贤调任铜矿筹备处副主任，时有干部51名，勤杂人员17人，设行政科室9个，并成立处机关党支部。

说起我国"一五"建设时期，不得不提起苏联。苏联作为当时社会主义阵营的"老大哥"，对我国社会主义建设事业给予了应该说是无私而又伟大的援助。尽管后来出现了撕毁合同、撤走专家、甚至拿走图纸等事件，但前期的援助无疑对我国的重点建设项目给予了有力的支持。当时西方世界极力封锁甚至想扼杀新生的中华人民共和国，在这种情况下，中央人民政府唯有在外交上采取"一边倒"的外交政策，积极和社会主义阵营的"老大哥"苏联结成同盟，为我国的社会主义建设争取国际支持和经济技术援助。

1953年5月，中苏两国政府签定了经济技术援助协定，由苏联援助中国建设141项工程（后增至156项）作为国家"一五"期间重点建设项目，这其中就包括白银厂铜硫联合企业和805厂。

6月，国家地质部的刘景范副部长及苏联专家罗吉诺夫一行来白银矿区考察。

11月，国家计划委员会委员安志文带领化工、发电、铁路、石油、机械、二机部等有关部门的同志和部分工程技术人员到郝家川地区考察，研究解决白银工业建设中的问题。

12月9日至11日，时任政务院政务委员兼国家计划委员会主任的李富春率领有关部门负责人和政务院苏联专家组组长阿尔西柯夫及其他专家来到白银矿区视察，检查指导工作。在听取汇报后，确定了白银铜硫联合企业的建厂方针和建厂方案。

作为国家“一五”建设时期大棋盘上的一枚重要棋子——白银，中央人民政府确实是投入了大量的人力、财力、物力。在新中国经济刚刚艰难起步的时候，国家倾其全力投入重点项目的建设，真是值得我们珍视、珍惜、珍重。我们没有理由把取得了二三十年的所谓辉煌，就当作骄傲的资本。

1954年6至9月间，中组部、中共西北局、甘肃省委先后从重工业部、西北局以及甘肃、宁夏、陕西、河北等省给白银铜矿抽调干部86名，并从各大（中）专院校分配学生164名，至此白银厂铜矿筹备处人员扩大到300余人。其间中共白银厂有色金属公司委员会成立，黄罗斌任书记。9月28日，由重工业部批准，白银厂有色金属公司在兰州宣布成立（后改为白银有色金属公司），黄罗斌兼任公司经理，陕西省商业厅副厅长田园、重工业设计公司经理石琳、中共西北局办公厅秘书长黎以宁和宁夏回族自治区教育厅副厅长李子奇任副经理。

随着前期勘探、建厂方案以及人员的逐步到位，厂址的选择就成了眼下急需解决的问题。如何建立布局合理，运输方便又符合国家大战略要求的厂址，就成了摆在建设者面前的重要任务。

为此，1954年10月初，白银厂有色金属公司厂址选择委员会成立，黄罗斌任主席，靳非（重工业部有色局设计公司副经理）任副主席，高健君（甘肃省计委主任）、任震英（兰州市城建局局长）、宋叔

和（641队副队长）、刘允中（甘肃省卫生局局长）、苏振荣（甘肃省公安厅副厅长）、杨均（重工业部有色局设计公司工程师）6人为委员。选址委员会对此前中、苏专家和工程师提出的在郝家川、北湾建厂的两个方案进行了反复的论证和对比，并再次进行了实地勘察，最后正式确定在郝家川东部建厂，矿山的工业场地确定于郝家川北部的东厂沟。郝家川这块昔日荒芜的地方，这块亿万年前由海洋孕育的宝藏，终于要拉开大规模工业建设的序幕了。第一批苏联专家来了，他们穿越西伯利亚，从远东进入中国，来到北京，来到高原金城，来到腾格里沙漠以南的这块旷野，要为中国有色金属基地的建设做贡献，体现了高度的国际共产主义精神。

**二、国营805厂的确立**

回眸历史，我们心潮澎湃。走进群山环绕层峰叠涌——有“万马来朝”之喻的郝家川，那共和国之初大气磅礴的建设画卷由此便可窥见一斑。历史总是让我们震憾，历史更让我们倍感亲切。

走进中南海，走近西花厅，周恩来总理办公室的灯光总是亮着，有时甚至是彻夜长明，这是周恩来在运筹帷幄，决胜千里，为新生的人民政权奠基。

1952年的初春，北京的寒意还没有完全退去，地处西北黄土高原的郝家川也是冬意正浓，寒冷的西北风夹裹着腾格里的沙尘无情地肆虐在这片土地上。然而，就在北京，就在中南海却酝酿着一项关乎国防建设的重大决策。4月，在政务院总理、中央兵工委员会主任周恩来亲自主持下，根据当时国际国内形势，他们制定了全国兵器工业的建设方针和实施方案。历史再一次将目光聚焦大西北，第二机械工业部据此精神，确定801产品生产线和201产品生产线的建设项目定点在西北。

5月，第二机械工业部在北京组建了兰州地区新厂勘察队，并于当年9月间到达兰州，开始了长达1年零3个月时间的新厂址勘察工作。他们几乎走遍了兰州地区可供选择的所有地方，先后勘察了兰州市的西固区、新城、达家川，永登县的苦水，榆中县的三角城、东古城，景泰县的景泰川，皋兰县的郝家川等地区。在收集了大量地形、地物、人文、经济、气象、水文、地质、矿产、水源、建筑材料、公路铁路运输、地震、土地征收价格、山洪雨水流向等资料的基础上，提出了生产炸药的国营805厂厂址初选方案——郝家川。

翌年8月，二机部批准成立国营805厂筹备组，任九如任筹备组主任，其办事处设在兰州市草场街65号。

1954年3月，二机部第三局组成805厂选厂委员会，由副局长黄锡川带领来到郝家川，对这一区域进行了实地勘测，提出了805厂厂址方位报告与设计任务书。

在此基础上，5月21日国家计委根据中苏双方专家勘察的结果和805厂总体布局的特殊性，批准805厂厂址设在郝家川，并批准了805厂设计计划任务书。设计规模为两条801产品生产线年产6000吨，两条201产品生产线年产7.14万吨。第一期工程各建一条生产线，投资概算8437万元，占地面积4.2平方公里，建筑面积15.6万平方米，设备1040台（套），职工2700人，计划1959年建成投产。12月两厂联合成立郝家川施工总甲方办公室（该机构1956年建市后撤销），负责两个单位公用工程的建设。主任黄罗斌，副主任苏文（805厂筹备处副主任）、石林。

1956年3月28日，二机部转发中共中央组织部通知，经中共中央政治局批准，任命赵希敏为805厂厂长。同时，中共甘肃省委批准成立中共国营805厂委员会。委员会由李奋之、赵希敏、李滋、程怀庭、贺宋尧、郭树清、曹生文、马品山、姜广泽9人组成，李奋之任副书记。

到了1958年，805厂各项工程开始施工建设。第一个破土动工的单项工程为木工工房，相继8号、2号产品两条生产线及辅助设施开始全面施工。也就在是年的12月份，805厂对外开始使用第二厂名“国营银光化学材料厂”。

作为国家“一五”时期的重点工程之一，银光厂的建设既是国家国防建设的需要，也为白银市的市政配套建设提出了紧迫的要求。两厂成千上万人的生活、服务、社会管理、基础设施的配套建设无疑已摆在了决策者们的面前，历史又为白银的拓荒者出了一道新课题。白银市因工矿而生，白银市应工矿而兴。

## 从大爆破到白银市

### 一、大爆破

震惊世界的事件——西方报纸曾报道：中国在西部地区爆炸了一颗原子弹。

历史就是这样被掀开帷幕的，这种震惊世界的方式，宣告了一个西部工业新城的空前诞生。就让我们把镜头拉回到蘑菇云腾空而起的那个历史性瞬间吧，郝家川从此不再寂寞，白银这个市名由此便被人们叫响。

这是二十世纪五十年代中期，时间距第一次勘探铜矿资源已过去整整五年。一位身经百战出生入死的将军——黄罗斌，指挥了这次特殊的战役。

根据641地质队提供的白银铜矿储量的资料，苏联有色设计院向苏联爆破工业管理总局提出采用大爆破的办法，加速白银矿山建设的意见并得到批准。矿山大爆破工程，是白银公司基本建设过程中具有决定性的关键工程。预算费用为2520．9万元。整个爆破区划分为10个爆破分区，折腰山区域为1至9分区，火焰山为10分区。全部爆破分3期进行。

历史注定要将白银的1956年这个年份定格在共和国初期建设的宏大镜头中。启动这样大的爆破工程，当时不仅在国内是空前的，在世界上也是少见的。全部爆破工程要在年内完成，这无疑对白银厂有色金属公司的决策者、建设者提出了可以说是严苛的要求。三期工程要完成掘进坑道11563米，炸药室20863平方米，装药15698吨。光挖掘坑道、矿洞的工程量就十分的艰巨。在挖掘设备有限的情况下，主要以人工开掘的方式凿挖，可在这种岩石结构的山中，每天仅能掘进0.8米。公司一班领导十分着急，他们亲临工地指挥，亲自挖巷道。黄罗斌主持，召开了各工区长、队长、班长和工程技术人员参加的研究如何加快挖掘进度的会议。会上大家提出了许多建议和意见，黄罗斌总结大家的意见提出三点措施："继续发扬顽强拼搏的精神，适当购置几台新设备，组织一支青年突击队。"就这样，1956年5月的一天，矿山青年突击队诞生了，这支由共青团员青年积极分子和技术骨干组成的突击队，在挖掘工程中起到了关键性的作用。黄罗斌在突击队培训班上说："你们突击队是由全矿最优秀的青年人组成，是我们矿山的代表队。你们的工作直接关系到能否在年底前完成大爆破任务，这是中央和省委都关注的大事。公司上千人的重担压在你们肩上，公司党委相信你们会圆满地完成这个最艰巨、最光荣的任务！"青年突击队的成立大大加快了掘进速度，各工区进度明显加快。

与此同时，一列列装载TNT炸药的火车源源不断地将炸药运送到了陇海铁路天兰段的一个小站——焦家湾。兰州军区接中央和中央军委的命令，迅速派出50多辆汽车和600多名解放军指战员，支援运输炸药并协助保卫工作。部队的参战大大缓解了运力不足和人力缺乏的现状，使堆放在焦家湾小站的炸药很快地直接运到矿区各巷道口，并迅速填充进各个药室。期间，黄罗斌带领公司机关干部亲自和大家一起背炸药，一干就是一个月。由于各方通力协作，调度有序，填装炸药的任务提前完成。

说到这里我们必须说起，也必须永远记住一位普通工人的名字——陈永江。他没有干出惊天动地的事业，但却以粉身碎骨铸就了白银普通工人无私无畏的开拓者精神，还是引用一段于开国同志在《铜城风雨》中有关陈永江故事的文字表述，以作纪念。时间已经到了1956年的12月28日，大爆破即将进入倒记时阶段："安全员小高和支柱工陈永江在巷道进行最后的安全检查，突然木支柱嚓嚓响了几

声，陈永江立即把矿灯照到工字钢支柱上，不好！工字钢已弯曲，巷道顶开始往下掉碎石。陈永江对小高喊道：‘要冒顶，我组织撤退，你快去报告！’并对其他工人大喊：‘要冒顶，大家快往外跑，工具不要拿了！’小高和工人们刚跑出洞口，身后突然传来了一声巨响……巷道已被碎石堵住了，陈永江却没有出来。当黄罗斌赶来的时候，工人们已在不顾不断飞落的石块，拼命地搬着巷道里的石头。他铁着脸喊道：‘要争分夺秒，一定要救出陈永江同志！’可经过三个昼夜的连续挖掘，仍不见陈永江的身影。指挥部将事故和地压状况向重工业部报告，重工业部复电指示：要采取一切办法挖掘，如果实在救不出人，地压又大，要和家属协商，作好善后处理，尽早实施大爆破。陈永江的家属深明大义，顾全大局，主动提出停止抢救，以保证大爆破按时实施。挖掘停止了。黄罗斌亲自主持了陈永江的追悼大会。朔风呜咽，群山悲鸣。矿工们齐刷刷地站在巷道前，送别自己亲爱的战友。工人们簇拥着陈永江的父母，深情地说：‘永江永远和我们在一起，我们都是你们的儿子。’”

是的，他们永远是人民的好儿子，共和国的骄子。中国工人阶级的付出是实实在在的付出，扎扎实实的付出，甚至是生命的付出。这就是中国的脊梁！

大爆破于1956年7月19日和11月5日分别进行了一、二期爆破。一期爆破共完成坑道650米，药室2300立方米，装药1651吨；二期共完成坑道4997米，药室6630立方米，装药量4673吨。

第三期爆破是矿山大爆破中规模最大的一次。掘进坑道5916米，药室11933立方米，装药量高达9374吨。

1956年12月30日，在苏联专家和中方工程技术人员的周密计划、精心部署下，爆破工程队全体职工夜以继日地苦干，终于将填充炸药、接通引爆线、安装起爆器等各项任务顺利完成。在对各爆点进行了周密的安全检查后，全体人员撤离到距爆点4000米以外的安全地带，封锁所有通往爆破区的道路。

1956年12月31日，这个在20世纪中国的历史上有着特殊意义的日子，注定白银要书写一段辉煌历史的起点。它不仅让白银的创业者们、白银的人民激动，而且让中华人民共和国的决策者们、领袖们为之而高兴、自豪！它必将、也必然要震惊世界。国家计委的代表朱镕基同志来了，重工业部、甘肃省委、省政府、兰州军区的首长，各兄弟单位的代表以及公司职工代表1200多人，来到小铁山的山顶上，注视着一个石破天惊时刻的到来。

下午3点整，随着公司经理、爆破队长黎以宁的一声“起爆”，蘑菇云腾空而起，直冲400多米的高空，遮天蔽日。亿万年的宝藏终于被新中国的开拓者掀开了盖子，真可谓：“掀起了你的盖头来，让我来看看你的美……”

至此，3次大爆破实际爆破岩石量达906万立方米，其中松动量为676万立方米，使227万立方米岩石被抛掷到采场以外，将折腰山、火焰山、庙庙山、羚羊山、凤凰山、家鸽山、桌子山7个山头平均降低约50米，总爆破面积达40万平方米。大爆破的成功，大大缩短了矿山建设的时间。

1957年1月1日，也就是大爆破的第二天，白银厂有色金属公司露天矿正式成立。该矿作为公司主体矿山，以产铜矿石为主，并伴生大量含硫、金、银矿石，矿石储量为10880万立方米，计划分三期达到设计能力。

1959年10月1日，共和国第一个10年国庆之际，白银露天矿正式出矿，先后共分3个采场作业，当年开采铜矿石20万吨。为共和国十年大庆献上了一份厚重的大礼。

1960年2月，“白银厂有色金属公司”正式更名为“白银有色金属公司”。同年6月14日，白银公司冶炼厂投产。当天，就炼出了第一炉铜，共25吨，品位98.2%。

白银公司矿山大爆破的成功，不仅显示了白银拓荒者的大无畏开拓精神，而且也是中华人民共和国建设史上浓墨重彩的一笔，是中国

工人阶级艰苦创业精神的集中体现。正如1992年时任国务院副总理的朱镕基同志再临白银时，感慨良多地挥笔写到："三十六年游故地，白银一爆出新天。"

**二、凤凰衔来的新城——白银**

白银市所在地原名郝家川，历史上属皋兰县管辖。这块高原"飞地"历史上曾几移其辖制，就是在中华人民共和国之初，也是几经变更。兰州市曾经管过，定西专员公署也曾托管，后直属甘肃省人民委员会管辖，1963年又撤销其建制。

作为传说中凤凰落瑞的地方，这块地域必定有宝藏蕴藏。凤凰这种中华民族的祥瑞之鸟，精神图腾之鸟，文化象征之鸟，终于在共和国早春的曙光中衔来了一座美丽的新城。

1953年5月，以政务院总理周恩来为团长，政务院副总理、中央财经委员会主任陈云，政务院政务委员兼国家计划委员会主任李富春等为成员的中国代表访问团访问苏联，与斯大林等苏共中央领导人进行了亲密的会谈，中苏两国政府签定了经济技术援助协定。由此，拉开了我国"一五"时期基础工业重点工程项目的全面建设。那是一个火热的年代，共和国领袖们运筹帷幄，决胜千里，全国人民的豪迈热情和无私奉献，为中华人民共和国后期的各项建设打下了坚实的基础。

白银作为国家"一五"时期重点，随着"两厂"的筹建，以高原盆地郝家川为中心的新城市政规划建设也全面展开。1954年10月，经中共甘肃省委批准，郝家川建设委员会成立，黄罗斌任主任，何承华、田园任副主任。办公地点就设在郝家川西面的大坝滩。他们在这里临时租借了几间简陋的民房作为办公室，开始了市政基本建设的规划准备工作。时任兰州市城建局局长的任震英等一批城市规划工作者来到郝家川，立即进行实地勘察，并着手城市总体规划的编制工作。郝家川这个高原荒滩中的小村从此热闹起来了，各路大军蜂拥而来，小城开始辐射，小村开始了"扩张"。白银市也因白银厂矿而得其名。从此在中国行政区划的地图上便有了白银市这座新城。这座因工矿而兴、因工矿而荣的小城，几十年来总是摆脱不了对工矿区的依托，矿山兴、城市兴，矿山衰、城市衰。城市主体总是显示不出其应有的优势，究其原因，不外乎过分依附重工业，更多地考虑为工矿区服务，而没有把城市经济的主体带动辐射地位、社会全方位服务以及城市文化建设等放在一种相对独立的层面。当然，我们不能苛求前人，历史的局限有时总是难免的。

打开尘封的记忆，我们只能，也只有把白银市的总体建设纳入全国“一五”建设时期的大格局中来审视，才能更深切地体味那个轰轰烈烈的时代，甚至波澜壮阔、跌宕起伏的历史进程。从1954年开始第一次市政规划到1957年通过城市规划方案，并得到国务院批准设立白银市（县级市），白银市的建设又向前推进了一步。

1956年7月，中共甘肃省委决定组建白银市委、白银市人委筹备委员会，并从定西专区给白银抽调干部78人，其中县级干部8人，黄罗斌兼任书记，刘树信任副书记。

11月，经甘肃省委、省人委批准，白银市人民委员会筹备委员会成立，隶属甘肃省人民委员会，筹委会由11人组成，黄罗斌兼任主任，史俊英、李平安为副主任。这一时期市政基础设施的建设得到了初步解决，水、电、路基本接通。

1957年2月，由北京有色设计院设计，兰州管道工程处承建的四龙口至市区的临时供水管线建成投产，缓解了工业用水方面的困难，市区居民也由饮用地下咸水改用黄河水。

7月1日，兰州——白银铁路修通，兰州火车站至白银狄家台车站通车。同时市区到矿山的公路也建成通车。12月1日，市区至矿区铁路专用线正式通车使用。

9月20日，兰州西固电厂至白银郝家川高压输电线路建成，并全线输电，结束了白银地区无电的历史。

1958年2月，经国务院批准，以郝家川为中心，南北约35公里，东西约20公里，面积700多平方公里（包括皋兰县蒋家滩、强家湾、

王岘三个乡的全部地区及川口、武家川、金沟口三个乡镇和靖远县刘川，金山两个乡的部分地区）为白银市的行政区域。并批复“同意将白银市升格为专区一级的市和成立地委级的市委，统一领导白银市各个党组织的工作”，省委任命田园为白银市第一任市长。

而此时，中国的社会主义建设却进入了一个全面动荡时期。1957年的“整风”运动、“反右斗争”，1958年的“大跃进”以及后来的社会主义教育运动乃至“文化大革命”，在这一系列的“运动”中，白银市作为全国大棋盘上的一个重要棋子，当然不能幸免。这些作为历史的教训，早已有了定论，我们在这里也不必赘述。之所以提起这段历史，是因为白银市的建立发展是在这样的历史大环境中走过来的，所以必须作一个简单的概述。后来，苏联政府又撕毁合同撤走专家，并将所有的图纸、资料带走，停止供应成套设备和各种设备中的关键部件，同时由于连续三年的自然灾害，使我国国民经济发生极大困难。白银地区的经济建设和发展也不例外地受到了重大损失。

这一时期的政治冲击波，震荡了整个中国。白银地区所牵连的人和事太多太多。白银市暂时完成了它的历史使命。

1963年10月23日，国务院决定撤销白银市。11月11日，经请示省委同意，白银市正式宣布撤销。

20世纪70年代末期的中共十一届三中全会，把一股强劲的改革开放春风吹遍神州大地，邓小平这位改革开放的总设计师以宏大的气魄迈步走向中国政治舞台的前台，从此，神州大地一片春意盎然。白银市也正是在这股春风的沐浴中，老树逢春，焕发新枝。

1985年5月，经国务院批准恢复白银市（地级）建制。白银又将乘着改革开放的春风，乘风破浪融入建设小康社会的社会主义市场经济的伟大洪流。

# 足　迹

——记银光化学工业公司TDI厂省级劳模周方才

世界上怕就怕认真二字，共产党就最讲认真。

一个人做一点好事并不难，难的是一辈子做好事不做坏事。

——毛泽东

他是工人，一位普普通通的工人，没有轰轰烈烈的丰功伟绩，也无大起大落的坎坷经历。他刚刚步入不惑之年，1.82米的个子显得高大魁梧；他不善言谈，但透出几分沉稳干练。和许许多多的工人一样率直、豪爽，一身油垢；和许许多多的人不一样，他乐于奉献，少于索取，求真求实。他的人就像他的名字——周方才，在TDI装置的每一个单元框架上、管道、反应塔旁乃至银光公司的每一个人的心里，都刻上了深深的烙印。

## 奋起直追——他从这里飞跃

1980年深秋，位于黄河之滨、腾格里沙漠与黄土高原交汇带上，素有“中国炸药王”之称的白银银光厂开始了军转民项目的考察实施。作为二期工程的TDI生产线，经国务院批准于1983年4月正式成立工程指挥部。1988年工程进入安装、调试的最后关键阶段。周方才，此时刚好从公司举办的党政中专班毕业，本来他可以到机关办公室工作，但他却毅然走上了与所学专业毫无关系，生产工艺技术非常复杂的TDI工程。这位四川籍汉子，身上有股朴实坚韧之气，责任感在他的躯体里化做一股不服输的动力，他决心从头起步。

1989年初，厂里组织了一批骨干参加为期四个月的技术培训，他

深知这次学习的重要。一开始，面对像天书一样的一摞外文资料、图纸，周方才觉得为难了，因为他只有十年动乱中的中学文化水平。但他知道万事开头难，既然来得晚，只有奋起直追。凭多年军品生产的经验，在课余之暇，别人休息了，他在教室里对照工艺图纸，一笔一画地整理笔记。业余时间其他同志走亲访友，偕妻带子共享天伦之乐的时候，他又把自己关在宿舍里，挑灯夜战。四个月的时间很快就过去了，他顺利地通过了外国专家的理论考核。

1989年8月，他正式到400单元上岗跟外国专家学习生产操作。为了尽快掌握生产技术，他细心把外国专家处理设备的步骤——记在笔记本上，并将每条线路的走向、作用在工艺图上详细地标出。一开始，专家并没在意，只是领他们干活，时间长了，便对这位虚心好学的工人产生了好感。共同的目标，将黄皮肤与白皮肤的心灵沟通了，专家主动用生硬的中国话或通过翻译将400单元的生产要领逐个向他传授。三个月紧张的操作实习过去了，周方才学到了许多生产操作以及故障排除的技术，同时，也熟悉了TDI装置的全部工艺流程。

1990年年底，外国专家撤离，临行前，一位专家拍着周方才的肩膀，用不太熟练的中国话对周方才说："周先生．我很愿意和你合作。"同时，竖起大拇指对在场的公司领导说，"周先生，好样的，他很能干……"

## "不管部长"——其实啥都管

采访中杨玉兴厂长是这样说的："周方才这个人很能干，很能吃苦。当时，他在'2勤'上班，工长是位女同志，而且很年轻，但他服从调配，工作干得很出色。后来他到了'1勤'当工长，工作更扎实，他对工作认真负责，扎实吃苦这是全厂上下一致称道的，这样的人干工作让人放心。"杨厂长还很幽默地说："他就像是我们TDI装置的，'不管部长'，说是不管，实质上什么都管。"正是这位"不管部长"，1990年9月又到了技安员的工作岗位，肩负起了全装置的安全监测、检修，真正干起了什么都管的工作。

作为一名TDI装置的技安员，是个苦活路，更是很危险的活路。

1991年春节刚过，因为300单元C300反应器堵塞．造成整条生产线停车。为了减少损失。领导决定立即组织力量对该反应器进行清理。要清理反应器，必须找一个熟悉设备的人，领导想到了周方才，这时，他刚下夜班回到家里正要吃饭，楼下响起了汽车的喇叭声，几年来的习惯，他意识到生产出了问题，于是放下饭碗，急忙换上工装，没等叫他的人上楼就已经来到楼下。赶到现场，装置领导将抢修方案简单明了地向他讲了一下，问他有什么困难，他二话没说，带领几名年轻工人就来到反应塔旁检查起来。清理K310塔，必须先将塔山结成大块的物料清除干净。此时，塔内还残存各种有毒气体，可他戴上防毒面罩就要下到塔里。有几位工人说：“周师傅你说咋干，让我们来吧。”他说；“塔内情况你们不熟悉，还是我来干。”当时，尽管天气异常寒冷，但塔内的温度却高达80度，况且。内部面积又小，戴上防毒面罩不要说干活，就是待一会都受不了。但他却克服了常人无法克服的困难，硬是将该塔清理完毕，生产恢复正常后才回到家里。

1991年7月是TDI生产线投产以来的第一次大检修，能不能顺利完成大检修的任务，很多人心里都没有底。这次检修中，周方才除了担负主要设备的检修外，领导还让他担负TDl装置的安全监护工作。为了搞好完全监护工作，他一个点一个点地检查、吹扫。再一个点一个点地测试，直到万无一失，绝对安全时，才让工人进入现场。检修中，他带领几名工人承担了K410塔的清理工作。该塔高20米，塔内直径仅有1米多。内部有18层塔板需拆除，在此之前，塔体内已经过吹扫，尽管如此，在进入塔体之前，他仍将塔的各个部位再次进行了检查。在拆除塔板的过程中，因塔内布满了大量的残渣，气味特别呛人，再加戴着防毒面罩，呼吸极困难，但周方才还是主动第一个下到塔里，一干就是一个多小时，这样出出进进10余天，由于工作劳累，再加上各种气味的熏烤．他吃不下饭，睡不着觉，浑身像散了架一样。等到任务完成以后，他的体重降了十几斤。妻子望着他消瘦的面庞，心疼得不知说啥好。TDI装置大部分是年轻人，凡是遇到不好干的活他就手把手地教，他常说，要干好工作光凭主观热情是不够的，必须要有精湛的技术和科学方法。1992年，他带领几名青工更换光气室反应器的催化剂活性碳时，一些工人为赶进度，不等设备吹扫干净，就想工作，他严厉地进行制止。由于活性碳本身就具有吸附光气的性能，所以吹扫时间一定要长，必须吹扫干净，才能保证安全。而原催化剂要从二楼地篦板下卸到一楼，戴上防毒面罩在空中作业极不方便。作为一名共产党员他身先士卒，严把质量安全关。当吹扫一周的反应器打开端盖时，室内几乎没有光气，但为了安全，他建议延长吹扫时间24小时，缩短更换时间，这样既保证了安全，又为大检修争取了时间。每次检修任务完成后，大家都休息了，他还要清理现场，将防毒面罩洗净放好，各种呼吸风管盘整齐准备下次用。平时，对那些现场工作中不按规定穿工作服戴防毒面罩的同志他总是不厌其烦地予以纠正，有效地避免了一次次事故的发生。他常说："老同志在生产中对年轻人不仅要传帮带，更要有一张婆婆嘴。"在他值班的时候，有事没事总是在现场转，随时监测设备运转情况，很少在办公室蹲着。遇到问题随时处理。

一次，当他在400单元巡检时，发现框架周围有光气气味，于是他戴上随身背的防毒面罩，逐个设备检查起来，直到找到泄漏点并处理好后才下班回家。

身为技安员，周方才在抓好安全工作的同时，还经常参加各种抢修。1993年8月7日晚11点30分，连接B220至B400光气槽管线突然泄漏。他赶到现场，认真检查后，果断决定立即堵漏。夜深人静，一时间找不到维修工，堵漏要紧，安全要紧，再不能等了，他带好工具亲自上前堵漏，凌晨1点终于堵住了漏点。就是他，以自己诚实的工作和火热的心肠感染着他周围的同志。工人说："跟周师傅在一起干活，再累也不觉得苦。"组里的青年工人从不叫他周师傅，而亲切地称他“周大哥”。

1991年，是周方才连获公司劳模、甘肃国防科工办党委授予的优秀共产党员、科工办工会生产先进工作者及省级劳模的第五个年头，他捧着荣誉证书回到了家，把它交给了多少年来一直默默支持他的妻子，然后坐在桌前点上一支烟。青烟在他面前缓缓飘散开去，此时，周方才的思绪只有从那双眼睛里可以看出，有对妻子的愧疚，有追求，还有对未来攒足的勇气。

## 感情因素——他顾此失彼

在TDI厂的六年中，像这样的加班加点，亲自抢修的事有多少，谁也说不清，就连他自己也记不清了。在周方才的时间表上，早已失去了8小时工作制、节假日休息的概念。你说，他家中没负担吗？不对，他上有70多岁的老父亲，有常年生病的岳父岳母，下有14岁的女儿。只是因为他一心扑在工作上无暇顾及罢了，没办法，家中大小琐事便只好由妻子一人承担了。他的妻子说得好，“丈夫是自己的丈夫，孩子是自己的孩子。老人是这个家里的老人，我不疼他们，谁疼他们。”

周方才的父亲退休后在某公司当锅炉工，今年被公司评为先进个人，而他也被评为省级劳模，与此同时，女儿也荣获三好学生的称号。一天，一家人坐在一起吃饭，孩子的爷爷笑着说：“今年我们都被评为先进，就秀英没有，其实她的功劳最大，咱们家给她评一个先进。”周方才妻子说：“评不评的都无所谓，你们评上先进我心里就很高兴，很满足了。”

是很满足了，但是，满足之余再好的妻子也难免有一点怨言：“星期天或晚饭后人家一家人都说说笑笑出去逛商店、散散步，我们家可好，他星期天几乎没休息过，晚上下班有时也忙得回不了家，即使回家，也是累得不想出去。有时，邻居、同事开玩笑：‘哎，赵秀英，你们家那个傻劳模怎么不来陪陪你。’听他们这样说我心里真不

是滋味。”女儿也抱怨他几年没带她去公园了，别人的爸爸比自己的爸爸好。

周方才何尝不知道这些，他从心里感到愧对女儿，愧对妻子，愧对……

“那还是我调TDI厂的第二年，1989年6月30日母亲突然因心脏病发作，没有送到医院就去世了，当时厂里正忙着进行安装后的设备验收，我只好在家中料理了三天丧事，就匆匆上班了。”周方才说到此低下了头，眼里充满了泪水，一个男子汉少有的泪水。是的，他更愧疚他平时对母亲照顾不够，没有尽到当儿子的责任。此时的我又能说些什么呢，一个为了工厂几乎把全部的精力都放在工作上的人，我只能用我的这支拙笔，记下这一切，描述这平凡中放射出的光彩，中国工人阶级的精神。

早在1981年9月他在老厂的时候，右脚小趾被阀码砸成粉碎性骨折，妻子劝他休息养伤，可他还是坚持一只脚踏着自行车去上班。当时厂里有照顾工伤分房子的规定，妻子让他到厂里找一个房产科的同志，他却说：“我们不要因为有一点小伤，就去向厂里提要求。”妻子依了他，到现在他们住的还是老人分的楼房。

“人本身要有一种精神，一种奉献精神，付出不是为了得到什么，我从不想入非非。”他是这样想的，更是这样做的。他以自己的实际行动实现着他的人生追求。用他妻子的话说：“他只有工厂没有家，不过，对老周我没有别的，只要他工作顺利顺心就行了。”

如今，他还是以老黄牛的精神继续着他的工作，扎扎实实去迎接明天的挑战。每当夜阑人静之时，周方才偶有回顾，他仿佛看到，那每一个单元框架下，那一层层台阶上，都留下了自己的一串串足迹。

# 基 石

## ——白银市六届人大代表、白银区公园路街道办事处党委副书记、主任孙维荣事迹启示录

江泽民总书记曾经讲过这样一句话：“基础不牢，地动山摇”。

街道工作是最基层、最基础的工作，我把它喻之为社会主义物质文明和精神文明建设的基石；人大代表代表着人民行使国家权力的职能，代表着人民的心声，反映人民的意愿，是党和政府联系人民群众的桥梁和纽带，是积极实践“三个代表”重要思想的带头人、模范执行国家法律、法规的带头人，稳定大局、致富一方的带头人，所以，我同样把他喻之为社会主义大厦的基石。作为“基石”的街道工作者和人大代表，就要有爱心、有耐心、有细心、有奉献精神，要带着深厚的感情去为民排忧解难。同时，又能从大局着眼，善于做默默无闻的工作。不怕吃苦，不怕婆烦，风里来，雨里去。在做好复杂琐碎的街道工作中体现党对人民群众的关怀，展现人大代表的风采，本着“人民选我当代表，我当代表为人民”的宗旨，为民众办实事、办好事，为人民求福祉。

——题记

### 社区建设是提高国民素质的重要一环

说来惭愧，对于街道工作我和绝大多数人一样，过去并无多少了解，甚至，连社区建设四个字都从未听说过。只知道街道有街道办事处、有居委会，只知道他们抓计划生育、收卫生费、调解邻里纠纷、登记管理流动人口等等。对于街道工作、社区居委会的服务功能、文

化内涵以及在提高国民素质这一环节上的重大意义，并没有多少深层的探究。“社区”模式作为舶来品，它是社会主义市场经济发展的必然要求，是由管理走向服务的必然结果。社区建设必须从根本上转变过去单一的管理职能，从单纯的管理向为社区居民全方位服务的方向发展，特别是要重视社区的文化和法制建设。孙维荣同志说得好：“社区建设关乎民心，社区文化建设有利于提高国民素质。要从由管人向为人服务、以人为本的思想观念转变，从根本上理清街道工作的思路。”是啊，社区工作，应该充分体现人性化的原则，把“三个代表”真正体现在具体的为人民服务之中。

在采访孙维荣同志的过程中，我深深感觉到作为人大代表的他，总是把辖区百姓的困难放在心上，总是把社区建设抓在手里，他忙，他忙里偷闲接受我的采访，期间，有好几次曾中断我的采访。作为一名最基层的街道工作者、一名人大代表，他说：“我的工作不在办公室里。”是啊，他说得多好，蹲在办公室里是很难了解到社情民意的，不了解社情民意，又怎么为民排忧解难，又怎么代表人民的心声。在整个街道和社区工作中观念的转变是至关重要的一环，必须树立全方位服务的意识，必须把社区建设提升到关乎国民素质提高、社会治安稳定的高度来认识。这方面孙维荣同志为我们作出了榜样。

他在社区建设工作“一线”实践着“三个代表”的要求，实践着一名人民代表的神圣职责。

## 居民的贴心人

七月流火，七月流金，七月已是开始收获的季节。

就在这火红的七月，我接受了一项特殊的采写任务——采访市六届人大代表、公园路街道办事处党委副书记、办事处主任孙维荣同志。

他在平凡的岗位上，一步一个脚印地做着并不平凡的事情；在他一点一滴的小事中我们看到了他为人民服务的精神和那颗金子般的心。

在我10天的采访过程中，他总是难以有整块的时间接受我的采访，不是这里那里有会议，就是深入到社区检查督促工作，深入到居民中间了解老百姓所需所难，了解哪些特困户需要低保，哪些孤寡残疾人、优抚对象需要帮助。然而我们还是相谈上了，他说："街道工作确确实实是关系到老百姓切身利益的事情，有时为困难户解决一些实际问题，感觉心里就很踏实。我是从农村出来的，我知道老百姓的难处，我更没有理由不把老百姓的事情办好。为人民排忧解难，替群众办事，是一个人大代表应尽的义务。"

胜利路社区居民袁莲的女儿孙娟曾在2000年的高考中落榜，孩子情绪很低落。当时，社区正在忙着搞低保摸底调查登记工作，作为首批低保的对象，孙娟被叫来帮忙抄表，在工作之余的闲谈中街道的同志了解到孙娟的情况之后，又向孙维荣作了汇报，孙维荣知道后十分关心，并和街道的同志一起鼓励她要自立、自信、自强。街道的同志还积极帮助她联系复读的学校，并争取到了在市实验中学复读的名额。孙娟在街道同志特别是孙维荣的关心帮助下，鼓足信心，认真复习，终于在2001年7月考上了河南洛阳财经学院。

田娜，一个和有神经病的父亲相依为命的孩子，母亲在她八岁时就离开了这个家，她既要照顾有病的父亲，又要干家务，还要上学。孙维荣知道后，几次到她家里看望，责成民政办的同志尽快为她家办理低保。他难过地说："这么困难的家庭我们都没有发现，真是工作没有做到位啊！"在他的关心下，街道于2001年下半年为田娜办理了低保，街道上的同志在年关节下，还捐了钱让她家过个舒心的春节。

孙维荣就是这样，从不忘把党和政府的温暖送到需要照顾的困难群众、优抚对象家中，把街道市场的摊位尽量多地安排给下岗职工，他总是以实际行动，忘我的工作，履行着一个人大代表的职责。

去年春节前，他发动街道全体干部为特困户、残疾人、优抚对象捐款2400多元。并带头为他的帮扶对象残疾人困难户张德胜捐助100元，为其女儿联系白银区二校上学，在他的协调下，校方还免去了部

分学杂费。

下岗职工万文新的儿子万引林，在2000年7月考上了甘肃农业大学，可一家人捧着红彤彤的大学录取通知书，却一愁莫展。开学只剩三天了，家里东拼西凑才借到了1000元，父母难过，万引林望学兴叹。孙维荣得知这一情况后，立即安排民政办的同志调查核实，首先列入低保对象，而后又发动街道机关、社区干部群众为万引林捐助学费，不到三天就捐款4000多元，万文新父子俩拿到捐款后，激动地说："你真是我们家的救命恩人啊！"

2000年一个夏日的傍晚，孙维荣和妻子吴正雷、女儿孙晓霞一起到街上散步。正在这时，有一位年逾八旬驼着背的老奶奶艰难地拉着一捆废纸旧纸箱向这边走来，拉上一节、坐下来休息一会儿，拉上一节，坐下来休息一会儿。孙维荣看到这一情景，心里有说不出的难受，他急忙上前问候老奶奶："老奶奶您家住在哪里，怎么这么大年纪了还出来拾破烂。"老奶奶还以为是闲人看她的笑话的，就没理睬。孙维荣还是耐心地问，老奶奶看着眼前的这个人不像是看她的笑话，也耐不住他的一再追问，就把她的情况说了："我叫王桂琴，家住在银光幼儿园后面的平房里，家里就我和女儿，老伴和儿子都去世了，女儿又下岗，生活困难啊！"孙维荣当时就丢下妻子女儿，帮老奶奶拿上废纸、纸箱说："走，到您家里看看去。"来到家里他一看，黑洞洞的屋里，家什简陋，心里就更不是滋味了。他当时就从身上掏出了100元钱，交到老奶奶的手上，说："您老先救救急吧，会有人解决您的困难的。"老奶奶感激得流下了眼泪，再三问他是谁，孙维荣说："这您老就不要问了，这是我们应该做的。"

第二天一大早他就安排民政办的同志赶快去王桂琴老太太家，尽快给她办理低保，还再三嘱托："像老太太这样的困难户我们平时要多关心、多照顾。"当民政办的同志在她家里为她办低保时，王桂琴老人又问起昨天给她钱的那个人，民政办的同志告诉她："那是我们街道办的孙主任，名字叫孙维荣。"

老太太感激地说："真是一个好人啊！共产党的好干部。"说着，说着，激动得又流下了眼泪。

这里要说句题外话，王桂琴老人已于去年安祥地离开了人世。

是啊，这方面的事例还有很多很多，这一切的一切都在深深地诉说着一个道理：我们的干部只要为老百姓办了事，老百姓是会感激我们的。中国的老百姓还是那样真诚，还是那样纯朴，从来就没有过多的奢求。

人民需要好干部，需要像孙维荣这样一心为民、在平凡中善于做默默无闻的工作的好干部、好代表。

## "三个代表"的忠实实践者街道工作和社区建设的中坚力量

首先让我们走进历史，走进岁月的深处，走进二十世纪五十年代的中国，去回味一个街道的成长历史，并沿着它历史的长廊去感受岁月的风风雨雨、坎坎坷坷。穿越时空的隧道，历史的镜头把我们定格在凤凰山脚下那一次惊世骇俗的"大爆破"上，这一震惊世界的事件，催生了共和国的"长子"白银公司，催生了一个新兴的城市——白银市，当然也让这个"街道"应运而生。1957年6月白银市市郊区设立6个街道办事处，1958年1月，第二、第三街道办事处合并成第二街道办事处，原第四、第五、第六街道办事处依次改为第三、第四、第五街道办事处。1960年4月根据当时市委的决定，在原五个街道办事处的基础上，以大型国营厂矿和机关、地方厂矿为中心，进行分割组合，吸收市区职工家属、街道居民，成立了银建、银光、银山、银兴等4个人民公社。当时的银光人民公社系公园路街道办事处的前身。1962年9月，银光人民公社改为公园路人民公社；1968年9月，白银路、公园路两个人民公社合并改名为育红路街道人民公社，1971年4月改为公园路街道人民公社，1977年1月改为公园路人民公社，1980年9月更名为公园路街道办事处，并分设四龙路街道办事处至今。历史总是这样无情，也是这样有情。当我们简略地回眸这段历史时，岁

月的河流已经走进了二十一世纪的大门。时间就是这样，总是把我们甩在它的后面，让我们感慨岁月匆匆。

孙维荣走马上任公园路街道办事处主任的岗位，那还是上个世纪九十年代末期的事情。听起来上个世纪九十年代末期是多么遥远的事情，其实，岁月才轮回了三个春秋。

上任伊始，他首先对街道办事处机关的工作程序进行规范，整章建制。街道办事处作为政府职能的延伸和派驻机构，既承担政府职能又在很大程度上与政府机关的职能部门不同，街道工作庞杂繁琐，面对的是广大居民群众。根据这一工作性质，也根据新时期街道办事处职能的转变，他大胆改革办事处机关内部机构设置，把原有的十个科（所）根据新职能的需要减为现在的五室一部。

提倡学习，以“三个代表”为指导，提高街道办事处干部的政治素质和文化素养，提高干部分析问题、解决问题的能力，促成办事处干部思想观念的根本转变，为办事处工作、社区建设打下了坚实的思想基础。目前，在街道办事处的32名干部中，大专以上文化程度的就有16名，占街道办事处干部总数的50%。

政治路线确定后，人是决定性的因素。只要有了高素质的干部队伍，就能为国家、为老百姓办成一切事情。

街道工作连着老百姓的心，人大代表牵着老百姓的利。作为街道办事处的行政负责人，他要把老百姓的事办好；作为人大代表他更应该把老百姓的事情办好。为此，他首先从街道机关内部入手，建立健全各种规章制度，规范工作程序，开通了“148”法律服务热线，建起了街道法律服务所、街道妇女维权中心，设立司法所。为辖区居民提供法律服务，维护广大妇女的合法权益。大力开展法制宣传教育和普法活动，使办事处干部依法行政的水平得到不断提高。为了宣传法律常识，今年元月开始，还分别在《甘肃广播电视报》《白银法制报》等报刊开辟“法律在线”“法律服务直通车”专栏。

2001年4月，曾开展“法律早市”服务活动，利用群众赶早市的习惯，在人群集中的地方进行法律咨询宣传活动，起到了宣传法律、服务和方便群众的作用，街道办事处也被省政府表彰为“三·五普法先进单位”，街道办事处党委、办事处先后被市委、市政府、省委、省政府评为“先进街道办事处党委”“1996—2000年法律宣传先进单位”。

今年春节期间，孙维荣本想着要和妻子女儿一起回老家临洮看望七十多岁的老母亲，和老人过个团圆年，可当时正好市上要搞春节亮化工程，组织文艺演出、社火巡演，作为白银的形象工程、精神文明建设的“窗口”工程，这是大事，看望母亲从个人来说也是大事，可比起这个大事来就成了小事。何况正在此时辖区的两名“法轮功”练习者去北京上访闹事，被当地警方抓获，遣送到了辽宁海城市和北票市的看守所，通知白银市辖区要在春节前必须把人接走，这是一项政治任务。时间已临近春节，任务又紧，怎么办？孙维荣临机决断：“抓紧联系购买火车票，如火车票紧张就派车前往接人，既不能耽误亮化工程，更不能延误接回‘法轮功’练习者的时间。”由于春节前火车票已十分紧张，最后还是派了车，由办事处和派出所的两位同志前往。因此他只能把看望母亲的行期一拖再拖。

在他亲自组织的“告别毒品”上街宣传、图片展览、长卷签名活动中，群众都积极踊跃参与，也得到了人民群众的好评。他代表白银区参加了全省、全市禁毒工作现场会，街道禁毒工作得到了上级部门的肯定和赞扬。

开源节流，他制订了街道办事处、社区财务公开制度，杜绝一切不合理的开支。

在他来街道工作之前，街道办事处光一年的打印文件、复印材料费用就高达上万块钱。他来之后，为了节约经费，也为了办公自动化，当年下半年就配备了电脑打字、复印设备。既提高了工作效率，又节约了经费。

他始终本着勤俭办一切事情的原则，从不讲个人得失。当时办事处要给他配“139”全球通手机，可他说：“还是办个小灵通吧，小

灵通照样联系、办事，话费又不贵。一部“139”一月要四五百块钱，小灵通费用少，既节约，又办了事，多好。”是啊，多好，这样的干部、这样的人大代表，人民喜欢，国家需要。

国家要发展，经济要先行。经济建设也是街道办事处工作的一项中心任务。孙维荣上任后，提出了“一抓街属企业，二抓市场建设，三抓社区服务”的经济发展思路，多方协调，积极从省财政争取技改资金，使企业经营状况得到了改善。

街办市场——文化路南端小百货市场已初具规模，共发展包括商贸、饮食、医疗、文化娱乐、婚姻介绍、家电维修等社区服务网点近100个，商贸摊位300余个，可为500多人提供就业机会，每年上缴利税50余万元。社区服务网络初步形成，街道经济不断发展。2001年底，街道社会总产值达7871.2万元，其中工业总产值391.2万元；社会总收入达5452.9万元，其中工业销售收入322万元；实现利润63.4万元，其中工业利润7.1万元。

这些数字是生硬的，但它却表达了孙维荣为了集体、群众的事；那种“情千千，意绵绵，百姓挂心间；说也罢，做也罢，正气当浩然”的精神内涵！

孙维荣经常挂在嘴上的一句话是：“我们基层干部就是一个服务的权力，再没有任何权力。”

2001年元月社区体制改革全面推开，当时提出的口号是：“三个月理顺，半年选举，一年走向正规”。首先是办公场所的落实，其次是社区干部年轻化的落实，再次是经费、办公设施落实。白银区作为全省社区建设的示范区之一，孙维荣深知任务大、担子重，他不敢有丝毫的懈怠。今年六月份，他们去兰州七里河区西站街道、敦煌路街道、津巷城社区考察学习取经。

社区建设是办事处工作的一部“重头戏”，也是与广大居民群众关系最密切的一项工作。自去年全区社区体制改革以来，他就暗下决心，一定要以此为契机，提出“以社区建设为重点，以‘星光计划’

为突破口，以服务居民为出发点”的社区建设发展思路，率先争创全省城市社区建设示范街道、示范社区。为此，他制定了《公园路街道办事处2001—2005年社区建设发展规划》、《公园路街道资源共享、共驻共建实施方案》（讨论稿）、《2002年公园路街道争创社区建设示范街道实施方案》。

为了落实8个社区的办公场所和“星光计划”老年福利服务站（所）的活动场地，他领着社区居委会的同志一起跑辖区单位，和人家反复协商。一次不成，再去一次，有时反反复复不知跑了多少趟，连饭都顾不上吃。有些辖区单位的场地人家还要挣钱不愿给，孙维荣同志就一趟一趟地跑，苦口婆心地说，再三解释社区建设的重要性和资源共享、共驻共建的原则。在他的耐心说服和热情感召下，事情终于得到了解决，8个社区争得办公用房150平方米，活动场地900多平方米。他总是说：“干街道工作，搞社区建设我们才刚刚起步，就是要不怕吃苦，要想方设法把这项“民心”工程办好，让老百姓高兴，让党放心。”

胜利路银光四坊街小区建起后没有绿化，也没有封闭管理，小区靠近胜利街市场，流动人员又多，卫生无法管理，安全问题始终是居民心头的一块病，居民怨声较大。针对这一问题，孙维荣多方协调，首先到市林业局协商争取“全国城乡绿化一体化”工程项目款，为小区争得6万元的投资。然后，他又与小区驻在单位银光公司反复协商，在企业效益不景气的情况下，先后投资40余万元，建成了胜利街市级安全文明小区。小区内绿树、花坛、草坪相互映衬，居民赞不绝口。

为小区希望托儿所积极筹措资金，准备拓展活动场地。

居民们说：“孙主任真是咱百姓的贴心人”。

为理顺各社区的工作、制订各种制度，他加班加点，有时甚至熬到深夜。从每一个制度的制订，到装框上墙他都亲自动手，仔细指导。

我在兰包路社区居委会采访时，社区的同志还谈到了这样两件

事，那是一个冬日的大雪天，银水巷社区的图书室正在布置，可图书还没有购来。于是孙维荣同志就要冒着大雪去兰州购书。

社区的同志说："路上滑，不安全，等天转晴了再去。"

可他说："现在马上要开业，居民们热盼着活动室的开业哩，等天转晴又得几天……"

"还有一次，健身器材从兰州拉来时，已是深夜11点多了，孙主任还是和居委会的同志一道卸车，并当时就布置好了位置。"建银社区的支部书记说，"在他身上很少低级趣味，他的妻妹没有工作，应该说像他这样的身份给妻妹在街道上找个工作还是可以的，可他就是没有那样去做。"

"一个星期天的早上，家里的电话铃突然响了，我想大清早的谁打来的电话，可拿起电话一听，原来是孙主任。他问，我市图书馆旁边的那个临时市场你们卫生搞得怎么样，并说'那里是一个卫生死角，你们要常抓，不能放松'，他就是这样，星期天都把工作放在心上。"

这一点在采访他的妻子吴正雷时，也说到了一个同样的事例："我们俩早上有跑步锻炼的习惯，在跑步的时候，他还总是忘不了瞅瞅马路两旁的卫生状况。有一次，我们晚饭后散步到了电影院那儿，那儿有擦皮鞋的、卖烧烤的，垃圾总是清理不及时，他就说'你们要随时把废纸、瓜子皮、塑料袋清理掉'，可人家总是用白眼看他。有时我们走过去了，人家还在那儿骂，可他还是照样要说。我说，走吧，你又没有什么上岗证，人家也不知道你是干啥的，可他就是忍不住。"

"好几次有人打电话，说，要找孙主任。我就说你直接给他打电话吧，他整天忙着不着家，我都很难见到他的人。要么你去看哪个地方垃圾需要清理，他准在那里，你去找。有时我就想，他不应该叫孙主任，他应该叫'垃圾'主任。"

7月19日，我想再采访一次他本人。早上一上班我就赶往他的办公室。一进办公室看见他正在吃药，一问才知他这两天感冒了。他说："真是不巧得很，没办法，今天我又要和区民政局的同志一起去稀土新村社区、寺儿坪社区送社会最低生活保障，同时协调落实'星光计划'的活动场地，今天你又没办法采访我了。"

我说："那好啊，我和你一同下去顺便了解一下边远社区的情况。"

他说："下去的人多，车上坐不下了。这样吧，你今天就采访我的家里人吧，我妻子你不是还没有采访吗。"

这样就有了以上和他妻子吴正雷老师的一段谈话。

## 结束语：走进心灵的根部

狄道出美女，洮河养俊杰。

孙维荣，属虎。于1962年8月出生在洮河岸边，一个半山半川人稠地稀的小镇——新店镇，老家距县城六十华里。兄弟姊妹六人中他排行老五。童年时候的他，也和所有的农家孩子一样，土里生、土里耍，土里长成了大娃娃。到了上学的年龄，父亲便把他送到村上的小学，于是，就开始了咿咿呀呀的学生时代。

"父亲在我幼小的心灵里留下了深刻的影响。作为一名老地下党员，一名那个时代的生产队长，他总是以言传身教的方式影响着我，以至在我后来的人生道路上，总是有他的精神在不断地激励我。"

"1980年高中毕业，当了三年民教。这期间我从没放弃过学习，每天总要学到晚上的十一、二点。所以，在1984年考中师的时候，我取得了全县第三名的好成绩。"

走出家乡的孙维荣，并没有走出家乡那纯朴、善良、吃苦耐劳、乐于助人的家乡精神，并没有忘记父母对他朴素的教养。他把这笔富有的精神财富，总是带在身边，作为他忘我工作的滋补、人民代表的根本源头。他知道，作为一名市人大代表，他肩上的担子很重，要做的事还很多。他脚下的路还很长、很长……

# 仰视觉者的背影

## ——何定昌散文艺术欣赏

杨柏枰

“钱文忠教授的讲解使我顿开了一扇向往大师、梦寻大师、追慕大师坚毅果敢圣者风范的窗户。透过这扇窗户，我看到了中国历史上、大唐丹青里一位真实而伟大的玄奘。看见他深入黄昏，走进黑夜，为了真理而‘誓不东归’，决然向西而去的觉者背影”。①

就这么简单的三行字，就已经淋漓尽致形象生动地描绘出主角凡事不按牌理出牌的无厘头个性。何定昌的语汇就是如此引人入胜地牵引着我们兴趣盎然地阅读下去，一样是属于文字的探险世界，何定昌在他散文入口处的小径上硬是长着跟别处不一样的羊齿植物，因此让人心甘情愿地投入他的文字世界里而甘之若饴。

自从1982年开始文学、美术创作以来，何定昌有大量散文、诗歌、杂文、评论、报告文学等作品在《中国文化报》《文艺报》《甘肃日报》《西部商报》《诗神》等报刊发表。而当我们在他散文的世界里一路走过之后，回忆起来让人最为感动莫名的，还是作品中所显现的刹那间产生而又永恒不灭的真情。

诗人说：“黑夜给了我黑色的眼睛，我却用它寻找光明。”②何定昌睁着他黑色而富含真情的眼睛，向我们诉说了一路的风景。正如《毛诗序》中所说：“诗者，志之所之也，在心为志，发言为诗。情动于中而形于言，言之不足，故嗟叹之，嗟叹之不足，故咏歌之，咏歌之不足，不知手之舞之足之蹈之也。”抒真情、写真事的何定昌，留给我们的也是一位觉者的背影。

刊载于2010年1月上半月号《丝绸之路》上的《背影》一文，副标题是：梦寻玄奘大师嵌入历史的西行足迹。何定昌在现实世界做着理想的梦，玄奘大师只是他个人“中国梦”的寄托。当初大师背负着普渡苍生、寻求佛陀箴言的理想，负笈出长安，开始了五万里长路的另一种参禅悟道，他将注定要神命双修，步入佛祖的西天如来圣殿，从而成为千古绝伦的大智者；而他负笈西行走向真理的背影，注定成为雄浑大度、海纳百川的大唐盛世一部雄伟壮阔的开幕曲，成为这部开幕曲中一颗璀璨耀眼的恒星般的音符。何定昌就用这样流畅美妙的幻美文字叙述着他的故事，在文字的圣殿里点燃了三炷真香。

春风不度玉门关。玄奘大师却偷渡玉门关，夜过五烽燧，老马单骑闯沙海，从而成为“千古一人”。关山险阻，关卡重重；他迈足空寒，走向荒凉。大唐晨曦中留下一个负笈而行的背影。他的人格魅力、智慧力量、追求和践行真理的信念感天动地。

《我眼里的鲁迅》原载2010年3月29日《甘肃日报》，何定昌仍然是很别致地从真情与个性入手进行写作，从而把一个有血有肉的、在矛盾和痛苦中苦苦求索、甚至挣扎着的鲁迅形象，活脱脱地刻画了出来：热爱故乡的鲁迅，把绍兴作为逸香的老酒和反复咀嚼的醇厚香料，写进了他的作品；而情感丰富细腻的他，内心充满着对母亲的孝道、对家庭的责任感——父爱呵护的失去，逼迫他过早地饱尝了人世的辛酸，十六七岁就承担起了家庭的重担；家恨国仇促使他激情澎湃、刚强正直而嫉恶如仇，于是19世纪末20世纪初血雨腥风的中国造就了一个旗手般的志士，一个真正意义上大写的人。“雄鹰翱翔天宇，有伤折羽翼之时；骏马奔驰大地，有失蹄断骨之险”“自古雄才多磨难，从来纨绔少伟男”，诚哉斯言！

于是鲁迅先生用希望的盾，来抗拒那虚空中袭来的暗夜；他呐喊、彷徨、奋斗、求索，路漫漫兮留下了一代伟人傲岸的背影：在《呐喊》中他挥动着一柄劈开封建黑幕的利剑；在《彷徨》中他给中国人的劣根性开了一剂清醒的《药》，而《阿Q正传》则敲响了唤醒国民灵魂的钟声；至于《野草》，则是“废弛的地狱边沿惨白色的小花”，是“萌芽中的真正的诗：浸透着强烈情感力度的形象，幽暗的闪光，奇异的线条时而流动时而停顿，正像熔化的金属尚未找到一个模子”[③]。他是一株独异的树，是一名脱胎于传统而梦想精神自由的斗士；他的作品是民族精神的“野史”，洋溢着民间直白情愫表达的人性本真的光辉。这一切正像《秋夜》是他散文诗召唤力的最好说明。

他是唱响在旧中国走向灭亡、新中国即将诞生之黎明前的一只猫头鹰，他是在黑夜里睁眼看世界的第一人；注定是这个民族灵魂的铸造者，精神家园的领路人。《秋夜》中的后园，是他梦的花园；就像古龙《大人物》中的田思思把江湖当做自家的后花园。

这是何定昌给我们刻画的鲁迅先生的背影，一位觉者的背影。外表的潇洒是一道风景，内心的潇洒则是一种境界；觉者的背影既是风景，也是境界。

《心中的母亲》2003年12月由《文艺报》收入《艺术人生》一书。文章写的是作者对已经仙逝三年的母亲的怀念，对生活、对人生的一份理解与宽容：月圆之时人不圆，孝儿已无法与母亲拉家常说话，母亲去了，却永远活在儿子的心中；自己活到四十多岁了，也终于真正懂得了世间万物莫大于亲情、爱莫大于奉献的道理。是啊！人活在世间只有不斤斤计较的时候，他的胸怀才能开阔；只要跳出一己之私看世界，阳光就会灿烂明媚，爱就会充满心间。何定昌在对母亲的怀念与理解中，走上了豁达乐观的人生之路。于是一场秋雨一茬凉，那是母亲在穿针引线，那丝丝的雨帘，那落在地上圆圆的雨点，正是母亲手下密密匝匝的针脚；而那沙沙的秋雨声，多像母亲亲切的絮叨啊！

母亲去了，却永远活在儿子的心中。豁达勤劳的母亲，留给世间的，是一个慈祥而完美的背影。何定昌就这样用无比诗意的语言，抒写了人生的一种境界。实在地说，平凡的母亲也是一位觉者啊！

日本作家厨川白村说：散文是作家自我的产物，散文的本质是作家丰富地表现了自己的个性，“其兴味全在于人格的调子”[④]。这是鲁迅先生作品的特色，一定程度上也道出了何定昌散文写作的秘诀。

站起来正视生命，完成自己应走的道路；而在途中，又不忘记放松和微笑。何定昌坚强的责任心，让他笔下的背影充满着奋斗与上下求索的执著；而他乐观的个性，又使他的笔与这个世界采取了达观宽容的合作态度。就像一名拾穗者，走过人生的转弯，拾取了那片落地的花瓣，又超越了生命的脆弱。

何定昌笔下的人物形象丰满，有血有肉，有情有义，熠熠生辉，无比动人。散文中又糅杂文笔法，用语尖锐有力；情中有理，理中含情，容理于形，技法高明，读来实在让人回味无穷。当然，正如恩格斯所说："概念与现象的统一是一个本质上无止境的过程。"而法国启蒙哲学家狄德罗也说："说人是一种力量与软弱、光明与盲目、渺小与伟大的复合物，这并不是责难人，而是为人下定义。"艺无止境，就像一座必须不断攀登的高塔，就像自然界之珠穆朗玛峰，而越往上走，攀登越困难，而且因为高山上缺氧，我们的目光将越来越不能区别事物，它们看起来似乎都是相同的；但是，鹰的目光是敏锐的，我们坚信，何定昌在他攀登的路上会看到更多更美的风景，而他的散文给我们带来的，也必将是一个个更为精彩的背影。正是：

文章真处性情见，谈笑深时风雨来！

**注释：**

①何定昌散文《背影》。

②人民文学出版社《顾城诗选》。

③夏济安《黑暗的闸门》。

④厨川白村《苦闷的象征》。

作者简介：杨柏枰　甘肃会宁县第二中学高级教师，甘肃省作家协会会员。大型报告文学《会宁之光》三部曲是甘肃省委宣传部重点立项作品。评论作品多次获省、市、县级奖励。

# 闻心集引

我在市级的一份所谓文学刊物充任编辑、主编已有二十多年，二十多年说长不长，说短也不短。在这不长不短的二十多年里，文学温润了我的心灵，滋养了我的精神；我也在为文学做着嫁衣，布着道场。文学与我不离不弃，而我与文学却随心所欲。文学真可谓是我的红颜知己，我执着坚守的情人。

今天出版的这一本集子，是我历年来无心的结果，一切随意——随心意而为。何以言说呢？正所谓：“有心栽花花不开，无心插柳柳成荫。”人生有好些事情真是在不经意间，成就了你内心的爱，执念反而妄为。只要有爱，内心就会生发出诗歌的新芽，爱是世间所有一切美丽事物的原初动力。

听从内心的召唤，我是从爱出发的。母爱是我诗歌的牧场，父爱是我理性的高峰，自然是我广袤无垠的胸怀。父母（父亲：何天弼，母亲：尹淑芳）虽然去世经年，但他们从来就没有走出我的心灵，走出我爱的河流。无论是在我的诗歌里，还是在我散淡无味的文章里，都会有他们的身影走过，都会有他们简单朴素的思想走过，承古启新，传递着人间的挚爱大道。

我想，我一路走来正是在有意无意间寻求着真我，在不断地修剪自我中追求着大爱，追求着大道的至真，以褪去物性的粗俗。从无知到是知，从盲目到自觉，从执念到无为。放下一切妄念，不断地去接近大爱无垠，大道无疆。

我之于文学艺术已近半生，从十八九岁开始临习书画、研读文学，断断续续，零零散散，跌跌撞撞，磕磕绊绊，无院校深造，无名师指点，全凭一腔热情和对文学艺术无名状之痴爱，一路探索前行。

“书山有路勤为径，学海无涯苦作舟。”我不为仕途腾达，只为做人的够格，精神的富庶。“路漫漫其修远兮，吾将上下而求索。”文学艺术给予我的眷顾，使余愚鲁幡然，冥顽开化。始知天地开合，清浊有序；五谷杂粮之不易，生民立世之艰辛。故，古圣贤曰：“为天地立心，为生民立命，为往圣继绝学，为万世开太平。”文之为贵，深刻于人类社会的历史长河。或刀法洗练，或粗犷豪迈，古拙璞玉，问道禅心；上承秦汉甲骨，诗经楚赋，下启唐诗宋词，元曲经学，都体现着东方古国演进的文明化度。

闻道而起，修炼、修行，悟道、证道、合道、与道合于一。生命就是在这合于道的过程中，大放异彩。至真至纯的爱，才是世间的大道。

我的一些所谓诗歌散文，都是无心而为，却又都是发自内心，由此而名曰《闻心集》。虽是蹩脚之作，但绝无违心之言。听心、观心、闻心、禅心，心是人生修行的道场，一切都出自一心之间。听从内心，听从内心的声，听从内心的实，听从内心的知，听从内心的是。总之，听从内心的本真。

江河不废，知行合一；为学为文，不违我心。是为后记。

易林轩主　何定昌

2017年8月15日

农历丁酉年闰六月二十四日